尖閣喪失

大石英司
Eiji Oishi

C★NOVELS

口絵・挿画　安田忠幸
地図　平面惑星

目次

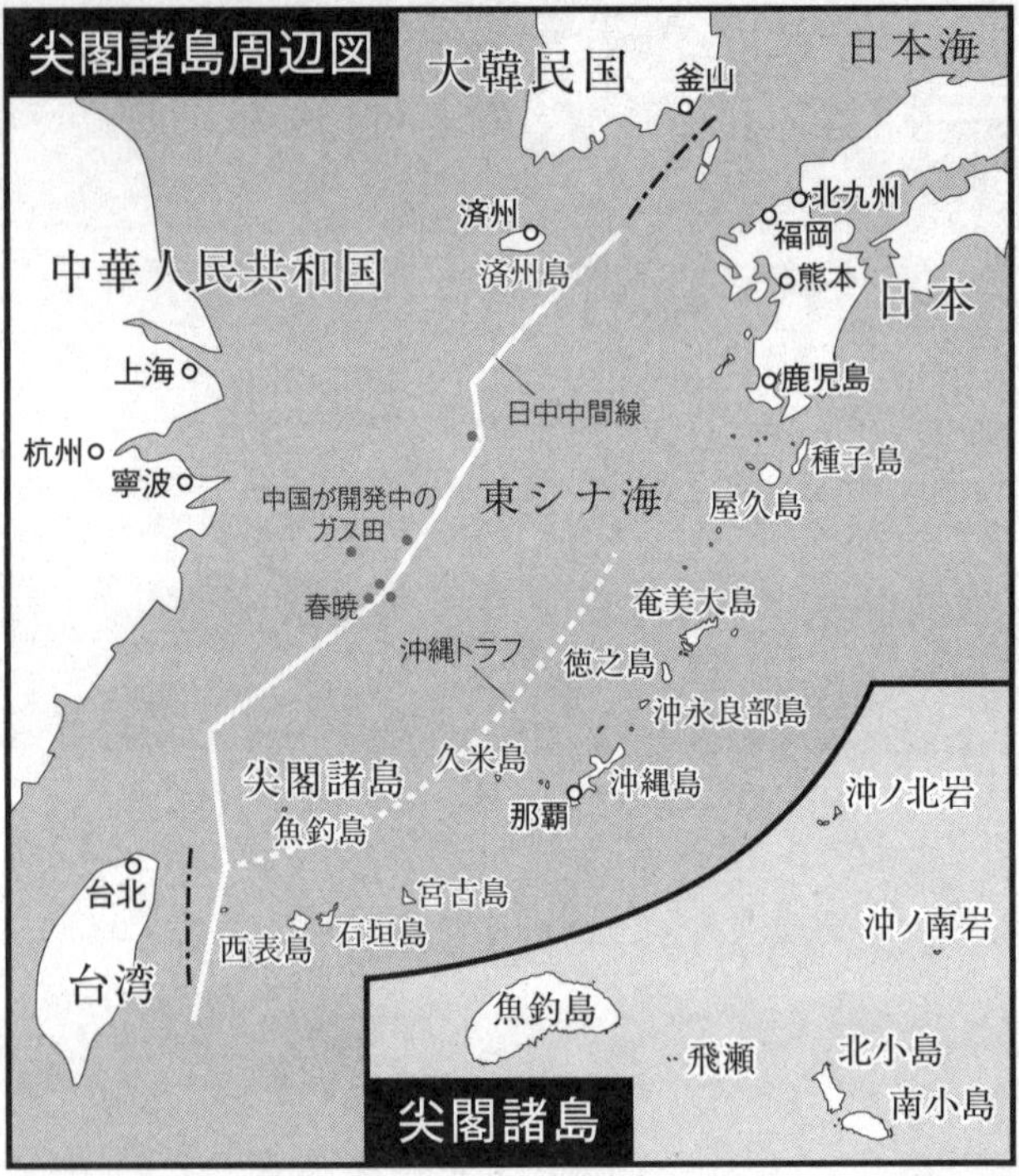
尖閣諸島周辺図
大韓民国
日本海
釜山
済州
済州島
北九州
福岡
熊本
日本
中華人民共和国
上海
杭州
寧波
鹿児島
日中中間線
種子島
中国が開発中の
ガス田
東シナ海
屋久島
春暁
奄美大島
沖縄トラフ
徳之島
沖永良部島
尖閣諸島
久米島
沖縄島
那覇
沖ノ北岩
魚釣島
台北
宮古島
石垣島
西表島
沖ノ南岩
台湾
魚釣島
飛瀬
北小島
南小島
尖閣諸島

尖閣喪失

In war : resolution.
In defeat : defiance.
In victory : magnanimity.
In peace : goodwill.
(Sir Winston Leonard Spencer-Churchill)

戦争に於いて決断、
敗北に於いて抵抗、
勝利に於いて雅量、
平和に於いて親善——。
（チャーチル）

プロローグ

その日も、成田への高速はいつものように渋滞していた。車内から本省へ電話を一本入れ、該当者を乗せた日航機が、三〇分ほど遅れていることを確認した。機体が横付けする特別スポットの再確認を命じると、男は瞑目《めいもく》してそのまま深い眠りに落ちた。

車は、空港ゲートで止められることもなく第2ターミナルへと進み、政府専用エリアに入ったところで運転手に起こされた。ブリーフケースを持ち、車のドアを開けると、空港職員が出迎え、政府関係者であることを示すGのマークが控え目に描かれたビジターパスを男のスーツの胸ポケットにクリップで留めた。

男は、空港職員に「依頼した食事だが?」と尋ねた。

「はい、問題ありません。空港理事の名前でオーダーしてあります」

職員は慇懃《いんぎん》な態度で応じた。職員専用通路を抜け、政府専用のVIPルームへと案内される。壁際には、すでに紹興酒《しょうこうしゅ》が用意されていた。

成田へ来るたびに、ほろ苦い気分に浸ることになる。いつも、初めてここから海外に飛び立った日のことを思い出すのだ。公用ビザが輝いていた。自分は、若き外交官として理想に燃え、世界を変えてやる、そう思っていた。

そして今、現実に打ちのめされる。あれから三〇年が経過し、冷戦が終わって、何が変わった？

そう、世界は変わらなかった。だが自分は変わった。老いて、ゴルフとワインの蘊蓄《うんちく》だけは豊富な凡庸《ぼんよう》な官吏《かんり》となった。世界を変えようという高貴な理想はとうに潰《つい》え、ゴルフのスコアを上げることに汲々《きゅうきゅう》とし、政治家を掌《てのひら》の上で踊らせることが生き甲斐になった。怠慢で変化を嫌う、無駄遣いとパーティが商売の、ただの組織の駒に堕落したのだ。

二言目には、北方領土返還の可能性を説き、竹島問題の複雑さを訴える。どっちにも解決策などない。解決されても困る。それでは外務省の存在価値がなくなるからだ。

問題が永遠に複雑化することこそが省益なのだ。自分たちは生涯、日本外交のために戦い、国際政治の最前線で戦ったことを誇りにどこかの研究機関や大学へと天下っていく。

でも、自分が実際やったことは、何もない。この三〇年、交渉と呼ぶに相応《ふさわ》しい仕事などなかった。そこらの駅前語学学校の講師でも務まるような、退屈なセレモニーの通訳業務だけだ。やれチャイナスクールだ、北京ウォッチャーだなどと、おこがましい。

部屋には、出発《デパーチャー》と到着《アライバル》情報を表示する液晶モニターがそれぞれ置いてあった。たかがこの程度の情報を表示するのに、32型モニターを二台も並べる理由がわからなかった。

この部屋にあるものは、基本的に税金で購入されたものだ。この不便極まりない欠陥空港を使い続けるために、国が投じた膨大な国家予算を思った。

ドアがノックされ、また先ほどの空港職員が現れた。

「ただいま着陸しました」

「ありがとう。警備はよろしく頼む。決して一般乗客の目に触れないようにな」

職員が「承知しております」とドアを閉めて出て行く。いつものことだ。彼らにとっては、珍しくもない。もっとも、乗換《トランジット》の客に対して、これだけの神経を使うことは滅多にないだろうが。

しばらくして、やっと客人が現れた。五人の制服警官と、同数の私服警官に囲まれていた。

男は、その老人に軽く会釈すると、警護官が全員部屋を出てドアが閉まるまで無言で待った。そして、「旅はいかがでしたか？」と流暢《りゅうちょう》な北京語で尋ねた。

「ファースト・クラスへのアップグレードに、モントリオールからは四人もの私服警官の護衛が付いた。何というか、大げさだな」

老人は、クイーンズ・イングリッシュが少し入った英語で応じた。

「貴方がリクエストなさったんですよ。北京行きに日本のエアラインと日本政府の庇護を求め、成田で休息することを。ところで、英語の方がよろしいですか？」

「そうしてくれ。どうも、外国人と母国語で話すのはしっくりこない。それに、もう二度と英語を使う機会もないとなるとな」

男は、老人にソファを勧めた。

「紹興酒はいかがですか？　たいした銘柄じゃありませんが」

「いただくよ」

男は慣れた手つきで、グラスに紹興酒を注いで、テーブルに置いた。毒が入っていない証《あかし》に、自分にも用意し、先に唇を付けた。

「お痩せになりましたね？」

「刑務所に一〇年もいたんだぞ。太りようもないだろう。どこかで会ったかね？」

「ええ。あるパーティでお見かけしました。私が上海の領事館に赴任していた時ですから、九〇年代の初めだと思います。貴方の絶頂期だった。あの頃の貴方は、輝いていた」

男は、尊敬も軽蔑もなく、素直に言った。

「ふーん、君はどういう人間なんだね？」

老人が興味ありげに聞いた。

「私？　取るに足らない凡庸な外交官ですよ。強いて言えば、人事ウォッチャーです。人民日報を丹念に拾い読みし、現れた名前をワードカードに書き留めてファイリングしていく。地味で、退屈な仕事です。でも、私のような人間にとって、貴方が持っている情報は宝の山に等しい」

「君らにとってはな。北京の連中にとっては、時限爆弾みたいなものだ。私が生きて帰ることを望んでいる連中が果たしてどのくらいいるか」

「どこにでも非主流派はいる。彼らにとって、貴方の存在は大きい。仮に全くの偽情報でも、貴方という固有名詞が付けば、いかにもな話になって信憑性《しんぴょうせい》を帯びる。昼食をご用意してありますが、いかがですか？　中華です。日本人向けの味付けですから、お口に合うかどうかは解りませんが」

老人は、それはいい、という顔で頷いた。

「嬉しいね。まともな食事にありつけるのは、今日が最初で最後だろう。北京に降り立った途端、私はもとから存在しない人間になり、そのまま行方不明になる」

男は、そうなるだろうな、と同意して頷いた。

「カナダ政府の決定は残念です。彼らも、中国との貿易関係は大事なのでしょうが……」

「いやあ、カナダ政府には感謝しているとも。知らん顔をして強制送還しても良かったのに、国内犯罪者として、一〇年以上も刑務所で護《まも》ってくれた。何か、書くものはないかね？　ペンと紙でいい」

　老人はふと思いついたように言った。男は、ブリーフケースを開けて、ボールペンとワードカードを出した。

「ワードカードなんぞ使っているのか？　今時」

「ええ。便利ですよ。パソコンみたいにバッテリー切れを心配する必要もないし、起動に時間を食うわけでもない」

　老人は、部屋を見渡した。

「この部屋に盗聴器や隠しカメラは？」

「どうでしょう。空港施設内ですから、仮に盗聴器を仕掛けても、外でモニターするのは難しいでしょう」

　老人はボールペンを走らせて、アルファベットで名前と電話番号を認《したた》めた。

「彼に電話して、ライラックからの手紙を読みたいと告げろ。それで通じる。刑務所にいる間に、自伝を書いた。それを、三人の弁護士に預けてある。その一人だ」

「いわゆる保険というヤツですね」

「最初は、もちろんそのつもりで書き始めたんだ。だが妙なもので、書いているうちに神父相手に懺《ざん》悔《げ》しているような気分になったよ。自分が陥れ、海に沈めた連中のことを思い出し、後悔もした。私は、ただの悪党だ。それ以上の存在じゃない。そりゃ、中南海《チョンナンハイ》には、私でも裸足《はだし》で逃げだしたくなるような悪党どもが棲んでいるが、だからと言って、私がやったことが許されるわけじゃない。罰は受けるよ。本来なら、銃殺刑を二〇回ばかり喰らってもおかしくはない」

「ライラックがお好きなのですか？」

　男は、話題を変えた。その言葉が本心からのものかどうか疑わしいと思ったが、それを詮索しても意味は無い。彼も年齢なりに人格を備えたということだろう。

「独房の、小さな窓のずっと先に、ライラックの木が植えられていた。ライラックだということを知るのに三年かかったよ。ところが、よく見えないんだ。離れていて。だから私は、看守に頼んで、その何の変哲もない木の写真を季節ごとに撮影してもらった。独房の中でその写真を眺めて、季節の変化を知るのは楽しかった」

二人はその後、空港内レストランで手配した上海料理を食べながら、中国の最近の政治状況に関して意見を交換した。男にとっては、一〇年分くらいの情報を上書きできるような、新鮮で膨大な情報であり、老人にとっても、愉快なひとときだった。

だが、食後のコーヒーを嗜《たしな》む余裕はなかった。

北京行きの出発時刻が迫っていた。

「こんな結果になり、残念です」

男はそう言って、老人を送り出した。満足し、納得した表情だった。二人はまるで半生の親交を持つ旧友のように抱き合って別れた。

その後日本政府は、老人が北京で日航機を降りたことは確認できたが、そこまでだった。

彼の帰国は、中国でも、当然その外でも、報じられることはなかった。老人の存在は、闇の中へ消えていった。外交官の元には、老人が認めた肉筆の手記のコピーが二〇〇〇枚ほど残された。

第一章

林徳偉《リンドーウェイ》海軍少佐は、その日、特別な朝を迎えていた。緊張のあまり、歯ブラシを二度床に落とした。子供を学校に送り出した時も上の空だった。バスに乗り、中南海《チョンナンハイ》に近い第504海軍ビルに着いた時には、緊張で口の中がカラカラに乾いていた。

一時間待たされ、士官らが秘かに〝処刑室〟と呼ぶ小部屋に案内された。被験者に心理的圧力を与えるために、あえてそういう造りになっているという噂だった。小さな窓から差し込む光は被験者の顔を直撃し、逆に試験官の顔は暗く沈む。

机の上には、使い込まれた検査器具が無造作に置かれている。まるで拷問用具だ。試験官は、被験者を苛立たせ、焦《あせ》らせるためにわざとそれらを並べておき、自らは遅れて現れると聞いていた。「試験官のペースに引き込まれるな」が、先輩の助言だった。

やがて、忙《せわ》しない足音が響いてくる。扉が開き、白衣を着た初老の男性が、ファイルを小脇に抱えて現れた。

「遅くなってすまない。林少佐？」

男は、淡々とファイルを開きながら、名前を尋ねた。

「はい、林徳偉海軍少佐であります」

「形式的なものだ。リラックスしてくれ。リラックスという発音で合っているよね？」

「はい」

と頷きながら、外来語の発音など気にすることもないだろうにと思った。中国人同士で通じれば構わない。

試験官は、少佐にシャツの袖を捲《まく》るよう命じ、心拍計や血圧モニターを繋ぎ、計器の電源を入れた。

「ポリグラフの経験はあるかね？　まあ普通はないよな。基準点を出すから、全てハイで応えてくれ」

試験官が右手にボールペンを持ち、椅子に座った。計器からロール・ペーパーが吐き出されてくる。いったい何十年前の機械だろう。

「生まれは、一九八二年、八月二九日？」

「はい――」

生まれ育った故郷の棚田《たなだ》の風景が瞼《まぶた》に浮かんだ。


内陸の貧しい故郷だった。そこで彼は、常に一番の成績で、成績優秀者として村から軍学校への推薦状を勝ち取った。

「海軍は好き？」

「はい――」

外の世界を知りたかった。渇望のようなものだった。だから海軍士官学校へと進んだ。

「陸軍は嫌い？」

「はい――、ああいいえ、別に悪感情はありません」

「取り繕《つくろ》う必要はない。これは基準点を取るための質問だ。妻以外に愛人はいる？」

「はい――」

妻は、素直を絵に描いたような女だった。自分には過ぎた女だ。

「君は同性愛者？」

「はい――」

針が激しくぶれるのが、被験者からも見えた。

「うん。結構、君は異性愛者だ。ええと、ビデオ、ビデオと……」

試験官は、テーブルの引き出しを開け、サムスンのデジタルビデオを取り出し、テーブルに置いた。カメラを被験者に向けて、録画ボタンを押した。

「さて、ここから後は、まあ精神医学者による身上調査兼カウンセリングだとでも思ってくれ。君の考課に影響することはまずない。経歴を見ると、内陸部の出身だね。失礼だが、普通なら、出稼ぎ労働で一生が終わるような貧農の出だ。君が学業優秀だったことには理由があるのかね？」

「父は、学のない農民でした。ですが、『子ども達には、最高の教育を受けさせる』が口癖で、そのために分不相応な借金をしていました。自分は、幼心《おさなごころ》に、その期待に応えるのが義務だと思うようになりました」

「なるほど。海に縁のない君が、陸軍ではなく、海軍を志願したのは？」

「陸軍より給料がいいし、自分は外の世界に飢えていたからです」

全く正直な動機だった。

試験官は机に覆い被さるようにしてファイルを捲《めく》った。

「君は何か特殊な才能を持っているそうだね？」

「特殊かどうか……。同僚は少し大げさに言いますが。アメリカ英語と、イギリス英語を使い分けられます」

「ほう、あの確か、クイーンズ・イングリッシュとかいうやつかね。君は、聞き分けられるだけでなく、喋れるのかね？　どうやって？」

「別に秘密にするような謎はありません。自分は海外の刑事ドラマを見るのが好きでして。最初は英語の勉強のために見始めたのですが、そのうち、アメリカ人とイギリス人が喋っている言葉が微妙に違うことに気付いて、自分で喋った英語を録音してみたのがきっかけです」

「語学学校に通ったとか、イギリス人の友達がいるとかではないのかね？」

「いえ、外国人の友達はおりません。友好訪問の寄港地で、メールアドレスを交換した士官はおりますが」

試験官の視線が一瞬、ロール・ペーパーの針を睨んだ。

「しかし、君ほどのキャリアなら、外資企業も引く手あまただろう」

「『社会のために尽くせ』が父の口癖でした。将来のことは解りませんが、今は、軍でキャリアを磨くのが自分のためにもなると思っています」

「優等生的発言だな。新しい職場に関して、何か不安はあるかね？」

「推薦していただいた上官の期待に応えたいと思います。三軍からとりわけ優秀な語学成績者が選抜されてきているとのことなので、彼らとの交流も楽しみです」

「いざとなったら、君はその口で、合衆国大統領に、宣戦布告を伝えることになる。あるいは核攻撃の脅迫をすることになる。われわれの指導者がどんなに愚かな発言をしようが、私的感情に流されることなく任務を全《まっと》うする自信はあるかね？」

少佐は、一瞬返答に詰まった。ポリグラフに反応が出た。

「率直に申し上げてよろしいですか？」

「無論だ」

「この任務の任期は三年と聞いております。米中関係は最良とは言えないまでも、良い関係にあります。言葉の応酬はともかくとして、われわれがアメリカと戦争するなど、あり得ないことです。考えたこともありません」

「確かにな。……子供を私学に通わせたいと思ったことは？」

「幸い、自分らは軍のアパートで暮らしておりますので、皆、向学心が高く、公立でありながらも高い水準の教育を受けております。公教育に不満はありません」

「だが、通わせようと思えばできるだろう？　君の奥さんは、君の四、五倍は稼いでいるようだし。勤務先はどこだっけ？」

「特許会社です。主に外国向けの特許申請を扱う特殊な会社です。語学力が必要なので、いい給料を貰っています」

少佐は、妻と初めて出会った日のことを思い出した。レンタル・ビデオ屋でのことだった。海外ドラマのコーナーで、互いに同じ棚のシリーズを見ていることに気付いて、立ち話をした。翻訳字幕の解釈の話になり、そのまま喫茶店に移動して閉店まで話し込んだ。一週間後には、彼女の部屋に転がり込んで朝まで過ごす関係になった。

「親孝行した？」

「父が亡くなる前に、孫の顔を見せられました。母は、故郷で母の姉夫婦と同居して元気に暮らしています」

「それは大変結構」

試験官は、パタンとファイルを閉じ、ビデオを止め、ポリグラフの電源を落とした。

「合格だ、少佐。中南海へようこそ！　君の栄達《えいたつ》の扉がまた一つ開いたというわけだ。この後も順調な出世を祈っているよ」

試験官は、少佐の身体からコード類を外し、ロール・ペーパーをちぎってファイルに挟み込むと、静かに席を立ち、部屋を出て行った。

　少佐は、この試験を受けた誰もがそうするように、フウーと大きな溜息を漏らした。これで最後の関門をクリアだ。この仕事は、その重大さとは裏腹に、実は退屈な任務だと聞いていた。終日、雑誌を読んで過ごすだけで、半年も任務が続けば、五キロは太るという噂だった。

　早速、食事制限し、運動も始めなければならない。太るのは嫌だ。妻にとっても娘にとっても、格好いいパパでいたかった。せめて、あと一〇年は。

　中国漁政310船（二五八〇トン）の指揮を執る艦長の賈招雄《チィアシァオシュオン》中佐は、ご自慢の作戦室の大型液晶テレビに、日本の衛星チャンネルを映してみせた。ちょうど、お昼の時間帯で、政局絡みのニュースを流していた。

　今日は凪《なぎ》のせいで、電波も安定している。衛星のパラボラアンテナは、艦が針路を変えても自動的に狙った衛星を追尾するとかで、映像はほとんど乱れることなく流れていた。

　作戦室の上座に座る王洪波《ワンホンボ》海軍少将は、テレビの音を聴きたかったが我慢した。テロップでもある程度のことは解る。

　青ざめた表情の尹語堂《インユイタン》大尉が現れると、少将は「大丈夫か？」と声を掛けた。大尉は涙目だったが、口元を右手の甲で拭いながら「はい、なんとか……」と応じた。彼は分析官で、本読みが仕事だ。率直なところ、スタビライザーを装備して、ほとんど揺れることのない新鋭艦で船酔いを起こすなど信じられなかったが、船医の話では、そういう体質の人間もいるとのことだった。

　少将は、副長の鄒浩《ツォウハオ》少佐にテレビを消して部屋を辞すよう命じた。それから、上座から立ち上がり、全員の注目を求めた。

「諸君、メモは無しだ。ここでの会話は、諸君らの記憶のみに留めてもらう。ちなみに今映っていた日本のニュースは、国会で重要法案が流れ、国会の解散が近いことを報じていた。当初はこの作戦に三ヶ月は割《さ》けるはずだったが、そんな余裕はなくなった。完成までの猶予は二ヶ月程度。おそらく、寝る暇もなくなるだろう。われわれの作戦目標が何であるかに関しても、ここでは話せないが、今ここにいる全員が、それぞれの立場で参加することになる。困難な作戦になるだろうが、やり遂げるしかない。察しのいい諸君だから、言わずともそれぞれの任務は解るだろう。事前に断っておくが、情報管理に関して、高級幹部を任命し、諸君らの部隊を監視・指導することになる。部隊に戻った時、本艦での任務に関しては決して口外しないように。では、艦長、現在のわれわれの位置関係と、本作戦の目的を説明してくれ」

少将が腰を下ろすと、賈艦長は自ら操作パネルを扱い、艦尾側の壁に掛けられた五〇インチのスクリーンに、カラーのレーダー画像を呼び出した。

「ご覧ください。現在、本艦の針路方向が真上になっています。これは広域映像ということになりますが、向かっている真上に見える大きな島影が、釣魚島《ディアオユイダオ》。まだ三〇キロはあります。本艦はすでに日本側が主張しているところの接続水域に入っております。そして、この右側に見える輝点が、その日本側の巡視船です。島の反対側にもう一隻がいるはずです」

艦長は、レーザー・ポインターで、その巡視船を指し示した。

「さらに、この左端をご覧ください。ここにも小さな島影が映っておりますが、釣魚島からおよそ三〇キロ北東に位置する黄尾嶼《ファンウェイユー》（久場島《くばじま》）です。かつてはアメリカ軍が射爆場として利用していましたが、最近はほとんど動きはありません。ここを演習エリアに設定して、われわれを刺激することを恐れてのことでしょう。そして、一番下。われわれの真北に位置しているのが、今回の任務で重要な役割を果たす漁船〝赤〟、漁船〝青〟の二隻です」

「ありがとう艦長。この作戦の目的は二つある。実際の訓練は、大陸に近い場所で似た島を見つけて行うことになるが、この二隻の漁船には、レーダー波の受信装置が搭載されており、日本の巡視船が、島を挟んだ反対側にいる時、漁船の船影が巡視船のレーダーで捕捉できるかどうかを検証するのが狙いだ。そして、この漁政船の目的は、味方の漁船が悟られずに接近できるよう、巡視船を島の南側に誘《おび》き出《だ》すことだ。そして諸君は、巡視船の戦術を余すことなく会得し、戦場の雰囲気を摑み、いざという時の作戦に生かすために乗って貰った。巡視船の動きをコントロールして封じ込めないことには、この作戦の成功は無いものと思ってくれ。艦長、どのくらいまで島に近づける?」

「お望みとあらば、日本が領海と主張する線より内側に入りますが?」

艦長は、いかにもそれをやらせてくれという表情だった。

「その機会はいずれ訪れるだろう。今は、刺激せずに済ませたい。島影が一番綺麗に見えるのは何時間後くらいかな?」

「はい、陽光の関係から、本艦がこの位置に来た時ですから、およそ九〇分後辺りかと」

艦長は、レーザー・ポインターで、その位置を指し示した。

「まだ時間はあるが、ブリッジに上がるかね?艦長、どのくらいの追いかけっこになる?」

「巡視船が漁船の接近に気づかなければ、最低でも四時間から五時間はかかります」

　その場にいた全員が、その程度の時間なら全く問題無い、という顔つきだった。

「よろしい、艦長。事前の打ち合わせ通り、日本側の不審を招くような余計な動きは一切無しだ。通常通りに航行して離脱してくれ」

「了解しております。事前のお願いですが、日本側は高性能の望遠鏡でわれわれの写真を撮っております。階級が解るようなものは一切身につけないでください。また階級が解るような動作も慎んでください。艦橋横のウイングにお出になる場合は、自分に一言声を掛けてください。普段より多くの人間がブリッジの外に出ると怪しまれますので。では参りましょう」

　少将を除く全員がすでに、普通の水兵のありきたりの作業服を着ていた。ラッタルを上がり、ブリッジへと出る。少将は列の最後に立ち、もう一度尹大尉に「休んでいていいんだぞ」と告げた。

「ブリッジは高いから下のデッキよりさらに揺れる」

「いえ、提督。さっき酔い止め薬を飲みました。おそらく、新造艦故《ゆえ》のペンキの臭いが駄目なんだと思います」

「無理はするな。私が必要とするのは君の知識であって、戦場での指揮能力じゃない」

　少将は、大尉の肩を叩くと、大尉に続いてブリッジへと出た。漁政船は新造艦だが、それでも軍艦ではない。二五八〇トンもあって、ヘリコプターを二機搭載できる能力を持ってはいるが、今はヘリもいない。

　ブリッジは広々としているが、軍艦のそれと比べると、装備が貧弱な点は否めなかった。

　海面はこの季節にしては珍しく凪《な》いでいる。空には、雲がところどころに。副長が、全員がブリッジに顔を出したことを確認すると、「間もなく水平線上に巡視船が見えて来ます」と報告した。

少将がブリッジ左側の司令席に登って腰を下ろした。艦長は、右側艦長席に座ると、背後の海図デスクに着く航海長を振り返り、「どうか？」とだけ質《ただ》した。

「本艦が先行しすぎのようです。少し減速し、もう五分から七分間、そのままで前進願います」と、航海長の陶正豪《タオチオンハオ》大尉が背中を艦長に向けたまま応えた。

艦長が減速を命じる。時速一〇ノットで航行していたが、八ノットまで落とさせた。

ブリッジの両翼から海面部分を覗き込めるよう外に張り出したウイングには、見張りが二人ずつ出ている。ハッチで隔てられているので、エアコンが効いたブリッジは夏も冬もさわやかだ。

「今日は天気がいい。琉球は間もなく雨期に入りますから」

左舷側ウイングに出ていた見張りが、まず水平線上に、目標物を発見したことを伝えてくる。一〇分もすると、ブリッジからも双眼鏡で覗けるようになった。微かに白い艦橋構造物や通信マストらしき物が見える。

さらに、ウイングで大型双眼鏡を覗いていた見張りが、その巡視船のタイプを報《しら》せてきた。

「〈はてるま型〉のようです。満排水量が一三〇〇トンになります。本艦より小型ですが、拠点機能強化型と呼ばれるタイプでウォータージェット推進機を四基装備しており、大きさのわりにはスピードも出るし小回りが利きます。通常、日本の海上保安庁は、このタイプの船と、もう一隻小回りが利く、二〇〇トンクラスの船二隻で、釣魚島周辺を警戒しています」

「二隻から増えることはないのかね？」

「あります。たとえば台湾や香港から、運動家が船を借り上げて出撃するというニュースが流れると、たちまち四隻に増えますし、実際に漁船団が向かうと、あっという間に一〇隻を超えます。ちなみにこの〈はてるま型〉も、日本全国の基地から輪番で派遣されている一隻です」

やがて、漁政船が島の南側へ抜けると、背後にいた漁船二隻がレーダーから消えた。ほぼ予定通り。問題は、日本側がそれに釣られるかどうかだった。

左舷側前方に、より小型の〈びざん型〉巡視艇が現れる。大型巡視船の方が、左手前方にぐんぐん大きくなり、転進して並走するようなコースを取り始めた。

「この状況だと、あの二隻の巡視船には、漁船は見えていないと判断してもいいだろうな？」

少将が質問すると、艦長が頷きながら、「要は時間です」と応じた。

「巡視船側も、島の反対側がレーダーに映らないことは気にしています。たとえば、速力二〇ノットの漁船なら、レーダーに映り始めてからほんの三〇分で日本側主張の領海線まで辿《たど》り着《つ》けます。こちらの漁船二隻も、おそらくその線まで接近済みのはず。さらに領海線を突破すれば、三〇分で陸地です。それを阻止するために、巡視船は最低でも、三〇分以内に島の反対側をレーダーでスウィープする位置に出るはずです。そろそろ、どちらか一隻が離脱して、釣魚島の北側が見える位置へと向かうでしょう」

巡視船は、こちらと反航すると直《ただ》ちに反転して、右舷側五〇〇メートルほどの追尾位置に就いた。

「凄いな……」と少将は感心して言った。

「ええ。われわれが同じ回頭運動をしようとしたら、倍の時間と旋回半径を必要とするでしょう。

侮《あなど》れません」

と艦長。さらに小型巡視艇が距離を取り、巡視船の背後一〇〇〇メートルほどからこちらの背後に回り込もうとしていた。

少将は、左の胸ポケットに入れたストップウォッチを取り出した。もし、島がそこに存在しないとして、漁船が巡視船のレーダーに捕捉されただろう時間から、すでに四〇分が経過していた。その気になれば、釣魚島の北側海岸に到達するまで二〇分だ。

巡視船の動きを見張っている右舷側ウイングから「巡視船ブリッジに動きアリ！」と報告して来た。

「艦長、ウイングに出るが、いいか？」

と少将は艦長に聞いた。

「ライフベストを羽織って肩の階級章を隠してください」

少将は、乗組員が差し出したライフベストを羽織ると、ハッチを開けて右舷側ウイングに出た。巡視船のウイングにも当然、見張りが出ている。だが、その大型双眼鏡は、彼らではなく、船の遥か後方を睨んでいた。

「動きというのは具体的にどんな？」

「はい。数分前から、ブリッジの艦長席に座っていた艦長と思《おぼ》しき人物が、ブリッジ内で忙しく動き回るようになりました。チャートデスクで海図を確認したり、レーダー手と何かを議論したりしていた様子です」

ベテランの見張りが報告した。少将は、双眼鏡で巡視船のブリッジを覗いた。向こうからは、ホームビデオでこちらを撮っている。この距離なら、顔写真を撮られる心配もないだろうと思った。

「われわれと接触したんだ。位置の確認等、普通の反応ではないのかね？」

中国渔政310

「いえ、この巡視船とは何度かこうして並走したことがありますが、あの艦長はそういう人物じゃありません。一度などは、五時間並走し、その間一度も艦長席から動かなかった。胆力のある艦長です」

「巡視艇、北への針路を取ります！」

ブリッジを挟んだ反対舷側の見張りが報告し、少将は慌てて、ブリッジを横切り、左舷側ウイングへと出た。巡視艇が速度を上げて北へと走り去る。

ストップウォッチを見た。四七分。日本側が、漁船の存在に気付くまで四七分だ。

少将はブリッジに戻り、司令席に座った。

「よし艦長。巡視船に動きがなければ、われわれは何事もなかったかのようにこのコースを直進し、接続海域を抜けてくれ」

作戦は成功だった。二隻の偽装漁船は、巡視艇が五〇〇〇メートルまで接近したところで、針路を反転して北西へと抜けた。

そして漁政船は、接続水域を抜け、南へ大回りした後、今度は釣魚島列嶼《れっしょ》の東側接続水域を北上した。すでに夕暮れ時で艦内では早い食事が催されていた。

作戦室は、客人たちの宴会場と化していた。食事の前に缶ビールが一人一本だけ振る舞われた。そして食事の後は、テーブルの上に広げたチャートを囲むようにスナック菓子が広げられ、めいめい無礼講という形で、意見交換が続けられた。

「諸君、問題は山積みだ」

少将はピーナッツを囓《かじ》りながら言った。

「その山積みの問題を全て出し尽くし、潰さねばならない。二週間以内にそれを完了し、次の一週間で第一段階の作戦計画を立案して上の了解を取り付け、次の一週間で部隊の選定。一ヶ月後には、訓練に移らねばならない。休日は全て潰れることになる。艦長には申し訳ないが、本艦は、訓練の主軸として利用させて貰うことになる。そうだな……」

少将は、壁に掛けられたカレンダーを二枚捲り、二ヶ月後の第一週に拳を打ち付けた。

「どんなに押しても、この辺りには、われわれの作戦は完璧に仕上がり、齟齬《そご》を来《きた》すことなく実行できることを、どんな素人にも、もちろん中南海の政治局員にも証明できるよう完成されている必要がある。いいか、この作戦に武器は必要ない。一発でも銃を撃ったら、われわれの負けだ。武器が必要ないだけに、難しい作戦になる」

談笑していた全員が黙り込んだ。その沈黙を破り、艦長が口を開いた。

「提督、この面子《メンツ》で作戦をやり抜くのであれば、もう少し内容を明らかにしてもよろしいかと思います。その方が、いろいろと案も浮かぶでしょう」

少将は、うん……、と一瞬考えた。

「艦長、もし訓練が始まれば、機密保持のために、乗組員から携帯電話を取り上げ、最低一ヶ月は拘束することになる。外部との接触は許されない。これはあくまでも作戦計画であり、実行が可能であることを党に証明することが目的だ。もちろん実行される可能性もあるが、訓練だけで終わったとしても、相当な期間、情報管理しなければならない。それは可能かね？」

「一生涯にわたっては不可能です。しかし、最低でも乗組員が本艦に乗っている間に関しては、それが半年だろうが一年だろうが、情報管理に全力を尽くします。答えは、可能です。やり遂げます」

「そう期待する。ところで、副長は信頼できる男かね？」

「はい。組んで一五年になります。彼が海事学校を出てからその成長を見てきました」

「よろしい、身上書は帰港してから確認するとして、ブリッジを部下に任せて、副長を呼びたまえ。この悪事には、どのみち、副長の理解も必要になる。そうそう、冷蔵庫から、缶ビールをもう一本持ってこさせろ」

「ありがとうございます」と艦長は艦内電話を取り、ブリッジの指揮を航海長に委《ゆだ》ね、缶ビールを持って作戦室に来るよう副長に命じた。

副長の鄒浩少佐が現れ、トレーに載せられた珠《じゅ》江《こう》ビールの缶を恭《うやうや》しく少将に差し出すと、少将は「ご苦労だった。そのビールは君のものだ。今すぐ飲み干したまえ。これからする話は、多少アルコールが入っていないと卒倒しかねないからな。無論、他言無用だ。機密保持に関しては、あとで艦長から説明して貰え」

副長は、何事かと訝《いぶか》しげな表情ながら、その場でビールを一気飲みした。

「さて、では、船酔いにも慣れた尹大尉に、作戦の概要を説明して貰おう」

立ち上がった尹大尉は、アルコールにも弱いらしく、缶ビール一本で顔が真っ赤だった。

「皆さん、この作戦は、口で言うほど簡単ではありません。同様の作戦は、これまで何度も海軍内部で検討され、またそれを実行に移せ！　と囃《はや》し立《た》てた雑誌もありましたが、いざ作戦を立てるとなると困難です。たとえば、漁船団を組んで大挙して釣魚島に向かったとします。日本側は、漁船のレーダー波を遠くから探知し、その船団が釣魚島に到着する頃には、数十隻の巡視船を並べているこ とでしょう。この作戦は、完璧に隠密裡《おんみつり》に、すなわち奇襲作戦として行う必要があります。また、われわれが対処することになる巡視船の数は、二隻が望ましく、不運にも数が増えたとしても、四隻への対応が限界です。ええと……」

　尹大尉は、海上保安庁製作によるチャートの上に、ピーナッツを何粒か置いた。

「皮付きのものが、海上保安庁の巡視船です。そして、皮なしが本艦であり、漁政船です。この海上保安庁の巡視船を、われわれがあらぬ方角に誘き寄せている間に、本隊を接近させ、釣魚島の北岸に上陸させます。その兵力は、二百数十名。一個中隊です」

　日焼けした一人の中佐が「その数が理想だな……」と漏らすと、隣にいた、同じく日焼けした中佐が、ゴクリと生唾を飲み込みながら、「同感だ」と応じた。

　彼らは今初めて、作戦の目的を報されたのだ。自分たちが、この漁政船に招集された理由を。

「君ら二人が、上陸部隊の指揮を執ることになる。できるか？」

と少将が質した。

「身震いします、提督。孫子の代まで語り継がれる崇高な任務になるでしょう」

　一人の中佐が顔を紅潮させて言った。

「具体的にお話しします」

　と尹大尉が続けた。

「今日、本艦が稼いだ時間は四七分です。実際に、漁船団を繰り出し、彼らに探知されてから、全ての部隊が上陸を終えるまで、最低でも二時間はかかります。つまり、四七分後の、七三分をさらに稼ぐ必要が出てくる。そのため、この巡視船団を釣り出す役割の漁政船の他に、巡視船を妨害する役割の漁船も用意します。スピードが速く、いざとなれば、巡視船と併走して体当たりし、わざと落水者を出して、巡視船に救出させて時間稼ぎできるような勇敢な水兵も必要です」

「落水者を、巡視船が助ける？　島を奪おうとしている連中が殺到している中で、普通はそんなことはしないでしょう？」

　と副長が反論した。

「いえ。日本の巡視船はそうします。必ずです。溺者《できしゃ》救助が最優先です」

「彼は、日本の専門家だ。毎日、日本語で思考する。そこは信じていい」

　と少将が言った。

「こういう作戦になります。まず乗組員に偽装した兵士に、浮力を持つ目立たないベストを着せ、衝突した瞬間に落水させます。次に、それを助けるために浮き輪を投げ、それから、二人目を飛び込ませる。その演技に一〇秒前後を費やせば、日本側は気付かなかったふりはできません」

　もう一人の中佐が立ちどころに作戦を立てた。

「さすがだ、中佐。見込んだだけのことはある。まさに瞬時に、そういう細部に拘《こだわ》った作戦を立てられる人材が欲しかったのだ」

「恐縮です、提督。しかし、作戦の主眼はおそらく、漁船団を使っての妨害工作になろうかと判断します。進路妨害、接触、最終的には、巡視船に接舷しての乗り込みも」

「そうだ。接舷しての乗り込みは私も考えている。できれば避けたいが、万一の場合は、しばらく占拠して、機関関係を破壊しての撤収もありうるだろう。だがそれはあくまでも最終手段であって、その場合も、武器の使用は許されない」

「自分から説明します。大戦後の日本人は大人しくなりました。ただ、人命に関しては極めて敏感です。もし巡視船の乗組員に犠牲者が出たとなると、世論が沸騰する恐れがあります」

　尹大尉が、全員に確認を求めるような口調で言った。

「諸君、この作戦の一番肝要な部分はだな、日本に武力行使させる余地を与えることなく、島を奪還し、実効支配を確立させることだ。ただ、戦力にものをいわせて、島を奪えばいいというものではない。それでことが片付けば、われわれは一〇年前にやっている。蘇岩礁《スーイエンジアオ》を巡っては韓国相手にわれわれは煮え湯を飲まされた。第一列島線すら満足に守れない海軍に、さらに外側の九段線などとても守れたものじゃない。いずれも、我が人民にとって、核心的利益だ。この作戦がもし実行されるなら、我が海軍の意志と人民政府の意志を周辺諸国に明確に印象づけられるだろう」

　全員が二度三度、頷いた。

「では諸君。忌憚《きたん》のない意見を述べてくれ。尹大尉がそれをメモし、後日纏《まと》めて改めて開く正式な作戦会議の俎上《そじょう》に乗せる」

　その夕食に続く奇妙な宴は、結局、全員に二本目のビールを空けさせ、深夜、日付が変わるまで続けられた。

　少将は、この作戦の成否は、この航海で決まったな、と思った。障害はさしてない。訓練用の無人島も設定済み。予算も権限も与えられ、こうして優秀な指揮官も揃った。残る問題は、中南海に、それをやり遂げる覚悟があるか否かだ。

　林徳偉海軍少佐は、迎えにきた向孝文《シイアンシイアオウエン》陸軍大佐に案内されて、長安街の八一大楼《パーイーターロウ》のバス停に立った。大佐から顔写真入りの真新しいパスを渡され、中南海行きのシャトルバスを待った。

　緊張していた。いよいよ今日から中米熱線《ホットライン》室への初出勤だ。糊の利いた制服や靴に汚れがないかをしつこく確認した。

「君は神経質な人間じゃないだろうね？」

　と大佐が冗談めかして尋ねた。

「そう見えますか？」

「緊張するのは解るが、別に主席と会うわけでも、外交部の美人報道官と口を利くわけでもない。慣れれば、退屈な場所だよ」

　バスには窓はあったが、カーテンが引かれて外の景色は見えなかった。中南海に入った後も、右へ左へと結構走ったような気がした。

　まるで空港のような手荷物確認とX線検査を受け、古めかしい建物へと入った。ちらと湖面が見えたような気がしたが、自分が今どこにいるかは解らなかった。

「この部局はまだ、できて日が浅い。だから、われわれが自分で伝統を作ろうということになってな。たとえば新メンバーを歓迎する時には、原隊ではなく、別部隊の者が迎えに行く。海軍の君には私、空軍の士官は、海軍の者がね」

　廊下のドア口にはテーブルがあり下士官が二人座っていた。

　二人が近づくと、立ち上がって敬礼した。

「下士官も三軍から出される。三交代勤務。小間使い程度のことも命じていい。ここは何しろ、買い物にも不便だからな。あと、彼らは、語学資格の取得も目指している。目立たぬ程度に自分の勉強をしていいことになっているので、時々、勉強の面倒を見るのが、われわれ士官の務めだ。于《ユイ》文軒《ウェンシュアン》下士、君は何を目指しているんだったかな？」

「はい、大佐！　自分は外資で語学を磨いた後、語学教室を経営するのが夢であります！」

「ま、そういうことだ。開けてくれ」

　下士が内線電話を取り、ドアを開けるよう求めた。ボアスコープがドアに埋め込まれていて、大佐はそれに向かって短く敬礼した。分厚いドアだった。厚さ七センチはありそうだった。

　部屋は、学校の教室ほどの広さだった。装飾はほとんどなく、壁には、世界時計が掲げられている。ワシントンDC、ロスアンゼルス、モスクワ、パリ、グリニッジ標準時の時計が掛けられていた。

そして部屋の中央に、大きな四角いテーブル。中央には電話機が四台と、ヘッドセットが四個、整然と置かれていた。

陸海空の士官がそれぞれ二名ずつ、背広姿が二名。ただし陸軍は、大佐を入れて三名だ。

「われわれはここをライブラリと呼んでいる。中米ホットラインの管理室になる前は、現に図書室だった。毎日二回、回線の状態を確認するために、米側と音声通信を交わす。全てのやりとりはハードディスクに記録される。ま、おいおいその辺りは慣れて貰うことになるが」

「通信している時以外は、何をしているんですか?」

「雑誌を読み、マフィンを食べながらコーヒーを飲み、当たり障りのない会話をし、時に互いの英語力を試し合い……、そうそう、ここのいろんな部局から、急ぎの翻訳作業を依頼されることがある。どれも最優先という扱いで来るが、そういう雑用だ。シフトは三交代制。そこの背広の二人は、外交部の通訳官で、常に、最低三名は詰めているようシフトが組まれている」

壁際の机で、外交部の通訳のひとりは一心不乱に、何かの文書を翻訳してノートパソコンを叩いていた。

「セキュリティ上の配慮から、ネットに繋がっているパソコンは一台だけだ。個人所有のパソコンの持ち込みは許されない。訪問先はもちろん全て記録される。語学力を維持するために、ネットのストリームで映画を見る程度のことは許される。それと、壁のテレビモニターは二四時間点けっ放しで検閲無しでCNNを映している。これは、何か不測の事態が発生してアメリカ側から電話があった時にわれわれが正しく対応するためだ。同僚はおいおい紹介するとして、海軍の、程《チオン》中佐は知っているな。彼はゴールド・チーム。夜勤明けでもう帰宅する。少佐はひとまずブルー・チームということになる。今朝の定時連絡はすでに終わった。ワシントンDCは二〇時。向こうはブルー・チームが勤務を終えて帰路に就いた頃だろう。中佐、さっきの会話記録を見せてくれ」

空軍中佐が、二六インチのモニターに、その記録を映し出した。天気の話から始まり、アメリカ側は、昨夜北京で開かれた米中友好野球試合に関しての短い感想を述べ、こちらは、昼間テキサスで発生した銃乱射事件に関して哀悼の意を表していた。会話は一分間で終わっていた。

「アメリカ側はどうか知らないが、こちらは、ホットラインの受話器を取る一時間前には、その日の会話のテーマを決めることにしている。実に悩ましい話でね。ややもすると、月の半分が、どこかで起こった銃乱射事件のお悔やみや、戦場での墜落事故の追悼になったりする。今後はもう少し砕けた話題も取り上げようかと協議中だ。感想は？」

「意外に明るいですね。自分は、地下室のうす暗い軍事司令部のような環境を想定していました」

「まあ、いざとなれば、われわれはヘリに乗り込んで西山《シーシャン》やどこかの山の中に穿《うが》たれた地下軍事司令部に避難することになるだろうが、ここは何しろ急造だったものでね。だがそれでも、窓は防音の二重構造にしたし、ホットラインの回線は、四重に取られている。衛星回線が駄目になっても、海底通信ケーブル、インターネット回線もある。短波無線もな」

入り口の机に座っていた陸軍の上士が、「大佐、もう一〇分で掃除部隊がやってきます」と注意を促した。

「ああ、そうだった。一日置きに、防諜部隊が盗聴器の捜索に訪れる。その時間帯は、立ち会える二人を除いて、全員が部屋の外に出なければならない。一五分はかかる。外交部さん！　そろそろファイルをセーブしてくれ」

向大佐は翻訳作業に熱中している外交部に声をかけた。

「ところで、外字新聞にはきちんと目を通しているかね？」

「たまには。八一大楼で英字紙を広げるのは勇気が要りますから」

「それは確かに。ここには、英字紙が一通り揃っている。目を通しておいてくれ。アメリカは時々、遠回しな嫌味を言ってくる。ウイグルでムスリムのデモが起こると、『中央アジアで砂嵐が起こっているようだが？』とかね。そういう時は、次の交信で、アメリカの人種問題をちらと皮肉ってやるんだ」

「最新のトピックスは何ですか？」

「ああ、昨日のニューヨークタイムズだ。ラサで僧侶が焼身自殺した」

大佐は、ニューヨークタイムズを新聞架から取って広げた。不鮮明だが、人間が燃えているようにも見えるカラー写真が、一面に掲載されていた。

「知っての通り、チベット問題は西側にウケる」

「何ヶ月か前、どこかのニュースで似たような事件を聞いた記憶がありますが……」

「流行《はや》っているんだよ。国内では報道管制が敷かれているが、今年に入ってからすでに三人目かな。幸い、まだホームビデオには撮られていない。撮られていても、公安が押さえているんだろう。人民が知らないことは山ほどある。いや正確には、人民が知らないことになっていること、と言うべきかな。この部屋を一歩出たら、発言には気を付けろ。みんなこの件でピリピリしている。この中央弁公庁でも、とりわけ秘書局の連中はな。日に二度、電話がかかってくる。チベット関係で不適切なニュースはないか、と」

「その確認は外交部の仕事ではないのですか？」

「私も知りたいところだ」

大佐は、さあね、という欧米人風のジェスチャーで応じた。

その日、林徳偉海軍少佐は、普段より一時間遅く帰宅した。すでに娘は眠っていた。妻には、これから夜勤が増え、帰宅時間が遅くなることを告げた。自分が中南海勤務になったことは伝えなかった。家族にも話せない規則になっていたし、話したからといってどうなるものでもない。

もっと機械的な仕事を予想していたが、職場の雰囲気は良さそうだった。西側の文化に触れ、親しむことがむしろ奨励されている。軍とはとても思えなかった。

政府の中の政府。中国共産党中央委員会に直属する事務機構だ。泣く子も黙る中央弁公庁の一員になったことが今でも信じられなかった。

第二章

参議院・外交防衛委員会の坂本仁志《さかもとひとし》委員長は、その日の朝、参議院事務局から、三〇分早く登院するよう連絡を受けた。所属グループの朝食会が入っていたが、それをキャンセルして八時前に登院した。大方、野党が嫌がらせして、外務省が質問取りに失敗したのだろうと思った。これが昔なら、安保絡みの爆弾質問もあっただろうが、今日に関しては、テレビ中継の予定もなく、事前の質問者リストを見ても、そういう顔ぶれではなかった。

自分の役割は、目立たずつつがなく審議を進行させ、決してテレビ・ニュースにならぬよう場を仕切ることだ。国会が止まるのは、正直、予算委員会だけで十分だと思った。

野党議員が欲するのは、政府側を吊し上げている絵だ。別に建設的な議論を望んでいるわけではない。

二階にある委員長控え室に顔を出すと、事務局の面々に外務省、なぜか防衛省の制服組までが揃っていた。その制服姿を見つけたところで、秘書が気を利かして席を外した。

機密要件を扱う時の習わしで、参議院・外交防衛委員会調査室調査官の楠木彰《くすのきあきら》が、ボードに張られたA4用紙とボールペンを差し出した。何というか、目立つ男だ。いったいどういう食生活を送っているのか、身長一七〇センチで体重は優に一〇〇キロを超えていそうだった。

そこには、秘密を共有する者全員の名前が書き込まれ、すでにブリーフィングを受けた者のサインが書き込まれていた。官房副長官、防衛大臣、もちろん事務方の名前もある。外務省事務次官、防衛大臣秘書官、内閣情報調査室室長、そして、お役所側で知る立場にある者もノンキャリアに至るまで名前が入っている。全員で三〇名近くの名簿だった。いつの頃からか、その名簿は〈小隊名簿〉と呼ばれていた。

ただし、衆議院・安全保障委員会委員長の名前は、斜線で消してあった。つまり、彼女に報せる必要はないという判断がなされたという意味で、ということは中国絡みだろうと坂本は察した。彼女は、中国べったりで知られる政治家だ。

坂本はその名前を人差し指でコツコツと叩き、「これ、問題ないんだね？」と楠木に質した。すると、彼の上司の国上鉄雄《くにがみてつお》上席調査官が「問題ありません。外務事務次官の了承を得た上、党側では、先生が了解なさったことになっております」と応えた。こちらは楠木とは正反対で、人生において、一度もBMI（肥満指数）の平均値をオーバーしたことがないというスリムな男だった。

「僕が？　彼女は苦手だ……」

坂本は、苦笑いしながらも頷き、サインを日時と共に入れた。

「さて、彼女を除外したということは、中国案件なわけだ。海上自衛隊の制服さんが来ているということは、尖閣か、ガス田《でん》絡み？」

「ご明察です」と国上。

坂本がその〈小隊名簿〉を楠木に返すと、楠木は防衛省の担当者にそれを手渡した。そして坂本が椅子に腰を降ろし、「始めてくれ」と促すと、楠木が、分厚いファイルを目の前に置いて開いた。

「尖閣に関してです。一週間前、中国の新造漁政船が魚釣島《うおつりじま》の接続水域を通過しました。頻度的には、そう多いわけではありません。漁政船の尖閣海域接近は、平均しますと、月に一回、多い時でも月三回の示威行動というペースです。ただ、この時は、若干異例な状況がありました。航跡図をご覧ください。これは、海上保安庁が政府に提出した彼我《ひが》の航跡図です」

コピーだったが、B4サイズの海図には、保安庁の巡視船、中国の漁政船の航跡、そしてたまたま島の北側にいた中国漁船二隻の航跡が描かれていた。

「この時は、たまたま漁政船の背後に中国の漁船が現れたものと判断されましたが、昨夜、周辺海域で警戒に就いていた我が方の潜水艦が帰港し、この二隻の漁船と漁政船が、尖閣海域に現れる前、しばらく並走していた形跡があることが判明しました。そこで、改めて、状況を再検討したところ、中国側漁政船は、巡視船のレーダーの性能を確認するのが目的だったのではという結論に至りました。二佐、例のものを」

楠木が促すと、海自の制服組が、ブリーフケースから、「極秘」のスタンプが押された茶封筒を取り出し、さらにその中からモノクロ写真を取り出してテーブルに置いた。

楠木がファイルを捲り、同じ写真、ただしこちらはカラーの写真を横に並べてみせた。

「カラーの方は、駆けつけた巡視艇が、望遠レンズで撮影したものです。モノクロの方は、当方潜水艦が、潜望鏡で撮影したものです」

坂本がそういう写真を見るのは初めてだった。

「へぇ。綺麗だね」

「この二枚の写真の違いがわかりますか？」

「うーんと……、光線の具合から、向かっている針路が違うとか？　乗組員の顔は解らないなぁ」

「ブリッジの上の屋根にご注目ください。潜水艦が撮った写真には、いわゆる八木《やぎ》アンテナと、空中線が何本か張られているのが見えます。いずれも漁船には無用なものです。一方、巡視艇が撮影したものにはありません。おそらくは、巡視艇が接近する前に外して隠したのでしょう」

「確か、この時は危なかったんだよね？　漁政船に注意を奪われて、島の北側にいた漁船が領海内に入るところだった」

「はい。おそらく中国は、漁政船が巡視船艇を引き付けている隙に、魚釣島の島陰《しまかげ》を利用することで、どこまで船舶が接近できるかを試したのだと判断されます。それともう一つ。この時、巡視船が望遠カメラで撮影した漁政船のデッキに、ある人物が立っていたことが確認されました」

その次のページを捲ると、ウイングに立つ精悍な顔立ちの男が写っていた。ライフベストで階級章は隠れているが、いましも双眼鏡を構えようとしていた。

「警察庁の顔認識ソフトで、撮影した人物の写真を全て検索に掛けたところ、一人だけヒットしたのが彼でした」

もう一枚の写真が開かれる。観閲式か何かで撮影された写真のようだった。前後左右に軍人の顔が写っていた。

「二年前まで、中国大使館の海軍武官として駐在していた王洪波《ワンホンボ》大佐です。帰国してから、昨年、少将に昇進したことが確認されています。これまで、大尉時代を含めて、六年間の日本滞在経験があります。警察庁が、いわゆる行動確認した時の報告書がありますが、ご覧になりますか？」

坂本は、うんざりした顔で首を振った。

「例の、三六五日尾行して盗聴した記録だろう？　そんなものを読む暇はないよ。何か問題なのかね、彼が？」

「少々、型破りな軍人のようで、海自のカウンターパートと宴席で、尖閣の攻略作戦や、米空母の撃沈方法を開けっぴろげに論じる人物だそうです」

「解った。つまり、その軍人は、尖閣を巡って何かよからぬ企みを企図《きと》しているわけだ。しかし日中関係に取り立てて懸案事項は無く、わが政権は以前にもまして北京には平身低頭だ。もっともその政権も間もなく幕を閉じるが……」

坂本は、自分で口にしたことでふと、思いついた。

「つまり……、君たちは政権交代の間隙《かんげき》を衝《つ》いて、中国が何か仕掛けてくると睨んでいるわけだな？」

「はい。以前にも、首相が交代する僅《わず》か二日三日の間に、漁政船を突っ込ませて領海侵犯しました」

「さて、それは問題だぞ……」

坂本は、フーと溜息を漏らして、ファイルを覗き込んでいた机から上半身を起こし、改めて全員の顔を見遣《みや》った。

今度は、解散総選挙を伴う政権交代になる。しかも、与党たるわが党の敗北は必至だ。野党側も連立を組まなければ、単独での政権獲得は難しいだろうが、それでも、自分らが政権の座を降りることは避けられないだろう。

「解散があって、総選挙を終えて組閣まで四〇日あるかないかだ。防衛大臣は何と？」

「大臣は、『素人目線』が口癖の方ですから……」

防衛省から来た事務方が、冷めた口調で言った。

「挙げ句に副大臣は、イケイケドンドンのタカ派ならぬバカ派だと言うんだろう？」

「官房副長官の了解を得ております。本件は、先生のご指導の下、処理させていただくのがベストかと」

国上上席調査官が有無を言わせぬ口調で言った。官房副長官は、官僚の中の官僚。時に総理大臣より大きな影響力を持つ。

「国務大臣でもない、しかも参議院の委員長に過ぎない私がこんな大事を預かるのかね？」

「参議院ですから、解散になっても選挙に縛られずに済みます。先生はお顔も広いし、すでに委員長職も長い。何より、この委員会を巧く纏めて来られた。防衛省も外務省も全幅の信頼を置いています」

と上席調査官が畳みかける。

「そうそう。その外務省だが、どの道、われわれがこうして中国の意図に気付きつつあることは外務省のチャイナスクールから中国に漏れるだろう。それが警告になることはないのかね？」

「彼は、王洪波という男は、おそらくそれを気にしないだろうという分析です」

楠木が言った。

「本当に僕以外に人材はいないのかね？」

「おりません。そもそも、防衛省や外務省周辺で動くと、あらぬ疑いを中国からもたれることになります。この部屋で、先生とわれわれが処理するのが一番無難です」

楠木がさらに言った。

「まあ、何もないという前提で引き受けるが、海保との情報共有を密にしなきゃならないだろう。それが、僕がこれを引き受ける条件だ。〈小隊名簿〉に、国交省と海保を加えたまえ。それと、しばらくは、漁政船の動きに細心の注意を払うということで」

「ありがとうございます」と国上が一礼した。

「じゃあ、何か進展があったら、このメンバーに、海保の担当者も加わってもらい、また集まることにしましょう。二人はちょっと残ってくれ」

調査官二人を残して、全員が出て行くと、坂本は、応接セットに移動して、二人を掛けさせた。

「九点破線だっけ?」

「はい、中国語では、九段線と書きますが、中国が南沙《なんさ》海域に主張している防衛ラインのことです。ただ問題は、それより蘇岩礁《そがんしょう》紛争でしょう」

楠木は、応接台の下に常備されている極東地図をテーブルの上に広げた。済州島《さいしゅうとう》の西にある岩礁地帯に、赤丸が点けられていた。

「半年ほど前、中国の漁船団が韓国側排他的経済水域《EEZ》内に侵入し、韓国の海洋警察庁がこれを一隻拿捕《だほ》したことで、中韓関係は緊張しました。ところが韓国政府は、中国側の脅しに屈しなかったため、日本に対してかつては強硬姿勢に出て果実を取ったのに、今度の新しい政権は弱腰だと批判が噴出しているようです」

「それでまた尖閣で点数を稼ごうというわけか……」

「チベット問題も若干緊迫しています。いろいろとあちらも大変なようです」

と国上が繋いだ。

「どんなやっかい事を抱えようが、毎年政権が代わる政府よりはましさ。とにかく、注意して見守ろう。とは言っても、事前に巡視船や艦艇を尖閣に派遣するわけにも行かないしな」

「その件に関して、一つアイディアがあります。海自や海保と調整する必要がありますが、中国の関心を惹かずに、ある程度艦艇や巡視船を集めておくことが可能だと思います」

国上の提案に、坂本は「ほう、面白そうだな」と応じた。

「はい。しかし先生はご存じない方がいいでしょう。この会話も無かったことに」

「解った。委細任すよ。さて今朝は飯を食い損ねた。ベーグルとは言わない、サンドウィッチの類《たぐい》でいいんだけどね？」

楠木が跳ね上がるように立ち上がった。

「気が利きませんで。売店を開けさせて何か見繕って来ます」

国上と楠木は連れだって、委員長室を出た。後ろ手に扉を閉めた瞬間、楠木が「いいんですか？」と問うた。

「例の尖閣事件が起こった直後に話した、あの作戦でしょう？」

「もとは君のアイディアだろう？」

「ただの酒の上のヨタ話ですよ。上手く行くとは思えない。情報はどこかから必ず漏れるし、事後でも公《おおやけ》になったらことですよ。だいたい、どこの漁業組合に持ちかけるんですか？　特殊部隊を派遣して漁船を盗むというわけにもいかないでしょう」

「目処《めど》は付いている。今週末にでも俺が田舎に帰って、話をしてくる。組合じゃなく、同級生の漁師に、個人的にな。だから、責任も俺が一人で被《かぶ》る。君は知らなかったことにすればいい」

「奄美《あまみ》ですか……。自分も同行してよろしいでしょうか」

「俺の交渉力が心配か？」

「とんでもない。自分は都会育ちなので、先輩の故郷を見てみたいだけです。その前に急いで、海保と海幕《かいばく》の間で、作戦を詰めないと。相当な奇手奇策ということになりますね」

「ああ、海保・海幕のどちらかが協力を拒んだら、この話はチャラだ。全てなかったことにする。連中を口説き落とせるかどうかが最初のハードルだな」

二人は、その日の審議の合間を縫い、海上幕僚監部と海上保安庁の担当者に連絡を取り、夕方、審議が退《ひ》けてから、国会内の小部屋で会合を持った。作戦会議と呼ぶに相応しい細部に至る問題点を洗い出し、最終的に、巻き込む人数をリストアップした。作戦には、機密保持の関係から海上自衛隊の艦船が当たるべきとの意見で一致したが、それでも、事態が発生してから、機密を保持できるのは、艦艇が港に帰り、乗組員が上陸する一週間前後が限界だろうということになった。

どのみち、東シナ海に長時間、巡視船や艦船を集めておける時間も限定される。おそらくこれがベストな対応策だろう、という結論に達した。あとは、国上が地元に戻って、それを実行する漁師を説得するだけとなった。

翌朝一番、国上と楠木は休暇申請を提出した。本来なら公務旅行の手続きを取るべきだが、足跡を残すわけにはいかないので、旅費も自腹だ。国上はともかく、楠木は、その航空料金に驚いた。グアムや香港のパック旅行より高い。結局、ローコストキャリアの朝一便で、ひとまず鹿児島まで飛び、そこから奄美へ渡ることになった。

中華人民共和国国家主席・唐鴻英《タンホンイン》は、その地位を手にして半年になる。順風満帆《じゅんぷうまんぱん》な人生ではなかった。太子党《たいしとう》として銀のスプーンをくわえて生まれてはきたものの、父親は文化大革命で失脚もしたし、自身、手を血に染めて栄達を勝ち取った時代もあった。

いざ中華王朝の玉座に就いた時には、国家はボロボロだった。世界経済は崖っぷちに立たされ、中国経済もインフレが続いて、暗いトンネルの入り口に向かってまっしぐらだ。

眠れぬ夜を過ごし、しばらく前からは睡眠薬を服用するようになっていた。

薬の力を借りてうとうとしたのもつかの間、中弁主任の蘇半農《スバンノン》がドアをノックした。睡魔のせいで、一瞬、別室で寝ている妻か、はたまた幽霊かと思った。返事をしながら身を起こす。蘇が静かに部屋に滑り込んできた。

「主任、君が羨ましいよ……。この部屋で眠っている二〇年後の自分の姿を思い浮かべるのは楽しいだろう。実際にここの住人になってみろ。ベッドから引きずり出される恐怖に怯える毎日だ」

「自分は、その二〇年後、わが共産党がこの国を支配できているだろうかと毎晩不安になります」

国家主席まで上り詰めた者は、ほぼ全員が中弁主任を経験してきた。彼もいずれは頂点を狙うことになる。だが確かに、共産党がいつまで存在するかはわからない。

「強い薬でも持ってきたか？」

「はい。しかし目覚ましにしかならないニュースも一緒です。ラサで僧侶が焼身自殺しました」

「今年何人目だ？」

「五人目です」

「君は、その程度のことでいちいち私を起こしたりはしないはずだが」

主任は、ｉＰａｄを唐の前に掲げて、一般人民はアクセスできないことになっているユーチューブの映像を再生してみせた。

「自殺したのは、ザンブン・プンツォク師です。若い僧侶に支えられ、ジョカン寺を出た後、八角街のど真ん中でガソリンを被りました」

「一人じゃないのか⁉」

唐は、その動画を見て絶句した。狭い通りを、信徒を従えて歩く老僧の背後から、誰かが半透明の液体をかけている。老僧が両手を合わせた瞬間、隣にいた若い僧がライターで火を点けた。ガソリンは爆発するように燃え上がり、その左右で老僧を支えていた若い僧二人と、背後にいた僧をも巻き込んだ。三人の若い僧は、老僧に頭を垂れ、地面に膝を突き、老僧は、その三人に支えられるようにして炎上していた。私服の公安警官に制止されて撮影が終わるまで、老僧は立ったままだった。

「すでに一〇〇万回以上再生され、世界中のテレビが、トップニュース扱いで報じています」

「いつの事件だ？　だいたい、八角街なんて五メートル置きに私服警官が立っている場所で、なんでこんなことが起こるんだ？」

「発生したのは、現地時間の夕方です。背景が夕焼けでしょう？　高度があるから、空気が澄んでひときわ美しい」

「ああ、手前に映っているのが、燃え上がる僧侶でなければ私も同意するよ。できればそのラサの夕景だけを眺めたいものだ。……なぜ今頃、私が知る羽目になったのだ？」

「主席は二時間前までアメリカ大使とご歓談でした。自分はついさきほどまで、本件の処理に追われておりました。焼身自殺は計画的だった模様です。まず八角街のすぐ外で、窃盗事件と傷害事件が発生し、私服警官が移動を強いられています。そして、老僧は信者に囲まれ、彼がそこにいることが解らないよう隠されていました」

「誰だって？――」

唐は、もう一度、その老僧の名前を確認した。

「転生ラマの一人、ザンブン・プンツォク師です」

「プンツォク⁉　あのプンツォクなのか？　彼はもう九〇歳だろう？」

「はい。摂生《せっせい》の甲斐あって長命だった様子です」

「彼の心臓病を治すために専用機を手配してやったのは、私が中弁主任だった時だぞ。ずいぶん長いこと、いかなる公職にもなかっただろう？」

「確認しましたが、そのようです。その名前がこの四半世紀、何かの国内メディアで報じられたことは一度もありません。そのことが逆に、彼の名声を高めたことは間違いないかと」

「ビデオまで撮られ、しかもそれが半日も経たずにネットに流れて世界中に知れ渡る……。こういう事態を防ぐために、ラサのネット接続は規制したんじゃなかったのか？」

「現在検証中ですが、衛星携帯を使用したのかもしれません。その場合、外国勢力の陰謀を疑う必要があろうかと。灯りをよろしいですか？」

唐は、そうしろと手振りで応じた。天井の蛍光灯が点く。

「新聞はもとより、ネット規制に全力を尽くせ。〝微博《ウェイボー》〟にはもう流れているんだろうな？」

〝微博〟。中国版ツイッターだ。

「はい。残念ながらいたちごっこです。今や五億もの国民がネットを使っています。それを監視して封じ込めるには、ネット監視に一億人ほど雇用しませんと」

「チベット自治区の公安部長を電話口に呼び出せ。戒厳令を敷いても構わない。どんな犠牲を払っても、ラサ暴動のような事態はゆるさんぞ。それとな……」

唐は、ベッドから足を出し、腰を下ろしたまましばらく考え込んだ。そして一瞬、話題を逸らした。

「君は、毎晩悪夢にうなされることになっても、私のポストが欲しいかね？」

「党と人民がそれを望むなら、責務を果たすまでです」

「明日の朝一番で、海軍の王洪波少将を私の部屋によこせ。他の誰にも知られてはならない。ああ、いや、私の部屋は拙《まず》いか。宣伝して歩くようなものだな。どこか、適当な場所は？」

「この中南海でとなりますと……。そうだ。図書室はいかがですか？　電話局傘下の中米ホットライン室です。主席の執務室からも利用できますが、部屋を訪れても不思議はありません。外からは、この事態を巡って、外国政府が介入してくる前に、主席が合衆国大統領に釘を刺したのだと説明できます。多少尾ひれを付けて、主席が激しく米大統領に内政不干渉を迫ったということにすれば、貴方が強硬な意志でこの問題に挑んでいることを軍や党に指し示すことにもなります」

「なるほど。つまり、私が中米ホットラインを利用した事実は存在せずとも、非公式な話だけが一人歩きするわけだな。いいだろう。全て君に任せる。コーヒーを一杯頼む。そして、公安部長だ。私に代わって、公安部長を処刑する者をこれから全国に配置した方がいいかもしれんな」

中弁主任がｉＰａｄを小脇に抱えて部屋を辞した。どうも嫌な予感がする。自分はチベットには何の足がかりもないが、自分の競争相手たちは、それなりにチベット自治区の要職を経て出世している。その連中が自分の足を掬《すく》おうとしているのではないかという疑念が湧いてきた。

表向きはともかく、アメリカもそう見るだろう。唐鴻英は就任早々、政権基盤が揺らいでいる、と。そうなると、ライバルたちに謀略を仕掛けられ、そのうち北京にも不穏な風が吹き始める。その風を一掃するための、強力な反撃が必要だった。

その翌朝、林徳偉《リンドーウェイ》海軍少佐は普段通りにシャトルバスに乗り、中南海に出勤した。図書室に続く廊下の手前で、警備局の私服警官が身分証を一枚一枚チェックしていた。

向孝文《シィアンシィアオウェン》陸軍大佐はすでに部屋にいたが、鞄を開けることなく、部屋のあちこちに目を配り、片付け作業に熱中していた。

「昨日の事案を聞いたかね？」

「事案？」

大佐は、ハードディスク・レコーダーを操作し、モニターにCNNニュースを流した。

「ああ。昨夜、CNNの画面が十分近くブラックアウトしたとネットで話題になったとか」

いきなり、僧侶達が集団焼身自殺するシーンが映し出された。微妙にぼかしてはあったが、それが僧侶だということはわかったし、それを囲む信徒たちが、一心に祈りを捧げている様子も見て取れた。

「全く日本人はやっかいなものを発明する。ハイビジョン・カメラの映りときたら、まるで映画を見ているようだ。ネットのいたるところで無修正の動画が流れている。今年一番のヒット作だ。外交部が、グーグルにファイルの削除要請をしたが、拒否されたらしい。その程度のことで、いちいち米国務省はコメントを出すんだぞ」

「はあ……。集団自殺はともかく、僧侶の自殺自体は珍しくもないと思いますが？」

「ただの僧侶じゃない。転生ラマとかいう位の指導僧と、その弟子らしい。で、わが主席が、内政不干渉を訴えて米大統領と直接話をする」

「この部屋でですか？」

壁際で、外交部の背広組が一心不乱にキーボードを叩き、プリントアウトに目を通している。抗議文の雛型《ひながた》を作っている様子だった。

「執務室の回線状態がいまいち良くないらしい。それでこの部屋から直接話しかける。間もなく防課部が、盗聴器の掃除にくる。全員がこの部屋に留まることは許されないから、各軍一人ずつというこことになるな。少佐は次の機会があるから、すまんが海軍の席は先輩に譲ってくれ」

「構いません」

ゴールド・チームの中佐が残ることになった。やがて複数の足音が響いてくると、普段の手順をすっ飛ばして、上士がドアを開け放った。

名前しか知らない中弁主任が、防諜部隊と共に入ってきた。全身から溢れるオーラを感じる。出世街道の最前線に立つ者が放つ強烈なエネルギーだ。

「諸君、ご苦労。朝から面倒をかける。早速だが、全員席を外してもらう。諸君を信頼しないわけではないのだが、極めて微妙な話で、主席は、旧知の人間による通訳をお望みだ。中弁を預かる自分としても不本意だったが、この一回限りということで了解した。二度とこのようなことがないよう、主席にはきつく申し上げてある。すまないが、荷物を持ってすぐ部屋を出てくれ。ただし目立たないようにな」

大佐は、特に感情を表にすることもなく「了解しました」と応じ、全員を促して部屋の外に出た。奥の部屋の前に目隠しの衝立《ついたて》が立てられ、パイプ椅子が並べられていた。そこで待機しろということらしかった。

パイプ椅子に腰を下ろす。

「あとで会議内容を報されることはあるんでしょうか？」

と少佐は小声で大佐に尋ねた。

「今後、あるかもしれない再会談に備えて知っておくべきだろう。当たり障りがない内容ならもらえるんじゃないか？　あとで中弁主任に頼んでみるよ」

少佐は、廊下の窓の外の風景をぼんやり眺めた。ここでは立ち止まることは許されない。景色をゆっくり見る余裕もなかった。彼は未だに、自分が働いている場所が、中南海のどこにあるか知らなかった。火事にでもなったら、このビルからは逃げ出せても、その先どうすればいいかわからないのだ。最悪の場合、湖に飛び込むしかない。冗談でなく、ここではそういう会話が交わされていた。

五分ほどして防諜班が出て行くと、海軍の制服を着た人物が二人現れたのが衝立の隙間から見えた。上官がブリーフケースを副官から受け取り、一人で部屋の中に入った。

少佐は（えっ？）と思わず腰を浮かせた。

「知っている人間かね？」と大佐が聞いた。

「いえ、知っているというわけではありませんが。海軍少将の方は、確か王洪波少将です」

「ふーん、アメリカ帰りとか？」

「いえ。彼は対日作戦部で、日本駐在から帰国したばかりです」

「じゃあ、英語くらい喋れるだろう」

「どうでしょう。軍の語学学校で和製英語の勉強をした時に、彼が教官として招かれたことがあります。英語使いには見えませんでしたが……」

続いて、国家主席が、警護兵に囲まれて現れる。少佐にとって、初めて目にする生の国家主席だった。空気が一瞬にして張り詰める。

主席が一人で部屋に入ると、ドアが閉じられた。自分が見逃していなければ、今、部屋の中にいるのは、中弁主任と、海軍少将、そして国家主席のみだ。

唐鴻英国家主席は、部屋に入るなり、電話が載る中央のテーブルの端の椅子に腰を下ろし、王洪波少将に、「急げ。時間がないぞ。君は、ほんの二〇分で私を説得しなきゃならん」と命じ、席に着くよう促した。

少将が斜め向かいに腰を下ろし、ブリーフケースから、厚さ五センチほどのファイルを取り出し、主席の前で開いた。

「君が総参謀本部情報二部に上げた報告書を読んだよ。あの、表紙に赤い星が仰々しく五つ並んだやつだ。正直な話、君ら、頭は大丈夫か？」

唐は真顔で言った。

「三日置きに、やれアメリカが攻めてくる、すわベトナムが仕掛けてくるとたわごとを書き連ねては私の時間を奪う。率直なところ、専門医の診断が必要だと思うよ」

「あれはまあ、祭《まつり》における爆竹です。しかし、そのお陰で自分の報告書が主席の目に留まったわけですから」

「君の訓練計画書を了承したのは私だ。――茶でも飲むか？」

と唐は主任を振り返った。

「いえ、時間がもったいないので自分は結構です」

「そう言うな。時間稼ぎは必要だ。まだ会談は始まっていないということを外の連中に印象づけなきゃならない。私はコーヒーでいい」

「では自分も同じものを」

主任がドアの外に電話をかけ、コーヒーを急ぐように命じた。

「見せてもらうぞ……」

主席は、左肘をテーブルに載せ、ファイルを捲り始めた。作戦計画と進捗《しんちょく》状況、そして訓練風景を写した写真が多数貼り付けられていた。

「訓練の進捗状況はどのくらいだ？」

「七〇パーセントほどです。作戦の成否は、日本の巡視船艇をいかに抑え込むかにかかっています。

現在、実際に島を占領する部隊が、離島でのサバイバル訓練に入ったところです。予定では、二週間ほどそれを行い、問題点を洗い出して実際の作戦に備える手はずになっています」

「どんな問題点が想定される?」

少将は立ち上がり、主席の横でページを捲った。

「現時点で列挙できるものを書き込んでありますが、無補給での駐屯がどのくらいに及ぶのか、まだ未知数です。ですので、島での自給自足を前提として、鶏を持参します。農耕を行うために、農業技術者も連れていきますし、不意の怪我に備えて、外科医や、携帯型のX線装置、手術用具一式も持参しなければなりません」

「ここにある、C‐2案はどうなんだ?」

主席は自分で後ろのほうのページを示した。

「作戦としてはアリですが、自分としてはお勧めできません。この島は、釣魚島と違い、緑もなく、ただ峨々《がが》たる岩山で、水の補給ができません。現状では、目標は釣魚島一つに絞るべきと判断します」

「だが、日本側がもし何かの軍事作戦を行うとしたら、中国との交戦を避け、かつ権益を主張するために、その島に上陸作戦を敢行する可能性もあるだろう?」

「はい。当然、それもあり得ます。その場合、互いの海軍艦艇が入り乱れ、一触即発の危険をはらむことになるでしょう。もし砲火を交える事態になった場合、われわれに勝ち目はありません」

「いいのか? そんなことを言って。情報二部はそんな敗北を前提とした作戦計画は認めないだろう」

「事実ですから。従いまして、そもそも、自衛隊の反撃意志を挫くことが最優先になります。敵より先に、艦艇を出すことが必須です」

「つまり、単に歩兵が上陸するだけでなく、日本が艦艇を出して来る前に、こちらの軍艦で小島を含めていくつかを包囲しなければならんわけだ」

「我らの領海ですから、法律的には問題ありません」

「君が問題点と考える難所はどこだね？」

　少将は、また椅子に座り、主席と向かい合った。

「二点あります。第一に、作戦初期においては、決して海上保安庁側に死者を出さないことです。日本の世論の仕組みは知り尽くしているつもりですが、彼らも北朝鮮に対しては強硬でした。武力行使し、工作船を沈めた過去があります。乗組員に犠牲者が出たとなると、政権は世論の追い風を受けて一歩も二歩も強く出られます」

「もし犠牲者が出たら？」

　少将は、ページを捲った。

「A‐4案にありますが、漁船を一隻爆破して沈めます。海保が実力行使に出て、中国漁船が撃沈されたことにします。機銃掃射を受けて、船体に孔が開き、エンジンに火が回り、シャツに火が着いた乗組員たちが、次々と海に飛び込み、最終的に漁船が沈没するところまでを撮影した、若干不鮮明なホームビデオの映像がすでに用意されています」

「本当に⁉　撮影時と作戦決行日の天気が違ったらどうするんだ？」

　少将はさらにページを捲った。三枚の写真が上中下と並べてある。それぞれ、快晴、曇天、雨の中、燃え上がる漁船が写っていた。

「偽装工作のために三隻も漁船を沈めたのか？」

「はい。いずれも密漁などで没収された船です」

「たいした奴だ……。君のことは一通り調べさせたが、『細部に拘る男』だという評だった。人物評価としては感心できん。上官らには嫌われたようだな」

ドアがノックされ、トレーに載ったコーヒーセットを主任が受け取って、テーブルの端に置き、コーヒーカップにそれぞれ注いだ。

主任が「提督、砂糖とミルクは？」と尋ねたが、「結構です」と少将は会釈した。

「もう一つの問題は、アメリカが出てくることを何としても阻止せねばならないということです」

「可能なのか？」

「尖閣問題に関するアメリカの姿勢は一貫しています。そこに日米安保は適用される。しかし……、です。しかし、日米安保は、基本的に自衛隊が防御を担当し、米軍が攻撃を担当するという条約です。まずは自衛隊が矢面《やおもて》に立ち、しかるべき犠牲を払い、それでも駄目だったら援助する、という形になります。辺鄙《へんぴ》な場所にある無人島が占領されただけで海兵隊が出ていくなんてことは、そもそもアメリカの世論が許さないし、議会も同じでしょう。イラクやアフガンで疲弊しきった今は特に。つまり、自衛隊の出動さえ阻止できれば、米軍の出動はありません。やれます」

主席は、コーヒーに砂糖を一つ入れさせて、二口ほど飲んだ。

「日本での暮らしはどうだったかね？」

「物価高さえ我慢すれば、快適そのものです。祖国は近いし、漢字文化を共有している。彼らは、共産党政治を毛嫌いしていますが、それでもわれわれの文化には敬意を払っています。日本人が好きか？　と問われれば素直な気持ちで返事はできませんが、尊敬し、畏怖《いふ》すべき対象であることは間違いありません」

「なぜ日本を選んだ？　出世の早道なら、やはりアメリカだろう」

「いずれわれわれは日本から学ぶ日がくると信じ

ました。アメリカは強大すぎて太刀打ちできないが、日本の挫折や失敗からこそ多くを学べると。それに、日本語は、英語より挑戦しがいがありました。我が軍には、アメリカ通は溢れていますが、日本通は意外に少ないのです」

主席は、コーヒーを半分ほど飲むと、少将にも口を付けるよう命じ、もう一度ファイルに視線を戻した。少将がコーヒーを飲む間、無言のままページを捲り続けた。

初期段階での参加兵力が二五〇〇名とある。これだけの数が参加するとなると、いずれ機密は漏れる。日本側が先に艦艇を配したら、作戦は不可能だ。

「あまり時間がないことは解っているね？」

「はい、作戦趣意書にも書きましたが、日本側の事情からも、機会は今しかありません。間もなく日本は解散総選挙で、首相が交代します」

「うん。今年何人目の総理だ？」

「幸い、今年は二人の交代で済みそうです。ただし大きな政権交代になるので、しばらくは混乱するでしょう。その隙につけ込みます」

「知っての通り、われわれにも余裕はない。蘇岩礁事案は、君ら海軍の失態だ。チベット情勢はしばらく悪化するだろう。インフレが進み、人民の不満は頂点に達しつつある。海軍の名誉挽回と人民のガス抜きが必要だ。九段線を巡り、周辺各国に中国の明確な意志を示す必要もある。失敗は許されないぞ。初期段階で二五〇〇名も参加する作戦の機密保持など可能なのか？」

「その半数は補給関係で、実際に作戦に出るのは、一〇〇〇名を僅かに超える程度で、それも、下士官から新兵まで含めた延べ人数です。実際に作戦を知る者は、徐々に増えていきますが、専門の防諜部隊を設けて、情報管理を徹底させております。

主席の許可さえいただければ、直ちに全員の携帯を取り上げ、ネットからも遠ざける用意はすでに調《ととの》っております」

主席は、またページを捲った。今度は、下の欄外にびっしりと書き込まれた小さい文字を追った。そこにはエスケープ・ルートに関する記述が書き込まれていた。

「この……、巡視船包囲に関するエスケープ・ルートはやたらと複雑なんだな」

「はい。一応、巡視船艇が最大四隻登場し、しかも、接近途上から発見されても十分それを躱《かわ》して突撃できるよう、作戦を立てました」

「四隻が限界か？」

「通常は二隻しかいません。最大五隻までは相手にできる作戦ですが、五隻も揃うと、巡視船側もコンビネーションを取った妨害作戦が取れます」

「巡視船が躊躇《ためら》わずに実弾を撃ってきたら？」

「偽装漁船に乗っているのは軍人です。それを想定した訓練も行っています。幸いなことに、船を沈めるのは大変です。機関砲弾を二、三〇発撃ち込んでも、瞬時に沈むわけではありません。その間に、別の船が島に辿り着けます」

「英語で、何と言ったかな……、ポイント・オブ・ノーリターン」

「帰投不能点ですね。厳密にはありません。たとえば、運悪く、数隻の漁船が海保の巡視艇に拿捕され、乗組員が琉球本島に連れ去られることも想定済みです。漁船に乗り込む特攻部隊は、すでに座学による捕虜尋問訓練を受けており、訓練の最後には、三日三晩に及ぶ不眠不休の捕虜虐待訓練も受けます」

「大丈夫なのか？　日本人に対する憎悪を植え付けて戦場に出したら、不要な場面で爆発して日本人を殺すかもしれない」

「精神医学者と心理学者を集めて訓練内容を組み立てました。訓練後のカウンセリングも用意してあります」

「いったいどこにそんな金があったんだ。海軍はどこかに金鉱でも持っているのかね……」

「何しろ、空母を量産できるほどですから」

少将は、皮肉げに応じた。

「君は批判的なのかね？　空母保有に」

「かつて空母艦隊を持っていた日本が、戦後その保有を諦めたことには理由があります。アメリカがそれを禁じたから、というだけではない。金食い虫だからです。空母なんて魚雷一発でひっくり返る。われわれには、そんなオモチャを弄ぶ前に、金を使うべきところがごまんとあるでしょう」

「総参謀本部でそれを口にしたら、君は一生、どこかの内陸の湖に飛ばされて、そこで海軍人生を終えることになる」

「別に隠してはおりません。自分の意見に同調する同志もいます。ただ、少数派というだけです」

「うん。君の人となりはよく解った」

主席は、主任を手招きした。主任が、ファイルの最後のページに、ボールペンで電話番号と名前を書き込んだ。

「中弁主任の秘書の一人だ。彼に電話をすれば、中弁主任が全てを処理してくれる。明日、宇宙飛行士を月に送り込んでくれという頼み以外なら、だいたい応じられるだろう。作戦を認可する。逐次進捗状況を秘書に報告してくれ。二週間後、作戦決行日を決めよう。機密漏洩には気を付けよ。政治局員の何人《なんぴと》たりとて知られてはならん」

「了解しております。明日中に、この作戦全体を隠蔽《いんぺい》する偽装作戦をお届けします」

「ああ、いわゆるカバーストーリーというヤツだな。待っている」

少将は、ファイルを小脇に抱え、ブリーフケースを持って立ち上がった。敬礼しようとする右手を唐は右手で押さえて握手した。

「君はたった今、私の船に乗った。残念だが空母じゃない。嵐の海で翻弄される小舟だ。私の期待に応えてくれ！」

少将は堅い握手で応じると、解《ほど》いた手で改めて敬礼した。主任が電話でドアを開けさせると、少将は振り返らずに出て行った。

唐は、しばらく窓の近くに寄り、外を見ていた。薄いカーテンの向こうに、小さな中庭があり、隣のビルが見えた。そして、唐は思わず微かな笑みをこぼした。

「思い出したぞ。そうそう、確かにここは図書室だった。ソヴィエトは崩壊間近で、共産主義は風前の灯火《ともしび》だった」

「だが、われわれは生き延びました」

と中弁主任。

「誰が生き延びたんだ？　人民か？　それとも共産主義か？」

「人民も党も生き延びたのですよ。それは誇っていい」

「一三億の民に飯を食わせ続けなきゃならない。世界中から嫌われても、資源や食料を買い漁って……そんな偉業を成し遂げられると思うか？　ローマ帝国だって滅んだ。アメリカですら世界の覇権から手を引こうとしている今、この国は、まるで時計が止まっているかのようだ。すぐに石油や天然ガスが出るわけでもないのに、くだらん岩礁の奪い合いに莫大な国費を使うなんて、時代錯誤だと思わないか？　独立したいという奴らは放っておけばいいんだ。……昔、この部屋から外を見上げていた頃には、そのうち共産主義が崩壊し、資本主義の奴隷として慎ましく暮らすことになるんだろうと思っていた。私は自由じゃない、今も昔も。ただ世論の爆発に怯える小心な指導者に過ぎん」

中弁主任は、まるで何も聞こえなかったかのように「そろそろ行きませんと」と促した。「部屋を出る時は、主席として米大統領に一発喰らわしてやったぞ、という顔でお願いします」

唐は、暗くなったパソコンのモニターに映る自分の老いた顔を見た。そして、国家主席の顔に戻り、背筋をピンと伸ばすと、主任に続いて部屋を出た。

第三章

参議院・外交防衛委員会調査室調査官の楠木彰と上司の国上鉄雄上席調査官は、昼前に離陸するボーイング737型旅客機を鹿児島空港で待っていた。

楠木も国上も、仕事柄、自衛隊との付き合いは長い。軍用機や軍用ヘリに乗る機会もあり、普段見慣れない飛行機を目撃できる空港は好きだった。

離陸まで時間があったので、屋上の展望デッキに出て離着陸する飛行機を眺めていた。

残念ながらここに自衛隊機はいない。その代わり、海上保安庁の第十管区保安部の飛行基地が同居している。国会期間中、出張のない彼らにとって、こういう機会は滅多にない。事前に頭に入っていれば、視察と称して見学をお願いしたのに、と楠木は後悔した。

出発時刻が近づくと、乗客が三々五々搭乗ゲートに集まってきて、見知った者同士、あちこちで再会の挨拶が交わされる。これが離島便の特徴だった。

国上はしかし、浮かない顔だった。機内に乗り込む前、待合室で楠木が「楽しそうじゃないですね?」と気遣った。

国上は、東京から持参した新聞を読んでいた。一面トップに、チベットの僧侶集団自殺がカラー写真つきで報じられていた。全国紙なのに、こちらで売っているそれとは紙面構成がまるで違う。国上がそのわけを教えてくれたが、今一つ納得できなかった。地方では配達時間を確保するために印刷時間が早まるからニュース記事も半日遅れになるなんて、このEメールの時代にそんなことがありうるのか。

国上は、その新聞を畳んでザックに仕舞いながら、「帰省が楽しかったのは、結婚前までだったな」と応じた。

「俺は故郷を捨てた。向こうの女と所帯を持ち、もう東京の人間だ。それが田舎に戻って、過疎に沈む故郷に留まった同級生に頭を下げ、国のために尽くしてくれと頼まなきゃならない。向こうにしてみれば、今頃戻って来てそれは何だ、ということになる」

「先輩は村の出世頭なんでしょう?」

「名前くらいしか知らない人間からすればな。同級生にとっては違う」

およそ一時間のフライトで、飛行機はどんよりと曇った天気の奄美空港に着陸した。

島の北端にある奄美空港から市内へはバスかタクシーを使う予定だったが、到着ロビーには、これから無茶な依頼をすることになる国上の同級生・宇検靖《うけんやすし》が待っていた。

思いがけない再会だったらしく、国上は「なんで⁉」と気まずそうな表情を浮かべた。

「同窓のエリートが帰省するとわざわざ電話をくれたのに、お迎えしないわけにいかないだろう?荷物が出たら、車に案内しよう」

「いや、預け荷物はない。一晩しかいられないんだ。明日の便で東京に戻らなきゃならない」

二人とも、着替えとパソコンを入れただけのザックにはまだ余裕があった。

「じゃあ行こう」

さっさと宇検が歩き出す。

「すみません。島の言葉って、東京弁なんですか?」

と楠木が変なことを尋ねた。

「いや、こいつは戻ってくるたびに言葉が怪しくなるんで、調子を合わせている。俺は、しばらく東京で出稼ぎしていたんで、そっちの言葉も不自由はない。最近は組合で観光船の真似事もしているんでね」

道中、楠木は観光客の真似をしてデジカメで窓外の写真を撮った。奄美大島の中心部、奄美市まででは意外に遠かった。

「そう言えば、ここも市町村合併があったんですよね。以前、先輩が由緒ある地名が消えていくと嘆いていた。何て名前でしたっけ?」

「名瀬《なぜ》だよ。もとは名瀬市。横浜にも名瀬《なせ》の地名があるが、関係はないそうだ」

助手席に座る国上が応えた。

「また解散して選挙だって?」と宇検が言った。

「ああ。だけど、俺の方は参議院なんで基本的には関係無い。国民に迷惑をかけることにはなるけどね。船は出せる? 彼はさ、東京以外を知らない都会育ちなんで、土産話に釣りとか体験させたい。真似だけでいいんだ。ちょいと沖合《おきあい》に出て」

「だったら、二泊くらいして帰ればいいのに。田上《たがみ》と今朝会ってさ、何人か声を掛けて飲もうって話になってるんだぞ」

「そりゃすまない。ま、顔くらいは出せるだろう。親父さん、元気?」

「元気も元気。まだ船に乗ってるよ。人手もないから助かってる。家に寄るか?」

「いや、いい。直行してくれ。市内に部屋を取ってあるから。家には明日寄る」

「寄るってさ……。自分の家だろう?」

「もう違うよ」

　楠木は、その会話が含む事情を理解した。もともと暮らしていた村を出て、親は奄美市内に引っ越したが、最近父親が脳溢血《のういっけつ》で倒れて、その介護を巡り、親を引き取る形になった姉夫婦と揉めたらしいことをしばらく前に聞いていた。

「ま、介護はな、どこでも楽な話じゃない」

「子供たちは元気？」

「息子は、毎月月末に金を催促するメールをよこすだけだ。娘は今年から、鹿児島に出て看護学校に通っている」

「そう。そりゃ良かった。何かあったら俺に連絡するよう伝えておいてくれよ。金以外の相談なら乗れるから」

「アパートを借りる時の保証人になってもらった。それ以上の迷惑はかけないさ。最近の大学は、親元に成績表を送ってくるんだ。そこそこ勉強しているらしい。無事に就職まで辿り着いてくれればいいが」

　旧名瀬の市街地を抜けると、しばらく海岸沿いを走った。楠木は、さらに思い出した。時々、国上が、グーグル・アースを使って、故郷を衛星から見下ろしていることを。その度に、溜息を漏らすのだ。高精細画像はなく、ただぼんやりと、島の輪郭が映っているだけ。首都圏は、一戸建ての屋根まで映り込んでいるのに、まるで軍事施設みたいに隠されている、と嘆いていた。

「最後に戻って来たのはいつだった？」

「二年前の盆だよ」

「ああ。女房の初盆だったたな。あの時はありがとう」

「再婚はしないのか？」

「もうそんな歳じゃない。いずれは爺さんの下《しも》の世話もしなきゃならないのに、それでも結婚したいなんていう女はそういやしない」

「お前は集落のリーダーじゃないか。組合長が独身じゃ、収まりがつかないだろう」

「そのうち、後家さんでも探して口説くさ」

国道七九号線を南へと下り、大和村《やまとそん》の思勝港《おんがち》に出た。そして漁業組合の駐車場に車を入れた。

「沖へ出たら風が吹く。合羽《かっぱ》の類はあるか？」

「大丈夫だ。パーカーを持って来た」

餌の用意と、出漁を報せるために宇検が建物に入っていくと、二人は、車を降りた。むっとするような臭気が鼻を突く。何かが腐ったような、何とも言えない独特の臭《にお》いだ。それが港の匂《にお》いだった。

「ここ、ハブがいるんですよね？」

「海には滅多に近寄らないから、心配は要らない。俺が島にいる間、ハブを見かけたのは、ほんの四、五回だった」

護岸へと向かった。楠木は、首を回して周囲を見渡した。曇っているせいもあるが、何もかもくすんだ印象だ。島を一周する幹線道路だというのに、センターラインがあるだけの二車線道路。まるでサイクリング・ロードだと思った。道路沿いには民家がぽつぽつ。歩いている人間もいず、子供の姿があるわけでもない。辛うじて、海を見つめながら世間話をしている老人たちがいるだけだ。何というか、モノトーンの世界だった。

「老人と猫ばかりだ……」

楠木は、ついうっかり本音を漏らした。

「何を期待していた？　パチンコ屋やコンビニとか、ウッディデッキが整備されたこじゃれた埠頭《ふとう》とか？　みんな喰うために島を出て行ったよ」

「どうするんですか？　こんな限界集落……」

楠木は真顔で聞いた。

「どうするって？　この集落は幸い、総務省が規定する限界集落の基準にはまだ達していないよ」

「だって、借金だらけのこの国に、こんな離島の生活を維持するために使う税金なんて無いでしょう？」

「さあ……。ここの住民は、大したことは国に求めちゃいない。家族で介護し合うだけだ。この半世紀、この集落は、ひたすら働き手を都会に収奪され続けた。それが唯一の事実だ。彼らは使い道のないホールを欲しがったことも、高速道路を欲しがったこともない。国がしてくれたことといえば、せいぜい、空港が新しくなった程度だろう。地方を巡る状況の全てを彼らのせいにはできない」

　国上は護岸に佇み、海面を覗き込んだ。小魚が群れを作って泳いでいる。

「先輩はここで泳いだんですか？」

「いや、俺が泳いだ頃の面影はもうない」

　クーラーボックスを担いだ宇検が出て来る。

「どっちがいい？　あれとこれと」

と湾の反対側に停泊している大型船に顎《あご》をしゃくった。

「でかいですね……」

と楠木。自衛隊の小型艦艇と十分張り合える大きさだ。五〇トンはありそうだった。

「ほんの四〇トンだ。組合で購入した。漁船員も減って、沖へ出るには人数もいる。普段は個人で海へ出て、週一回、みんなであれに乗ってEEZの限界まで行く。最近は油代も出やしないよ」

　三人は、「幸清丸《こうせいまる》」と書かれた小舟に乗った。おそらく、漁船法が定めるところの三級船だろうと楠木は察しをつけた。だとすると、五トン以下だ。それでも、新造船だと結構値が張る。

　楠木は、エンジンがかかる前に酔い止め薬を飲んだ。

「どこまで行く？」

「宮古崎《みやこざき》を回った辺りでいいだろう」

「たいしたものは釣れないぞ」

「カワハギでも上げて、記念写真の一枚も持って帰れればいい。この船だと、どの辺りまで行けるんだ？」

「最高速度は一六ノット。横当島《よこあてじま》までは普通に往復するよ」

「六〇キロか……」

楠木は、二人の会話から素早く計算した。横当島は、奄美大島の北西六〇キロに位置するトカラ列島の無人島だ。一六ノットということは、およそ時速三〇キロ。往復四時間。沿岸漁業としては理想的な漁場だろう。

「昔は、一日二日沖で粘ることもあったが、最近は親父の体調も考えて、夜明けに出て日が沈む前には帰ることにしている」

二人の漁場は、港を出てほんの三キロの沖合だった。

「竿釣りしたいんだろ？」

と宇検は、エンジンを止めると釣り竿を二本取り出した。

「すまん。俺はいいから。楠木さん、疑似餌《ぎじえ》の方がいいよね？」

国上が聞いた。楠木は、西の空に見とれていた。雲の切れ間から、夕陽が海面に差し込んでいる。恐ろしいまでに神々しく、とてもこの世の景色とは思えなかった。

「凄いなぁ……」

デジカメのシャッターを押し続けたが、どんなに撮影モードを弄《いじ》っても、自分が今、こうして肉眼で見ている一〇〇分の一の感動も残せないと思った。

国上もしばらくその光景に見とれた。

「おいおい、東京じゃ夕暮れも拝めないのか？」

と宇検が呆れ顔で言った。

「ええ……、こんな景色は初めてだ。まさに、拝みたくなるような眺めです」

楠木は、茫然自失の体《てい》でそう呟いた。

「俺は、宴会に持っていく鯛《たい》でも釣るよ」

宇検は、撒《ま》き餌《え》のオキアミをパッと撒くと、竿を投げ入れた。

国上は、クーラーボックスの上に腰を下ろし、

「横当島より西へ行くことはあるの？」と聞いた。

「昔はよく行ってたよ。だいたい倍の距離だから、一二〇キロか。今考えるとバカバカしいが。今の燃料代じゃ、元が取れない。鮮度も落ちるし。最近は、技術向上のお陰で、生きたまま飛行機に乗せて築地市場まで届けられるが」

「じゃあ、行こうと思えば行けるわけだ。……実は、仕事を頼みたいんだ」

「帰省の理由はそれか？　まさか沖合で北朝鮮の麻薬を受け取れなんてことじゃないだろうな」

「生憎《あいにく》だが、そういう景気のいい話じゃない。政府の仕事だ。引き受けてくれるか？　先にそれを聞かなきゃならない」

「離島振興《りとうしんこう》の視察に来る議員先生を案内してくれというのとは違うみたいだな。断る権利はあるのか？」

「ある。話を聞く前なら」

国上は、当然だという態度で言った。

「もし断ったら、お前の立場が拙くなるわけだ」

「多少はな。だが、それは問題じゃない。余所《よそ》を当たる」

「お国のため、か……。本土復帰を果たしてから半世紀、この島は忘れ去られていた。市町村合併でも散々嫌がらせされ、なのにお国のためか……。それも赤の他人じゃなく、故郷も女も捨てて東京

へ出たお前に頼まれるとはな」

「すまない……」

女を捨ててまで、というのは初耳だ。楠木は耳をそばだてた。

「まあいいだろう。他の奴にやらせてお前の顔に泥を塗るわけにもいかない。話を聞こう」

宇検は、早々とリールを巻き、竿を上げ、舷縁《げんえん》に腰を下ろして煙草をくわえた。

「最近、中国の漁船はどうだ？」

「ああ。ＥＥＺの境界線じゃたまに見かけるが、ここはそんなにいい漁場じゃないから、連中は素通りしてもっと北へ向かう。一〇〇トンクラスの大型船でな。気にしても仕方無い。あっちにはパワーも人手もある」

「尖閣の雲行きが怪しいんだ。ひょっとしたら、中国が何か仕掛けてくるかもしれない」

「仕掛けるって、漁船団を押し立ててくるとか？」

「その程度で済めばいいが、最悪の場合、軍隊を上陸させてくる可能性もある。選挙が近いだろう。そのどさくさに紛れてな。こちらとしては、事前に巡視船や護衛艦を集結させて守りを固めたいが、そうもいかん」

「そんなことをしたら、中国を刺激するだけだろう。日本が戦艦を派遣して挑発したと。台湾だって黙っちゃいない」

「そうなんだ。だから、せめて尖閣の近くに、何隻か護衛艦や巡視船を集めておきたいと思っている。すぐ駆けつけられるようにな」

「お前、防衛省に異動したのか？　国会議員が座る椅子を雑巾掛けするのが仕事だと思っていたが」

「いや、俺の所属は今も参議院事務局だよ。いろいろとあってな。ここに地縁がある俺が、話をしにきた。周辺諸国から不審を招かない形で巡視船を集める理由が欲しい」

　宇検は、煙草を二口吸い、フーッと煙を吐き出した。そして口を開いた。

「捜索救難活動……。それしかないな」

「そういうことになる。漁に出た漁船が、不運にも行方不明になり、捜索救難活動が展開されるという筋書きだ」

　国上は、アノラックのポケットから折りたたんだA4サイズのコピー用紙を出し、広げて宇検に渡した。チャートのコピーで、徳之島《とくのしま》の西沖合に、赤いボールペンで×印が付けてあった。

「この地点までこの船で向かい、北上途中の海上自衛隊の護衛艦と合流する。船は沈没させ、護衛艦に乗り込み、一週間後、南九州の沖合で救出されたことにして帰宅する」

「修学旅行生を乗せた客船ならともかく、親子二人が乗り組んだ小舟が行方不明だからって、海保が出せる巡視船艇の数は知れているぞ。せいぜい二隻か三隻だろう」

「その程度でいいんだ。逆にそれ以上だと、中国に不審がられることになる」

「俺と親父は生きて帰れるんだろうな？　護衛艦に乗り移る前に、船ごと大砲でズドンなんてことになるんじゃないのか？　ほら、アメリカのアクション映画じゃそういうのがあるだろう。政府から美味い話を持ちかけられて裏切られる」

「生憎と、本当の政府は、ドラマの脚本家ほど知恵が回らない。もちろん、船の保険は請求して構わないし、金額はまだ言えないが、政府から慰労金も出る。無申告、一切記録に残らない金だ。望むなら春の園遊会の招待状も用意するぞ」

「それ、保険金詐欺だろう？」

「問題無い。もし保険会社がぶつぶつ言ってきたら、裏から手を回して黙らせる」

「この船に一〇年乗った。大漁旗をはためかせ、元気な頃の女房と……、まだ八つだったかなぁ、娘を乗せて島を一周したもんだ……」

「思い出は残る。新しい船を買って、いずれ孫を乗せて漁に出る日も来るさ」

「お前は幸せな奴だ。三六五日、国に尽くして、それで給料を貰ってるんだから。……俺も、一生に一度くらい、国に尽くすのも悪くはないか」

「お前は、集落のために毎日かけずり回っている。それ以上の貢献はない」

宇検は、コピー用紙を畳んで返した。

「いいだろう。無条件で協力する」

「ありがとう。言うまでもないが、他言無用だ。それから、船のペンキを塗り替えるとか、中を掃除するとか、不審を招くようなことは一切しないように頼む。普通に予定を入れて日常を消化してほしい。週明け、細部の打ち合わせに、海自の士官が訪ねてくるから、その指示に従ってくれ」

楠木は、初めての海釣りで小振りな鯛を二匹釣り上げ、記念写真を撮った上で、小料理屋で捌《さば》いてもらった。国上の同窓生を交えての宴会は二時間続いた。珍しい土地の産物が次から次へと出されて、まるでゲテモノ喰いのような顔をする楠木の反応を見て皆が笑った。

漁師の飲みっぷりは豪快そのもので、楠木は、久しぶりに足もとがふらつくまで飲んだ。同窓生の奥方が運転する車で、市内のビジネスホテルに送り届けられた時には、自分でチェックインする余力も残っていなかった。

もう一杯入ったら、ろれつが回らなくなるところだ。

楠木は、国上に担がれて狭いシングルルームに入った。国上がミニバーから小さな瓶を出す。

楠木は、ベッドに座り込んで、わき上がってくる唾を飲み込んだ。

「タンカンのジュースだ。港の上にある農園で取れる。今のうちに水分を取って、薄めておいた方がいいぞ。明日の朝辛くなるからな」

国上はジュースを注いだグラスを楠木に手渡すと、自分は窓際の椅子に腰を下ろし、ダイエットコーラを開けた。窓から港が見渡せるはずだが、今の楠木は景色どころではなかった。頭の中で灯台がぐるぐる回転しているようだった。

「船の上で、女の話が出ただろう……」

「そうでしたっけ？　よく覚えていません」

「嘘だな。君はそういうことは聞き逃さない男だ。

……こっちで付き合っていた。中学からの同級生だ。上京した時、別れたつもりだった。でも、大学に入って初めての夏休みに突然、寮を訪ねてきたんだ。家出同然だったらしい。当時、島を出るのは大変なことだった。若者にとっては、家を捨てる覚悟が要るくらいにね。けれど、だからこそ俺は、送り出してくれた人々の期待に応えるのが使命だと思っていた。俺は彼女を拒絶し、それっきりだ。そのまま島に戻ったとばかり思っていたんだけどな。卒業直前に帰省した時、初めて彼女が東京に居着いていたことを知った。びっくりしたよ。職を転々として、苦労したらしい。でも……、それでも俺は、彼女を捜そうとすらしなかった。結婚して、初孫を連れて戻った時、彼女の父親が怒鳴り込んできた。娘はお前に殺されたって。馬鹿な男に引っ掛かって、借金を背負わされ、生まれたばかりの娘と無理心中。……それ以来、故郷とは疎遠になった。口にはしないが、誰も忘れやしない。卒業アルバムから、永遠に欠けた一人がいる。この歳になって、時々思うよ。何も東京にしがみつくことはなかったんじゃないか。おとなしく四年で帰省して、役場の職員になっても、誰かに尽くすことはできたはずだと……」

「もう一度やり直せるとしたら、島に戻りますか?」

国上は、一瞬考えて小さく首を振った。

「いや。俺はまた同じ過ちを犯す。何度でもな」

酔いが吹き飛ぶようなヘビーな話だ。

「誰も他人の人生に責任なんか負えませんよ。もう寝ましょう」

「そうだな。明日は、勝手に起きて実家に顔を出す。チェックアウト前には戻るから、フロントで観光案内でももらって散歩するといい」

国上はコーラの缶を持って自分の部屋に引き揚げた。楠木は、シャワーも浴びずにベッドに倒れ、五分後には服を着たまま寝入っていた。


日曜日は酷い二日酔いで市内観光どころではなかった。フロントでドラッグストアの場所を聞き、酔い覚ましのドリンク剤を二本買って飲んだ。

空港行きの時間が近づいても、なかなか国上は戻ってこなかった。携帯が鳴り、国上の分もチェックアウトして、先に空港に向かってくれということになった。

介護の経験はないが、田舎も親も捨てた人間が久しぶりに帰省すれば、どんな修羅場《しゅらば》が待ち構えているか想像はつく。それが解っているのに、なんでわざわざ実家に顔を出す必要があるんだろう。孫でも一緒ならともかく……。

国上は、チェックインぎりぎりになってようやく空港に現れた。

「ご想像通りの展開だよ……」と報告する国上に、楠木はそれ以上何も聞かなかった。明日は我が身だ。自分にも、その日はやってくる。

翌月曜日の朝、委員長室で、坂本議員に首尾を報告した。

「これから防衛省へ行って、誰がどういう形でレクチャーに出向くかを詰めます。それと、恐縮ですが、官房機密費の件で先生のお力添えをいただければ。彼には、東京と鹿児島に出ている子供がいます。保険が下りるには時間がかかりますし、新たに船を建造するには足りません」

「そうだな。いくらくらいあればいい？」

「報酬として五〇〇万円ほど用立てていただければ幸いです」

「うん。妥当な額だろう。任務の危険性を考えれば少ないくらいだ。僕から官房副長官に電話を一本入れておく。ところで楠木君、土産は？」

「はあ……。それが、昨日は酷い二日酔いでして……。申し訳ございません。通販でよろしければ、タンカンジュースを取り寄せます。結構、いける味です。微妙な酸味が、蜜柑やオレンジとはまたひと味違う感じで」

「楠木君、通販だなんてそんな心の籠もっていないものをもらって僕が嬉しいと思うか？　君が自分で選び、身銭を切って、はるばる飛行機に乗せて持ち帰り、満員電車に乗って運んできてくれるからこそ感激するんじゃないか。気配りは人のためじゃない。そんなことじゃ出世できないぞ」

「だって先生、この前、私が千歳《ちとせ》基地に視察に行った時、行列してまで買って帰った生キャラメルに見向きもしなかったじゃないですか」

「糖尿病にあれはダメだろう。もっともあとで女房に話したら、なんで娘たちのために持って帰ってこなかったの？　とお冠《かんむり》だったけどね」

「承知しました。この次、地方に出る時は、空港の土産物屋の前からお電話を差し上げます。必ず」

「ぜひ、そうしてくれ」

ちょっとした冗談の応酬だった。部屋を辞する際に、国上が「すまないけど、海保の方に行ってくれる?」と声をかけた。

「作戦はゴーだと、向こうに伝えてくれ。細部の詰めをどうするか、今週前半に、海保と海自で協議をして欲しいと」

「揉めますよ? 彼ら、仲悪いから」

「それを取り持つためにわれわれがいる。どっちかで会合を持つとなると角が立つから、うちの会議室を使うよう提案してくれ」

海保は旧海軍直系のプライドを持っているし、所管省庁である国交省は防衛省より格上だ。対する海自は「海保は戦闘部隊でもないのに、いつも本家だなんだとくだらないプライドにこだわる」とバカにしている。

両者を一緒に仕事させるのは、神経をすり減らす作業だった。

それから二週間、何事もなく過ぎ去った。チベットでは、その後も僧侶の焼身自殺が相次ぎ、住民のデモも起こっていたが、二〇〇八年のラサ暴動のような事態は回避されているというのが、西側へ漏れ伝わる情報を総合しての各国の評価だった。

日本の外務省も、注意は必要だが、これ以上の悪化はないだろうという分析レポートを官邸に上げていた。そのレポートに目を通した人間がいたかどうかは定かでない。

永田町は解散風に煽られてチベット情勢どころではなかった。その二週間の間、防衛省は、行方をくらませた最新鋭の漁政船を追っていた。

その一方で、捜索救難《サーチ&レスキュー》から取られた〈SAR作戦〉の立案検討作業が、主に海上自衛隊と海上保安庁によって進行中だった。

事態が急変したのは、いよいよ衆議院が解散する当日のことだった。

解散は野党の合意を得ており、通常総選挙まで四〇日をかけるが、今回に関しては、いきなり明日公布で、二週間後には投票日となる。どの議員も、二週間前にはもうポスター撮影を終え、選挙スタッフを待機させていた。それもこれも、選挙による政治空白を極力回避するという与野党合意があってのことだった。

坂本は、委員長室に置かれた三二インチの液晶テレビをぼんやりと眺めていた。かつては、彼も衆議院に籍を置いていた。選挙で落選を喫した後、グループ内の事情があって参議院に鞍替えしたのだ。参議院議員としては一期生だが、永田町歴は長い。ずっと衆議院で当選し続けていたら、とうに大臣ポストが回ってきていたはずだった。

後悔がないと言えば嘘になるが、自分にとって大事なことは、選挙区の支持者や、自分たちが掲げる理想を共有してくれる有権者のために、そこに居続けることだ。

扉が開き、国上を先頭に、〈小隊名簿〉に名を連ねる各省庁の担当者たちがぞろぞろと入ってくる。誰もまだ、何が起こったのか聞かされていなかった。

「申し訳ありません。防衛省が若干遅れておりまして」

と国上が詫びた。

「防衛省の呼びかけだよね？」

「はい、例の漁政船をやっと見つけたということだそうです。楠木君が今朝から防衛省に呼ばれてブリーフィングを受けています」

テレビに視線を移動させると、紫の袱紗《ふくさ》に包まれた解散の詔勅《しょうちょく》が官房長官によって恭しく運ばれてくる。事務総長の手を経て衆議院議長に渡ると、「ただいま内閣総理大臣から……」というお決まりの台詞が始まる。議員が全員起立する。そして議長は、いささか芝居がかったトーンで、最後の行を読み上げた。

「日本国憲法第七条により、衆議院を解散する！」

そこで全員が万歳三唱し、フラッシュが激しく瞬いた。

「三日天下だったな……。三年間で三人も宰相を代える羽目になった」

と坂本は嘆いた。

「国上さん、僕はいつまで職責を果たすことになるんだね？」

「参議院の勢力図が変わるわけではないので、先生が続投をお望みなら、不可能ではありません。政権が交代しても、参議院では先生の所属会派が第一党ですから」

「いやぁ、地位に恋々《れんれん》とする気はない。ただ、大臣が総取っ替えになる中で、事情を知らない人間にこの件を預けるのは僕も不安だ。もっとも、次に誕生する政権のボスは、永田町きっての防衛通だから、心配は要らないけどね」

部屋の中にいるメンバーの間で〈小隊名簿〉が回され、ブリーフィングに参加したことを示すサインが始まる。そんな中に楠木が飛び込んできた。走ってきたらしく、その巨体で息を切らしている。

「ご苦労、楠木君。サインが終わる間に、まずその息を整えたまえ」

楠木は、委員長のデスクの隣にブリーフケースを置くと、背広の内ポケットに右手を入れながら、テレビ・モニターの横に回った。額から汗が流れ落ちていた。ポケットから取り出した封筒をひっくり返し、出てきたUSBメモリを端子に突っ込んだ。

「これを持ち帰るために、市ヶ谷から警務隊の私服警備を二人借りました。外で待っているので、これはこのまま返却しなければなりません。本来は海幕から専門家が来る予定だったのですが、それどころではなくなったため、代わりに調査官の自分がご報告します」

〈小隊名簿〉に、国上と楠木が最後にサインし、今日もまた外務省が最後に名簿を受け取った。

「では皆さん、モニターに注目をお願いします。われわれはこの一ヶ月以上、ただ一隻の中国の漁政船を求めて世界中を探し回っていました。ああ、すみません。委員長はぜひ、モニターの正面にお願いします」

坂本は、人だかりのせいで視界を奪われ、背伸びしていた。席を離れ、応接セットのソファに腰を下ろして身を乗り出す。

「おそらくは、何らかの訓練に参加しているだろうと判断し、魚釣島に近いサイズの無人島周辺に的を絞りました。ご存じの通り、中国は黄海の奥からベトナム国境まで、長大な沿岸部を持ちますが、実はその地形自体は極めてシンプルで、離島の数もそう多くはありません。ベトナムの近くでそんな演習を行うはずもないし、北京に近い場所でも同様です。条件が合うのはほんの数カ所でした。ところが、一向にその気配がありません。ただし、中国は当然、こちらの情報収集衛星が上空を通過する時間帯を把握しています。ですから、その時間帯を外して訓練している可能性がありました。そこで、欧州宇宙機関《ESA》の協力を仰ぎました。宇宙航空研究開発機構《JAXA》と米航空宇宙局《NASA》、ＥＳＡは、惑星探査に関して、公式非公式な協力関係にあります。運用試験中に、こちらがリクエストした場所を撮影してもらったのです。ＥＳＡは、今年、

ＳＰＯＴ６という最新の地球観測衛星を打ち上げました。分解能は、パンクロマティックも可視光も共に一・五メートルが公称ですが、気象条件とソフトウェア処理で、七〇センチ程度までは上がるという話でした」

「よく応じてくれたね？」

と坂本。

「はい、ＪＡＸＡは見返りに、温室効果ガス観測技術衛星〈いぶき〉のデータ・アクセス権を提供したそうです」

「フランスは中国と仲がいいけど、情報が漏れる恐れはないの？」

「こういったやりとりはわりと日常的にあるそうでして、実は防衛省が、ＪＡＸＡを隠《かく》れ蓑《みの》に、各国からデータを買うのも初めてではないそうです。ですから、フランスにとっては、またかという程度の認識だろうと。ではご覧ください。ちなみに撮影時刻は、昨日の昼過ぎ。場所は、寧波《ニンポー》市の沖合、大陸から三〇キロほど離れた無人島です」

カラー写真だった。島影の南側に、白い点がまるで虫食い痕のように写っていた。一〇個を超えている。

「まず三段階にズームアップした写真をお見せします」

楠木がリモコン・ボタンを押してコマを進めると、その白い虫食い痕がだんだん輪郭を帯びてきた。船だった。

「何だ⁉……、これは」

最後の一枚が表示された瞬間、坂本が呻くように言った。そこには、大きな船を囲むようにして群がる漁船三隻が写っていた。

「よろしいですか？　写真を一枚戻します。この左上に写っている一番大きな船。これが、われわれが探していた中国漁政310船です。二五八〇トンあります。ちょっとしたフリゲイト艦です。海上保安庁でも、このクラスの大型巡視船はほんの僅かしか保有していません。写真を一枚進めます。ここに写っている大型船は、漁政船です。全長から推測して一〇〇〇トン前後。そしてもう一枚写真を進めますが、これは、二枚目の写真に写っていた、右側の斑点部分を拡大したものです。二〇〇トン前後の漁政船と思われます。一〇〇〇トンと二〇〇トンの船を囲む、それぞれ三隻の漁船。この一隻は、二〇〇トンサイズの船と衝突寸前です。海自の分析では、航跡から速度を割り出すと、この写真が撮られた四・七秒後に、両船は衝突しただろうということです」

「一〇〇〇トンと二〇〇トンというのは、つまり普段海保が尖閣沖に張り付かせている二隻の組み合わせと同じというわけだな？」

「はい、委員長。まさにその通りです。中国がこの海域で、巡視船への妨害訓練を行っていることは間違いありません」

どよめきが起こった。

「この漁船団の役割は、ただ巡視船を妨害するだけなのかね？」

「まだ解りません。上陸部隊を乗せている可能性もあります。鋭意調査中です」

楠木は、モニターを消した。

「問題は、Dデイ（作戦開始日）はいつか、です。もし、中国が日本の政治の空白につけ込もうとしていたとすれば、今回、衆議院の解散から総選挙までの期間が二週間しかないのは想定外だったはずです。通常は四〇日かけるわけですから。私と上席調査官は、この一週間、中国が仕掛けてくるとしたらいつだろうか？　と考えました。そこで参考になるのは、中国がロシアの空母を改造して就航させた〝遼寧《リャオニン》〟の動きです。ちょうど一ヶ月前、台湾の新聞が、〝遼寧〟が初の艦隊行動で、第一列島線へ向けて出港するという記事を掲載しました。そしてつい三日前には、北京の軍事筋というネタ元で、香港の新聞が、出港は今週の金曜日頃になる予定だとすっぱ抜きました。金曜日ということは、日曜日には我が方のEEZ内に侵入してくることになります。空母〝遼寧〟が、第一列島線内に留まるか、それともそこから太平洋に出るかは現時点では予測不可能です。ただ、海自はそれを監視するための艦艇を出さなければなりません。〝遼寧〟は、海自の護衛艦隊を引き連れ、タイミングを見て尖閣から離れるか、あるいは適当なところで引き返して護衛艦隊を解放するでしょう。乗組員の土日を潰すことになった護衛隊群は、急ぎ港に戻ります。それが水曜から木曜日にかけて。乗組員には潰した分の休暇を与えることになりますから、護衛艦隊はしばらく即応能力を喪失します。中国は、そこを衝いてくるでしょう。ずばり、その漁船団の襲撃は、選挙当日か、翌日の組閣日になるだろうと思われます」

「国上さんも同じ考え？」

坂本は、上席調査官に尋ねた。

「自分は、もう少し押すだろうと思っています。向こうにとっては、タイムスケジュールを前倒しするのはしんどいでしょう。日本が新政権のスタートに浮かれている間ならいつだっていい」

「そんな幻想はたぶん組閣翌日で終わりだぞ。大臣らはたちまち失言放言で国民の期待を裏切り始め、国民はすぐに、適材適所を掲げた内閣が実はただの派閥順送り大臣だったことに気付くだろうからな」

「いずれにせよ、こちらの対抗作戦を考えますと、週末にヤマを張るしかありません」

「解った。今後とも細心の注意を払って情報収集に当たろう。ところで、この〈小隊名簿〉だけど、在日米軍司令部が入っていないのは変だと思うのは僕だけ？」

「米軍を入れたら、全てがアメリカ任せになります。独立国家としての矜持《プライド》も持ちませんと」

　と国上が皮肉抜きで言った。

「いったんお開きにしよう。〈SAR作戦〉の関係者だけ残ってくれ」

　国交省の課長補佐と海保の担当者が二人。そして防衛省の背広組二人と楠木、国上を残して全員が部屋を辞した。

　扉が閉まると「こちらのタイムテーブルを教えてくれ」と坂本が言った。

「来週木曜日に、出港。いつものように夕方帰港予定です。船は真っ直《ま》ぐ《す》南西へと走り、会合地点で、海自の護衛艦とランデブー。親子は護衛艦に乗り移り、護衛艦に乗り組んでいるエンジニアが漁船に細工して、ひっくり返します。護衛艦は、沈没寸前の写真を撮り帰投コースへ。翌朝、組合から捜索依頼が出され、金曜夕方、沖縄東方海上へ定期パトロールへと向かう護衛艦が、半没状態で漂流中の漁船を発見し、それなりの捜索活動が開始されます。沖縄からは、普段沖縄本島の東方海上をパトロールしている巡視船二隻が、十管からも二隻が駆けつけます。呉《くれ》へ帰港途中だった親子を乗せた護衛艦、これは二隻ですが、種子島《たねがしま》沖で、対潜訓練を実施中だったので、そのまま反転し、捜索活動に加わる——という設定です」

　国上が、メモも見ずに答えた。

「じゃあ、護衛艦四隻に、海保の巡視船が最低四隻集結するわけ？」

「はい。ただ、集結と申しましても、捜索するエリアは広大です。種子島南方海上全域ということになりますので、チャート上は、さほどの違和感はありません。普段、あの海域で遭難事案が発生した場合の通常の対処です」

「その沈没する寸前の写真だけど、背景はどうなの？　沈めた時は晴れていても、実際にそれを発見したとする時間帯は雨が降っているかもしれないし、波の高さが違うかもしれない。記録映像とかも必要でしょう」

「写真や映像を公表するしないは、問題ではありません。海幕は単に、ひっくり返った漁船を発見したが、近づく前に沈没した、と公表するだけです。画像データの有無には、敢《あ》えて触れる必要はありません。メディアは絵を欲しがりますが、海幕がそれを公にするか否かはケースバイケースです。家族がいるからという理由で非公開にすれば、怪しまれることもありません」

「すると、あとは当日の天候だね」

「はい、〈SAR作戦〉にとっても、おそらく中国側の作戦にとっても、天候は重要な要素です。もし時化《しけ》たら、少なくとも漁船の出港はキャンセルになりますから」

「〈SAR作戦〉の参加艦艇は、当然、燃料も武器弾薬も満載しての出港でしょう？　普段は空荷《からに》に近いのに、どんな理由を付けるの」

「遺漏《いろう》はございません。苦労したとだけ申し上げます」

海上幕僚監部の二佐が、国上の背後からそう応じた。

「ベテランの乗組員は、それなりに異変を悟るでしょうが、こういうことは珍しくありません。過去にも、世界情勢が緊迫する時には、予防装置を講じることもありました」

「なら結構。〈ケ号作戦〉の進展は？」

「来週、週明けから開始します」

「中国は気付くと思うか？」

「おそらく。作戦には、細心の注意を払いましたが、港を見張っていれば、護衛艦の出入りは解りますから」

「彼らが思いとどまってくれる可能性は？」

「自分は中国分析班ではありませんので、それを判断する情報は持ち合わせておりません」

二佐は、外交的発言を控えた。

「いや……、こう思ったんだよ。われわれは中国の意志に気付き、十分な備えを取ろうとしている。できないのは、事前に尖閣諸島を護衛艦で包囲するくらいのことだ。もし、われわれの意志を向こうに伝えられれば、諦めるんじゃないかとな」

「それはないでしょう」

国上が確信ありげに言った。

「これは双方が、互いの意志に気付いた瞬間から始まったチキン・レースです。ハンドルを先に切った方が負けです。今回は、中国側には、下りられない理由がある。九点破線に、チベット問題。チベットでは、毎日どこかで僧侶が焼身自殺しています。政権基盤が弱まっているのです。過去四人の国家主席の時代を含めて、今ほど危機的な状況はありません。彼らは、権力闘争が表面化することを恐れている。やってのけるでしょう。尖閣に一人でも上陸して旗を立てれば、チベット問題は吹き飛び、南沙を巡る周辺諸国にも、確固たる意思表示ができる」

「あんな無人島に使い道があるなんてな。……僕は、状況に対応するため、東京に留まる。永田町を一歩も出ないのも不審を招くから、電車圏内の応援演説くらいには出向くが。今度の選挙、うちの党はボロ負けだよ。ま、国を作り替えると威勢のいいことを言って国民を裏切ったのだから当然のことだが。ここだけの話に願うが、防衛大臣は当落線の下だ。彼はほとんど地元に張り付くことになる。それも中国に対してのカムフラージュになると言えなくもないが……。それはそうと、僕は〈小隊名簿〉に、次期総理を加えるべきだと思うんだがね」

「それは……、選挙戦の最中にはお止めになった方がよろしいかと」

国上が制した。

「彼は、与野党問わず、国会議員の中で一番防衛問題に詳しい。防衛庁時代から、三度は防衛大臣を務めただろう」

「それだけに、情報保全の重要さもおわかりでしょう。政権を取った後、ほんの五分レクチャーすれば、状況は理解していただけます。むしろ、これから選挙戦という時に、複雑な作戦を持ち込んで、何らかの意図有りと疑われる方が損です。あの方はそういう人ではありませんが……」

「国上さんが言いたいことは解るよ。これは現政権の責任で、現政権下で処理すべきことだと言うんだろう?」

「はい。それが政党政治の大原則です」

「こんな重責を担うのなら、せめてお大臣ポストくらい貰いたかったよなぁ……。これから選挙が終わるまで、連絡は密に取り合うことにしよう。そろそろアメリカも気付く頃だ。外務省や官邸に何か言ってくるかもしれん。いいメッセージだとありがたいけどね」

永田町は、選挙一色に染まっていた。参議院は無関係だというのに、皆、自分の党や派閥、グループの応援で気もそぞろだった。良識の府などとはほど遠い選良たちが、同僚議員の選挙区へと散っていった。

坂本は、一人ぼっちの悲哀を感じていた。防衛問題に無関心ではないはずの、保守を標榜《ひょうぼう》していた総理からすら、電話一本ないのだ。そもそも彼は、ずぶの素人を防衛大臣に任命するような不見識な男だ。防衛大臣だけならまだしも、閣僚の九割はただの派閥順送り人事だった。

　こんな政権が、一年を超えて持つはずがなかったのだ。政権が代われば、少しはマシな政治が行われるだろう。また野党に転落するのは腹立たしいが、自分の党が政権を握るには、一〇年早かったと後悔していた。

第四章

三沢《みさわ》、入間《いるま》、春日《かすが》、那覇《なは》と日本に航空自衛隊が設けた四カ所の防空指令所《DC》では、国中が選挙に浮かれている最中も、部内で「対領空侵犯措置」と呼ばれる領空侵犯警戒任務が二四時間、土日関係なく続けられていた。

それは、南西航空警戒管制隊が置かれた那覇基地でも同様だった。半地下のDCでは、要撃管制幕僚の穂純秀平《ほずみしゅうへい》三佐が、先任管制官として任務に当たっていた。

南西航空警戒管制隊指揮下の宮古島《みやこじま》、久米島《くめじま》、沖永良部《おきのえらぶ》、与座岳《よざだけ》、奄美、そして移動警戒隊ひとつから得られるレーダー情報の全てがここに集約され、彼が命令を出す立場にある。

彼が赤い受話器を取り、一言「緊急発進《スクランブル》！」と告げれば、二機のF‐15Jイーグル戦闘機が那覇空港から飛び立って行く。

先任管制官としてこの部屋に入る時のプレッシャーは格別だ。自分の判断一つで戦争が始まることになる。

宮古島の第53警戒隊のレーダーが日中中間ラインに接近する二機の機影を捉えていた。

識別不明機《アンノウン》C《チャーリー》01、C02とマーキングされた目標は、実際は敵機《ボギー》だ。だが敵機と判断するのは、こちらの戦闘機が離陸し、アンノウンを中国、もしくはロシアの戦闘機と確認してからということになる。ロシアの戦闘機が味方のレーダーサイトに探知されずに飛んでくるには遠すぎるので、ものは中国だろう。そして、中国でも、ここまで接近できる航続距離を持つ戦闘機は限られる。元はロシア製のSU‐27〝フランカー〟戦闘機を自国生産したJ‐11（〝殲撃《ジエンジィ》〟11型）か、それの発達向上型のSU‐30MKK戦闘攻撃機だ。

　二つの目標は、ちょうど春暁《しゅんぎょう》ガス田の真上を飛行し、日本側が主張する日中中間線を大きく割り込み、航空自衛隊の防空識別圏内ぎりぎりまで接近してくる。そこに達すると、彼らはコースを北、もしくは南に取り、こちらの防空識別圏を確認するように南北に飛び始める。一〇〇マイル飛んでは、一八〇度転進し、また一〇〇マイル飛ぶ。転進する度に、少しずつこちら側にずれてくることもあれば、逆に大陸側に戻ることもある。そうやって時間を潰し、こちらの迎撃戦闘機が上がって来るのを待っているのだ。

　現場は、ここ那覇基地から一五〇マイルは離れている。イーグル戦闘機を緊急発進させても、会《かい》敵《てき》するまで二〇分はかかる。

　スクランブルをかけるかけないは、状況による。こちらの日中中間線や防空識別圏をアピールするために原則として無視はしないが、基本的には、これは駆け引きだ。向こうはこちらの出方（戦術）を探ろうとし、こちらも向こうのそれを探ろうとする。出撃の頻度が増せば、それだけこちらの手の内を明かすことにもなる。

　だから、わざとスクランブルを遅らせることもある。今日はそういう日だった。

　オペレーター席に座る徳田美津夫《とくだみつお》二曹の両手が動いてコンソールを操作し始めた。僅かに穂純三佐を振り返り、「アンノウンです。D《デルタ》03をコールします」と告げた。

尖閣諸島のほぼ北西方向に出現した。最初に確認してからまだ一ヶ月と経っていない、新しい挑発パターンだ。沖縄本島周辺に最初の編隊が現れてしばらくすると、大陸本土から、こちらのレーダー網が一番薄いところを狙って一直線に入ってくる。

穂純三佐は、南西航空混成団の指揮所へのホットラインを取り、司令部運用課運用第二班長を呼び出し「尖閣急行です――」と報告した。

電話口の向こうで、第二班長の佐多宏和《さたひろかず》二佐の声が緊張するのが解った。きっと指揮所ですぐレーダー・スクリーンに視線を上げたはずだ。そこには、ここにあるような生の情報があるわけではなく、あくまでも選別し、マーキングした情報だけが図示される。

高度、方位、速度の三つの情報が表示されるのだ。

「一機《ソロ》?」

「お待ちください」

やや遅れてもう一機、それが尖閣急行の特徴だった。二機編隊が一〇マイルほどの間隔を置いて現れる。その理由は謎だった。

「D04、出現です」

「今週何度目?」

「二度目ですね」

穂純は即答した。

「台湾空軍がスクランブルをかけるまでの所要時間は?」

「向こうの防空レーダーにもすでに映っています。海軍の艦艇が出ていますから、われわれより先に発見した可能性があります。二、三分内に基隆《キールン》から迎撃機が上がるかと」

穂純は、喋りながら暗算した。那覇から尖閣諸島まで二六〇マイル。今スクランブルをかけたとしても、尖閣まで最低四〇分は必要だ。那覇からより、大陸沿岸部から尖閣に向かう方が近いのだ。中国はその気になれば、尖閣諸島をこちらの妨害なく領空侵犯できる。

「台湾空軍に先に離陸させよう。手の内を読まれたくない」

「了解です」

向こうはこちらのレスポンス・タイムを知りたがっている。つまり、いつこちらのレーダーに捕捉され、それから戦闘機が離陸し、尖閣に到達するまで何分かかるかを測っている。そのための挑発だ。

中国空軍の戦闘機をレーダーで捕捉するのは、台湾が先だ。当然、台湾空軍の戦闘機が先に離陸することになる。自衛隊は、その台湾空軍の戦闘機を捕捉したことで、中国空軍の戦闘機が近づいているることを悟り、戦闘機をスクランブルさせたというストーリーにする。

それが目下の方針だった。問題は、中国側が何を企んでいるかだ。単に、国政選挙でそれどころではない日本の混乱した状況下での、自衛隊の対応能力を探りに来ているのか、それ以上の何かの意図があるのか。

やがて台湾空軍の迎撃機がレーダーに映る。穂純は、落ち着いた態度で、待機室への受話器を取り、「スクランブル、スクランブル、ホット・スクランブル――」と命じた。

林徳偉《リンドーウェイ》海軍少佐は、図書室に出勤すると、その朝届けられたばかりのニューヨークタイムズのコピーに視線を落とした。一面のトップ記事は、停滞するアメリカ経済。国際面の、中国関係の記事は、目立つように赤いマーカーで囲んであった。

チベット問題は、毎日のように一面に掲載されている。とうとうチベット自治区の自治政府主席と公安部長が引責辞任を強いられたことが報じられていた。中国国内ではまだ箝口令《かんこうれい》が敷かれているニュースだった。

国際面では、国連事務総長の、中国政府に対する「深い憂慮の念」の表明がトップに来ている。そしてその片隅に、彼らにも関わりのある記事があった。

中国国内では、チベット問題に関して現主席が合衆国大統領とホットラインで直接話し、チベットで進行中のテロ活動に対する外国政府の論評は内政干渉だと極めて強硬に主張したという報道が一部にあるが、米国務省は、そのようなやりとりがあった事実を否定する声明を出している。事実はいかに？

中国政府は、もちろん否定も肯定もせず、だ。中国政府としては、人権人権と喚くアメリカ人にビシッと抗議してやったというプロパガンダが大事なのだし、人権問題では譲れないアメリカにしても、そもそもそんなやりとりなどなかったと嘯《うそぶ》く余地があればいいのだ。それで互いの面子は保たれる。

ドア口の机に着く陸軍の湯鉄《タンティエシオン》生上士はいつも無口だ。その存在感は空気のように希薄で、まるで映画の中の英国貴族の執事のように淡々と仕事をこなす。彼は、常にコーヒーメーカーの残量を把握し、ポットの湯が切れないよう気を配っている。プリンターのプリント用紙は常に二〇〇枚以上用意し、内線電話は三回鳴ってから受話器を取る。

その時も、上士は、三回のコールで受話器を取り、「図書室、了解しました」と応じて受話器を置いた。

そして、向孝文《シィアンシィアオウェン》陸軍大佐に向かい「中弁公室からの命令です。主席がおみえになります。五分で退室しろとのことです」と告げた。

大佐は、「やれやれ……」とぼやきながら、全員に三分で部屋を片付けて出るよう命じた。

「われわれを蔑《ないがし》ろにはしないということだったのに、前々回の会話記録すらよこさない」

「前々回？　三度目ですか？」

と少佐は大佐に聞いた。

「ああ。先週、ゴールド・チームの時に一度あった。人材の無駄遣いだな。われわれはホットラインの通訳としてここにいるのに、毎日の作業の九割は、中学生でもできそうな雑誌記事の翻訳作業だ」

部屋を片付けている間に、防諜部が入ってきて、盗聴器検査を始めた。廊下に出ると、もう警備兵が集まり、目隠しの衝立を立て始めていた。

「執務室のシステムはまだ修理が終わらないんですか？」と少佐は聞いた。

「理由は一つだよ。執務室から追い払えない人間に聞かれたくないということだろう」

衝立の隙間から見える顔ぶれは、前回と同じだった。しばらく遅れて、王洪波《ワンホンボ》海軍少将とその副官が現れた。つくづく奇妙な組み合わせだった。

王少将は在日本中国大使館駐在武官を二度経験し、日本語は巧いという話だが、英語遣いという話を聞いたことはない。その彼がどうして通訳を務めるのか。職場では、通訳はもっぱらアメリカ側が果たし、王少将は、軍事面からのアドバイスをするだけではないか？　という話が出ていた。

副官がドアの外に立った。

遅れて入った王洪波少将がパソコンをセットア

ップする間に、唐鴻英《タンホンイン》国家主席は、分厚いファイルに視線を落とした。どのページにも赤青黒のボールペンでびっしりと書き込みがあった。隙間を探すのが難しいほどで、ページによっては、追加の紙が何枚も糊付けされていた。

「コーヒーを飲むかね？　まさか毒は入っておるまい」

「ええ、いただきます」

王は腫れぼったい眼で答えた。中弁主任の蘇半《スバン》農《ノン》がてきぱきとコーヒーをカップに注いだ。

「寝ていないのかね？」

「ええ。睡眠導入剤を飲んではいますが、アイデイアが浮かぶとつい、そのままノートに向かう毎日で」

「大丈夫か？　カフェインばかり取って」

「健康には自信があります。毎月血液検査を受け、体重計に乗っていますので」


中弁主任がカップをテーブルに置いたが、パソコンはなかなか立ち上がらなかった。

「自分が中弁主任だった頃は、仕える人物の茶には気を遣ったよ。どの湯飲み茶碗に、どのくらいの温度の茶を、どこまで注げばいいか。アルコールもそうだが、皆好みがある。許される誤差は、ほんの一ミリだと部下にも徹底していた」

「自分は上司に恵まれたようです」と中弁主任が無表情に告げてドア口へと下がった。

パソコンが立ち上がると、少将は、「赤壁《チィビィ》」と名付けたフォルダをクリックして、中にある動画をフルサイズで立ち上げた。

「仕上がり具合はどうだね？」と主席がカップに唇を付けながらモニターを覗き込んだ。

「九割方完成しました。最大の懸念は天候のみです。幸い、予報ではしばらく落ち着いた天気が続く様子ですが」

　画面に、漁政船を囲んで妨害行動の訓練に明け暮れる部隊の様子が映し出された。

「二倍速で動画を流しています」

「こんなに小さな船で、この巨大な漁政船に立ち向かうのか？　押し潰されるのがオチだろう」

「船乗りは、どんなに巨大な船に乗っていようが、相手が小舟だろうが、他船との衝突は嫌がります」

「この辺りの潮の流れは？」

「黒潮というかなり速い暖流が流れています。それに、海上保安庁のチャートによると、最大差一・七メートルの潮位変化もあります」

　主席は「例のメモをくれ」と中弁主任を促した。主任が、ブリーフケースを開けて一番上に乗っていたペーパーを差し出した。

「私は素人だがな、思いついたことを書き留めた。武器は持たないんだな？」

　主席は、メモの一番上を読んだ。赤線が引かれていた。

「はい、漁船団にはピストル一挺持たせません。後続の高速船隊に関しても、武装は解除した状態で突っ込ませますし、いざ、海上保安庁が撃ってきたら、味方の盾になれと徹底しています。日本側に犠牲を出すことなく作戦を完遂します」

　漁船と漁政船の攻防の後に、ボートを出して島に上陸する部隊の姿が映し出された。戦闘服を着た、紛れもなく特殊部隊のコマンドたちだ。

「彼らは武器を持っているんだな？」

「はい。日本側が事前に島に上陸し、秘かにコマンドを配置している可能性もあるので、その場合は、応戦して上陸を果たします」

「海保の乗組員を傷付けるのは駄目でも、島で自衛隊の兵士を撃ち殺すのは構わないのか？」

「日本社会では、海上保安庁はあくまでも海洋警察官という位置づけです。自衛隊は軍隊ですから。それに、日本の世論はまだ自衛隊を釣魚島に事前配置することを了解していません。可能性は低いと思われますが、万一のためです」

次に、海岸線に張られた軍用テントの群れと、五星紅旗《ごせいこうき》が映し出される。浜には土嚢《どのう》が積まれ、防御陣地が作られていた。兵士たちがそこから海へ向けて銃口を出していた。

「これはあくまでも、宣伝用の前線基地です。本隊は上陸後、直ちに内陸へと入って隠れ、敵の艦砲射撃に備えます」

「空母〝遼寧〟は動けるんだな？」

「はい。問題ありません。エンジンくらいは掛かるでしょう。囮役《おとりやく》としてはそれで十分です」

「戦闘機を搭載できるんじゃなかったのか？」

「搭載はできますが、発進はできません。あれはディーゼル・エンジンで、二〇ノット出すのが精一杯です。そのスキージャンプ台からは、燃料をぎりぎり積んだ戦闘機を、非武装のまま発艦させるのが精一杯です。現在建造中の空母は、蒸気タービンですので三〇ノット出せる予定ですが」

「日本艦隊より、われわれの艦隊の方が、先に島を包囲できるんだな？」

「問題ありません。日本は、佐世保から出撃するにしても、われわれの倍の距離を航海する必要がありますから」

「アメリカはまだ気付いていない？」

「はい、その形跡はありません。しかしいずれは気付かれるでしょう。明日か、明後日《あさって》か。そのアメリカの動きを阻止するために、経済戦略部に作戦を上申させてあります」

少将は、薄いファイルを取り出してテーブルに置いた。

「こんなものが効果があるのか？」

「アメリカは震え上がりますよ。われわれの意志は十分に伝わります」

「作戦決行はいつになる?」

それが最後の疑問だった。

「一週間後、週明けの月曜日になります。日本では前日の日曜日に選挙が行われ、与党が大敗して政権交代が起こります。組閣は、翌月曜日中に完了することで、与野党の合意ができています。日本中が、政権交代と組閣のニュースに熱中することになる。主席には、われわれが作戦を開始し、上陸第一波が海岸に上陸する頃を見計らって、政治局員会議を招集していただきます。そうだ。もう一本ビデオをご覧に入れます」

少将がファイルをクリックすると、見慣れた外交部の女性報道官が海軍の軍服姿で演台に立ち、海軍部隊が蘇岩礁の奪還作戦を行い、これを成功したと読み上げるシーンが流れた。

「これは、あくまでも似た事例を使ってのカメラ・リハーサルです。われわれは蘇岩礁を陸地とは認めていないので、奪還自体あり得ませんから。原稿は一〇通りほど用意しました。これをお持ちください」

と少将はリハーサルで使った原稿用紙のコピーをファイルに重ねた。

「彼女は軍隊上がりだったのか?」

「いえ。軍歴は全くありませんが、海軍の予備役というカバーストーリーを作りました。ただ、軍服で声明を読み上げるのが適当かどうか、今も心理学者を使って検討中です」

「そこまでやる必要があるかどうか疑問だが、蘇岩礁が、より大きなカバーストーリーというわけだ」

「はい。北朝鮮の外交官を使って、われわれが蘇岩礁の奪還作戦を立案中で、それはこの秋にも実施されるだろうという偽情報を流しています。韓国側に漏れていることをすでに確認済みです」

「ここまで歩きながら、思いついたのだが、もし米海軍が第一列島線の内側、つまり大陸棚に空母機動部隊を入れてきたらどうする？　それは作戦に対する警告だと受け取るしかないわけだが……」

「その可能性も低いと判断しますが、彼らとて、非武装の漁船を攻撃するような無茶はしません。作戦に支障はありませんよ。アメリカは、日本が自ら血を流さないでいる間は、盾になることを望まないでしょう。われわれに注意を喚起するにしても、沖縄の周辺海域に展開するに留まるはずです」

「米側の動きに関して、もし何かあったら、逐一報告を入れてくれ。このホットラインで、ホワイトハウスの主《ぬし》から突然呼び出されたくはないからな」

主席は、テーブルの中央に置かれた赤い電話に目をくれた。不思議なものだ。ヘッドホンとマイクさえあれば、別に受話器など不要なのに、なぜかこんな古めかしい代物がいつまでもテーブルに鎮座している。

「承知しております」

主席は、カップに半分ほど残っていたコーヒーを一気に飲み干した。

「若い頃、女房から言われたものだ。貴方は、お茶にしてもコーヒーにしても、飲むのが速すぎる。少しは味わってお飲みなさい、と……」

「それが理想でしょうね。海軍で他国の軍人と付き合うと、自分のテーブルマナーの貧しさに呆れます」

「やるだけのことはやったな？」

「はい。自信を持って断言できます。あらゆる可能性を考慮し、あらゆる不測の事態に備えるシナリオを書き、あらゆる訓練をしました」

「君は、洋上で指揮を執るのかね？」

「漁政船に乗り込み、指揮を執ります。第一段階の成功を確認後、直ちに戻りますが」

「次に君と会うときは、勲章を渡す時か、共に銃殺刑になる時かのいずれかだな」

「主席にご迷惑をかけることはありません。仮に失敗しても、釣魚島周辺に出漁した漁船団が、日本の妨害に遭って引き返した、もしくは沈没した、というだけですみますから」

「チベットにしても経済にしても、当分は今以上、状況が悪くなることはない。失脚という形で終わっても、少なくとも私は安眠できるようになる」

「対米交渉用のシナリオも用意しました。もし、この電話を使ってアメリカと交渉する必要がある場合は、参考にしていただければと」


主席は、少将の肩に手を置きながら「解った」と立ち上がった。

「ひとつ、お願いがあります。出撃した後、兵の士気を鼓舞するために、主席のメッセージを読み上げたいと思っています」

「問題ない。私ごときの激励で士気が上がればいいが」

中弁主任が、テーブル上のファイルを片付け、主席に続いて出て行く。少将は、その後ろ姿に敬礼して見送った。

少将がパソコンの電源を落として部屋を出る頃には、すでに廊下の警備態勢は解かれていた。部屋に戻ろうとする通訳集団と鉢合わせする。

すれ違いざま、少将は、ふと気付いたかのように、「君？」と林徳偉海軍少佐を呼び止めた。

「以前、語学学校で会ったことがあるね？」と少将は、ここでの着用が義務づけられているネームバッジに視線を落としながら言った。

「はい、提督。ご無沙汰しております」

「時間がないから、ちょっと歩きながら話そう」

少佐は、少将に半歩遅れながら後に続いた。

「君のことは調べさせてもらった。実は頼みがある。翻訳を手伝ってくれないか？　君の本来業務でないのだが……」

「問題ありません。自分らの日常の九割は、本来業務とは無関係ですから」

「すまんな」

少将は、副官が差し出した薄いファイルを受け取り、歩きながら少佐に手渡した。

「これの翻訳を頼む。当然ながら機密だ。同僚はもとより上官にも話してはならない。私が主席に随伴して君の仕事部屋を出入りしていることに留意したまえ」

「はい。全力で守秘します。お急ぎですか？」

「いや、二、三日中に片付けてくれれば構わない。それに、文書も不要だ。むしろ残さないでくれ。君の頭の中に入っていればよろしい。堅い調子、柔らかい調子、何かを含んだ感じの表現、何通りか考えておいてくれ」

「はい、了解であります」

「頼んだぞ」

少将は足早に建物を出ていった。少佐は、ブリーフケースにファイルを仕舞い、図書室に戻った。大佐から、何の用事だったのかと聞かれたので、雑誌の翻訳を頼まれたことにした。

海軍の上官でなく、どうして自分なのだろうと少佐は疑問に思った。語学力を見込まれたわけではなさそうだ。おそらく、まだ派閥争いに加わっていない無害な階級だと見られたのだろう。

昼休みに八一大楼に戻るふりをして外出し、大楼の近くでタクシーを捕まえ、市内を適当に流してもらいながらペーパーに視線を通した。

やっかい事に巻き込まれそうな気がした。つまり、王少将は、国家主席が、合衆国大統領を相手に、この手の脅しをかけるシーンがあることを想定している、ということだ。場所は？　最近揉めたのは蘇岩礁だ。だが、尖閣の可能性もあるし、南沙を巡ってはフィリピン、ベトナム、台湾、マレーシアと、あらん限りの沿岸国と揉めている。

今のこの行き詰まった観のある政治状況を打破するためだとしたら、ことを構えるのはそれなりの相手になるだろう。ベトナムやマレーシアのはずはない。だとすると、韓国か、あるいは日本か……。

いずれにせよ、ある日突然、米側がホットラインで主席を呼び出す日がくるということだ。その瞬間に備えよという意味もあって、自分が指名されたのだろうと理解するしかなかった。

アメリカ大使館・政務官のハロルド・J・ナイは、来日してもう四半世紀になる。初めての来日は、海軍士官学校を出てすぐの海軍中尉時代だった。横須賀《よこすか》勤務で知り合った日本人女性と結婚し、海軍少佐で軍を辞めた後、コロンビア大学で日本学を修めて修士号を取り、国務省に就職し、以来人生の半分以上を沖縄と東京で過ごしてきた。

彼はただ単に流暢な日本語を喋るだけではない。日本語の機微も婉曲話法も完璧にマスターしていた。

参議院・外交防衛委員会の坂本仁志委員長は、就任直後、上席調査官国上鉄雄の紹介で、一度、ランチを共にしたことがあった。自分の何倍もの軍事知識と外交知識を持ち、同時に、日本政治のメカニズムを知り尽くしている——そんな印象だったが、アメリカ人にありがちな横柄《おうへい》なところは一切なかった。そして別れ際に彼が披露した知識と、それに添えられたコメントに、当時の坂本は大いに勇気づけられた。

貴方のポストに就いた人間は、その後全員出世し、ほとんどが大臣になった。これから全力でサポートさせていただきます――

それから、毎月のようにこちらから電話をかけ、二ヶ月に一回は居酒屋で酎ハイを酌《く》み交わすような仲になった。

その彼は今、委員長室で、テーブルの向こうに置いたパイプ椅子に座り、難しい顔をしていた。仕事の顔だった。

「われわれが持っている情報も、日本側が持っている情報とさして変わりはありません。艦艇の動きはいつも通りです。例の空母の航海に随伴する水上艦艇の動きが若干慌ただしい程度です」

ナイ政務官は、ざっくばらんな口調で喋った。

「第一列島線を越えてきますか？」

と隣に座る国上が聞いた。

「あり得ない。第一列島線を越えてもし機関故障でも起こして漂流する羽目になったら、中国の威信を大いに傷つけることになる。おそらく、済州島沖で、東へ針路を取ると見せかけ、上海方面へと転進するはずです」

「蘇岩礁がターゲットだという情報をどう思いますか？」

坂本が聞いた。

ナイは、眉をひそめて首を振った。

「それはないでしょう。それは何というか、あまりに安っぽい偽情報《ディスインフォメーション》ですよ。韓国政府は真に受けて海軍艦艇を動かすみたいですが、もし蘇岩礁がターゲットなら、ことは簡単だ。韓国が岩礁地帯に建てた人工構造物を、フロッグマンを潜入させて爆破すれば済む。ターゲットは間違いなく尖閣です」

「どこがターゲットだろうと、米空母が東シナ海に入れば、作戦自体を阻止できる。中国は、米空母の目前で無茶はしないでしょう」

「自分もそれを強く進言しました。海軍としては、その方向性でいったん決まったようなのですが、国務省から横槍が入りまして……。それが、財務省から国務省へ注意喚起の要請があったらしくて」

「ナイさんにしては歯切れが悪い日本語だ。何があったんです?」

「昨日、中国が米国債を売ったという話です。ほんの三〇〇億ドルほど。一度に売る金額としては大きいが、中国が保有する米国債のほんの五パーセントにも満たない。市場に混乱をもたらすほどじゃない。もともと中国は定期的に米国債を売ってますから」

「うちの財務省も確認しています」

と国上の後ろに立つ楠木彰が口を挟んだ。

「それでまあ、われわれの財務省は震え上がったというわけです。北京は、米国債を脅しの材料に使って来たと」

「ほう!……」

坂本が呆れた顔で反応した。

「アメリカは、日米関係と米中関係を天秤《てんびん》に掛けるというんですか? そんなに中国が恐ろしければ、われわれは中国の倍、米国債を売り浴びせましょうか?」

国上が、拙い発言だと咳《せき》払いした。

「お怒りはごもっともです。ただ、財務省の警戒も解る。この景気状況で、中国に米国債を売られたら、アメリカ経済は確実に破滅する」

「日本が同様にアメリカを脅すことはないと？」

「無いでしょう。政権が代わろうと、それはあり得ない話です。日本がもしそんなことをしてアメリカ経済が崩壊したら、誰より困るのは日本でしょう？」

「どうでしょうね。やけを起こす人間はいるかもしれない。まあ、現実には売ろうにも売れないという話はありますけどね」

「しかし、軍として、できる限りのことはします。沖縄にいる各種偵察機のフライト回数を倍にします。韓国の群山《クンサン》基地からは、U2偵察機を毎日、中国の防空識別圏ギリギリに飛ばします。それと、〈ケ号作戦〉に、第七艦隊の駆逐艦を二隻参加させます」

「抑止力として効果があると思いますか？」

「偵察活動の強化は、少なくとも、見張っているぞというこちらの意思表示にはなるでしょう。われわれは、日本政府が決意を示せば、全力で応援します。日本語で何と言いましたっけ。そう、ケツ持ちという言葉がありました。自衛隊のケツ持ちはやります。でないと、同盟関係を結んでいる諸外国に不審を抱かせることになりますから」

「Dデイはいつ頃だと？」

「日曜、遅くとも月曜でしょう。空母〝遼寧〟の出港は金曜朝と決まっています。われわれの注意はしばらくそちらに向くことになる」

「国上さん。例の作戦を急がないと。日曜に始まれば、われわれの仕事だが、月曜日になったら、僕はお払い箱、新政権の仕事になる」

「今夕には出港するよう手配します」と国上が応じた。

「残念ですね。先生ほどこの問題に通じている政治家はいないのに」

「またお世辞を。ナイさんは心配なんかしてないでしょう。新政府の首班は、日本の政界で一番防衛問題に精通している。貴方とは二〇年来の付き合い。大使館の誰より長い。彼なら、ほんの五分の状況説明で、たちどころに全てを理解する。彼に任せておけば問題はない。少なくとも、負《ま》け戦《いくさ》を戦っているうちの党が対処するより遥かにマシな対応ができるだろう」

ナイは、消極的にだが同意して頷いた。

「政権交代に混乱は付きものです。秘書は大臣の電話番号を知らないし、問題が起こっても話すべき相手も知らない。指揮官一人が優秀でも、参謀と下士官に恵まれなければ戦争は戦えません。私は、もう一度本省に掛け合って、アメリカとしてできることはないか探らせます。可能な限り、時間が許す限り、最後まで中国にプレッシャーをかけ続けます」

坂本は、椅子から立ち上がり、机の上に身を乗り出すようにして、あくまでも柔らかく拳で机を突いた。

「お願いしますよ。中国にしても日本にしても、要らん犠牲は払わないに越したことはない。ナイさん。日本にとっては、これは日米同盟の真価が問われる事態です。アメリカからみれば、たかが無人島の領有権争いに過ぎないだろうが、極東アジア全体の構図で俯瞰《ふかん》すれば、太平洋を大混乱に陥れる事態だ。今、痛みを堪《こら》えて動けば、大惨事を招かずに済む」

ナイは「同感です」と頷いた。ナイが機密資料を纏めてブリーフケースに仕舞い、坂本と軽い握手を交わして国上と出て行くと、坂本はソファに腰を下ろし、テーブルの上に広げられた新聞のヘッドラインに視線を落とした。各紙とも選挙の最終予想が躍っていた。与党はボロ負けだった。

「空母が東シナ海に入れば、中国は意図を捨てると思う？」と楠木に尋ねた。

「ええ。もし空母が入ってくれれば、中国の意図に事前に気付いたわれわれの勝ちです。間違いなく彼らは撤退するでしょう、少なくとも今回はね。しかし問題は、より複雑化するかもしれません。空母機動部隊を東シナ海に入れないという判断を米政府が下すようなら、中国は、アメリカが尖閣作戦に暗黙の了解を与えたと解釈するはずですから」

「護衛艦隊を事前配備する案をもう一度詰めようか？」

「中国は、自衛隊による軍事行動だと騒ぐでしょう。チベット騒乱や経済問題から人民の目を逸らす格好の材料を与えることになる。レアアースの供給は止まるし、観光客はいわれのない罪で逮捕される羽目になる。それに残念ですが、この政権はもう終わりです。そんな自衛隊の去就に関わる重大な決断は新政権に委ねるしかない」

「変な話だ。来ると解っているのに、そうやって相手に手を出させてから、武器弾薬を消費し、自衛隊員の命を犠牲にして苦労して奪還することが正義だとしたら」

「それが国際政治の現実です。パールハーバーの奇襲攻撃がアメリカの世論を沸騰させたように、正当防衛か否かは今でも重要な要素です。あの頃から、文明はさして進歩してないですね。紛争回避の仕組みもないに等しい」

坂本は、新聞を手に取った。

「いろんな意味で、負け戦になることがはっきりして、かえってほっとしているよ。選挙に関しては、もう一年以上前から覚悟はしていたけどね……」

しみじみした口調だった。

「いろんな意味とおっしゃいますと？」

「能力も無いのに、これ以上、責任を負わずに済む。政権を取る前は、あれもできるこれもできると思っていた。山の頂《いただき》ははっきり見えていて、登山道もあった。荒れ果ててはいたけどね。政党は若く、体力もあるつもりだった。ところが、登り始めた途端に天候は急変。次々と災難が襲いかかり、半分も登らないうちに、こりゃ無理だと現実に打ちのめされ続けた」

「意外ですね。先生のような衆参両院経験し、落選も経験したベテラン議員がそんな弱音を吐くとは」

　坂本は力なく笑った。

「楠木君の長所は、選良に対してすらずけずけ言うその率直なところだね」

「中国は、どこかでミスしますよ。次期政権の態勢が整う前にことをおっ始《ぱじ》めようと焦るはずです」

「そのミスを誰かが事前に耳打ちしてくれればいいんだが」

　ナイを見送った国上が戻ってきた。

「何か言っていた？」

「いえ。ただ、自分の独断で、妥協点を提案しました。しばらく、空母機動艦隊が姿を消すというのはどうかと。空母の位置が解らなければ、中国は疑心暗鬼に陥ることでしょう」

「護衛の艦隊を従えているあんな巨大な空母をどうやって消す？」

「いわゆる無線封止《むせんふうし》です。連合艦隊は、パールハーバー奇襲時にそれでハワイ沖まで辿り着きました。今でも有効な戦術です。〈ケ号作戦〉の鍵も、同じく無線封止にあります。総理に報告なさいますか？」

「確か今日は北海道にいるはずだ。チャーター機で帯広《おびひろ》に飛び、釧路《くしろ》、旭川《あさひかわ》、午後は札幌《さっぽろ》で二カ所、小樽《おたる》、夜は函館《はこだて》だったかな。総理から大統領に電話一本入れてもらう程度のことはできるだろうが、それでワシントンの判断が変わるとも思えない。

防衛大臣は自分の選挙で地元に張り付いている。可哀想に。彼は解散前から『落選が予想される与党候補者五〇人』に名前が挙がっていた。防衛副大臣は参議院で、一応〈小隊名簿〉にも入っている。あとで彼に教えといてくれ。〈F作戦〉の方は？」

「防衛省に電話を入れました。艦艇は定期のルートで航海中。準備は整っています。あとは、漁船の出港を待つだけです」

「無事成功することを祈っているよ。民間人を巻き込むからにはな」

〈F作戦〉とは、坂本が宇検を巻き込んだ例の作戦のコードネームだ。フィッシャーマン（漁師）の〝F〟から取られた。

われわれにできることは全てやった。坂本はそう自分に言い聞かせようとしたが、本当にこれで全てか？　という不安は残った。自分は、外交の専門家でも軍事マニアでもない。戦わずして相手に勝利する方法なんて思いつきもしない。優秀なスタッフに支えてもらっているという信頼と自信はあったが、政治は結果が全てだ。確実な成功に事態を導ける確信は、どうしても持てなかった。

奄美大島は、三日間晴れが続いていた。海はそこそこの凪《な》ぎ。選挙カーが島内を走り回っていたが、ここ一〇年、選挙で候補者が島を訪れた記憶は無かった。

東京からの電話を受けた宇検靖は、天気図を確認し、風邪気味の父親を乗せた。最後に、組合の仲間に、「横当島まで行き、明日帰る」と伝えて出港した。

　護衛艦の通過時刻は深夜に設定されている。それまで釣りでもして時間を潰すつもりだった。

　八〇歳を過ぎた父親は、熱が出て来て具合が悪そうだった。ずっとブリッジの床で横になっていた。

　島陰で碇《いかり》を降ろして暗くなるのを待った。深夜一一時、沖へと出て、自衛隊から預かったフラッシュライトを舳先《へさき》に置いて電源を入れた。傍目《はため》には、明かりが灯っているようには見えなかったが、赤外線波長で、哨戒《しょうかい》ヘリのセンサーで発見するということだった。

　一一時半頃、ヘリコプターのローター音が聞こえてきた。機体は見えなかったが、しばらくすると、見つけたという合図の印に、パッパッと衝突防止灯を点滅させて戻っていった。

　それからきっかり三〇分後、航行灯を灯した二隻の護衛艦が現れ、一隻が減速し、作業艇を降ろすのが解った。

　作業艇が漁船に横付けすると、数名の隊員が無言で乗り込んで来る。まずフラッシュライトを回収する。接近する護衛艦から探照灯が灯され、乗組員の手元を照らした。その間に、宇検親子は作業艇へと乗り移った。浮遊物となりそうなものが片っ端から作業艇へと移される。

　その後、安全のため、作業艇はいったん小舟を離れた。爆破物の設置自体はほんの五分で終わった。

　巨大な護衛艦の舷梯《げんてい》の真下に作業艇が横付けされる。舷梯には〝いなづま〟と艦名が書いてあった。

　宇検は、父親を抱きかかえるようにして舷梯を登った。甲板に登った瞬間、小さな爆発音が響いた。探照灯が照らす先で、自分の船が横倒しになり、やがて、完全にひっくり返った。

　副長が「沈没までご覧になりますか？」と尋ねた。

「いえ。父が風邪気味なんです。艦内で休ませたい」

「了解しました。防衛医官が乗っていますので、すぐ診察させましょう」

　乗組員が沈みゆく漁船の写真を何枚か撮影していた。艦内に入ると、作業艇を収容する号令がスピーカーから響いてくる。どこをどう歩いたか解らないが、父親と別れてから、ほぼ真っ暗な通路を上下し、宇検は士官公室へと案内された。そこだけ、煌々と灯りが点っていた。

　航法計器が壁にある。艦の針路は南へ向いていることに今頃気付いた。

　パリッと糊の利いた白い半袖シャツを着た中年男性が一人現れ、宇検に敬礼した。

「ご協力に感謝します！　政府より、失礼のないようにと命じられております。自分は、本作戦の指揮を執る左近寺《さこんじ》旭《あきら》海将補です。普段は、横須賀におります。自衛艦隊付き幕僚という宙ぶらりんの肩書きです。お父上の具合が悪いそうですが？」

「たいしたことはありません。ちょっと風邪気味なだけで。これより酷い状態で漁に出たこともありますから」

「防衛医官に適切な診察と治療を命じました。夜食でもいかがですか？　たいしたものは出ませんが」

「いえ、お構いなく。でも、よろしければ温かいコーヒーでもいただけますか。身体が少し冷えた」

　壁際のテーブルにコーヒーメーカーが置いてあった。

「おやすいご用です」と左近寺は、自らコーヒーを入れて、客人をもてなした。

「沖縄に向かっているみたいですね」

左近寺は、宇検を座らせると、真向かいに腰を下ろして自分もコーヒーを飲んだ。

「ええ。貨物船が一隻南から近づいていまして、ちょっと焦りましたが、幸い、向こうのレーダーに引っ掛かる前に作業を終えられました。このまま那覇へと向かい、沖縄を一周した後、北への針路を取ります。ちなみに本艦は、呉の第四護衛隊群第八護衛隊に所属する一隻です。この後の手順は、中国の出方次第です。奇襲が日曜なら、貴方の船の残骸は早朝発見され、われわれは沖縄に向かわずに直ちに捜索活動に入ります。もし月曜なら、一日置いてから発見され、沖縄から引き返してくることになります」

「私と父の身柄はどうなりますか?」

「沖縄への寄港予定も一応ありますから、海自基地にご滞在いただくことも考えたのですが、機密保全が困難だという判断でした。恐縮ながら、このままことが片付くまで本艦で過ごしていただきます。貴賓室とはいきませんが、司令室を空けさせました」

「ということは、もし戦争になっても、船を下りることはできないわけですね」

「そういう状況にならないことを願っていますし、その場合は可能な限り、事前に陸上に移送できるよう配慮したいと思いますが、お約束はできません。ただもし、中国が突っ込んでくるようなら、本艦隊は、真っ先に尖閣に駆けつけることになります」

「解りました。私らは、尖閣で漁をすることはないし、別に愛国者というわけでもないが、お手数をかけるつもりはない。そちらの都合で構いません」

「そう言っていただけるとありがたい。ところで、政府によほど太いコネクションをお持ちのようですが？　何度か、お二方の待遇に関して問い合わせを受けました」

「いやぁ、コネというか、国会の調査部というところですか、参議院だったかな。田舎の出世頭の同級生が一人いまして、そいつの依頼だったんです」

「なるほど。国会のワイルドカードだ。あそこの調査官は、生半可な防衛省の官僚よりわれわれに詳しいですからね。何でも知っている。従兵を付けますので、遠慮なくご命令ください」

スピーカーから、「漁船の沈没を確認！」と報告があった。

「小さいが、いい船でした……」

宇検は、感慨深げに言った。

「三年前、女房を癌で亡くしまして、子供もみんな島を出て、親父と二人、あの船の上で過ごす時間が長くなった……」

左近寺は、船乗りとして共感する、という顔で頷いた。

「とてつもなく大きな貢献です。これで、中国の機先を制することができる。無駄にはしません」

艦が速度を上げて動き始めると、宇検は医務室に呼ばれた。親父は、肺炎の疑いがあるので、医務室のベッドでモニターをつけて点滴するという話になっていた。防衛医官は、息子に対して、ここで受けられる治療は陸上の病院で受けられる治療と変わりなく、もし必要な薬があったら、ヘリですぐ取り寄せると約束してくれた。

親父は船乗りだ。遭難で死ぬのは災難だが、大海原の上のベッドで大往生できるなら本望だろうと思った。

選挙戦の最終日、土曜の昼。坂本は、委員長室でニュースを見ていた。総理は日中は関西を回り、夕方東京に戻って、最後は新宿駅での演説で締める手はずになっていた。

そこに私物が置いてあるわけではなかったが、坂本は部屋の片付けを始めていた。与野党の協定通りに月曜日中に組閣が終われば、週内にも新しい委員長が任命されることになる。

全てをまっさらな状態にして、後任の委員長に引き継ぎたかった。諸事情からここがヘッド・クォーター（司令部）になったが、本来は政府マターで、ことが始まれば、防衛省が全力を挙げて対処することになる。自分たちの出番はそこまでだ。

坂本は、ほんの一瞬、まるで自分がたった一人でそこにいるかのような錯覚を覚えたが、ナイ政務官が机の上に衛星写真のプリントを置いたことで、現実に引き戻された。幸い、自分は一人ではない。

「今朝撮影されたばかりの衛星写真です。空母〝遼寧〟は結局、金曜日には動かず、土曜に出港しました。これから南へ向かったとして、蘇岩礁に達するのが明日の日曜の朝。韓国海軍の総力が周辺海域に集結します。同時に、〝遼寧〟に呼応すると思われる漁船団も蘇岩礁へと向かうでしょう」

ナイは、写真を捲りながら説明した。

「その漁船団がそのまま尖閣に？」

「いえ、違います。漁船団のスピードでは、蘇岩礁から尖閣まで丸二日はかかる。それだと、〝遼寧〟を囮にする意味がありません。海軍の分析班は、決行は月曜だろうと見ています。すでに、何隻かマーキングした漁船が春暁ガス田の近くまで出ています」

「こちらの対応は？」

と坂本は国上に聞いた。

「沈没漁船の捜索依頼は、昨夕海保が受け付けました。間もなく海幕が、航海中の護衛艦が、今朝方、まだ暗い時間帯に、沈没寸前の漁船を発見、艦艇で乗組員の捜索を開始したことを公表します。海海保は鹿児島の十管から巡視船を二隻派遣。海自は、発見した二隻が現場海域に留まり、さらに、那覇へ向かっていた護衛艦二隻も捜索活動に加わることになっています。その到着は、明日の昼頃です。あとは、那覇の第十一管の巡視船二隻と合わせて、巡視船四隻、護衛艦四隻が集結することになります。巡視船のうち二隻は、ウォータージェット推進の高速船タイプです」

「八隻が集まるんだよね？　目立つなあ」

「若干多めではありますが、あり得ない配置ではないというのが、作戦を立案した海保と海自チームの考えです。〈ケ号作戦〉には、ナイ氏のご尽力のお陰で、第七艦隊も参加してくれました」

国上がナイに話を振った。

「昨日、空母〝ジョージ・ワシントン〟はフィリピンのルソン島沖にいましたが、護衛艦隊を従え、無線封止で〈ケ号作戦〉の集結海域に向かっています。本来なら、東シナ海に空母を入れるのが筋ですが、これがホワイトハウスとの妥協点ということになります」

「高くついたな……」

坂本は、嘆じるように言った。北京からの反応はすぐあった。強烈なものだった。まだ開いていたヨーロッパ市場で、チベット騒乱への米国の口出しに反発した中国が週明けに米国債を大量に売って報復するという憶測が流れ、一気に相場を下げていた。

「それと、海自が、今夜〈ロメオ作戦〉を開始します」

「ロメオ《ROMEO》？　ああ、あのろ《R》くでもない作戦か。えらいことになりそうだな」

「覚悟の上のことです。いざという時に、偵察要員は不可欠です。衛星でリアルタイムに敵情を探ることはできませんから」

「それは私があれこれ言えるものじゃないね。火曜日以降にずれ込むことは？」

「あり得ません」

　と楠木が、気象衛星の写真を机に置いた。

「大陸から低気圧が近づいていて、火曜日には波が出てきます。島には港があるわけではないので、上陸作戦に支障を来《きた》す恐れがあります」

「最悪の場合は、どうなると思う？」

　坂本は国上に問うた。

「陸自は、〈プロトコルA〉で時間稼ぎできると言っています」

「ナイさんはどう思いますか？」

「私は賛成できません。まず、日本が島を失うことには変わりない。中国に領海をくれてやった上で、この後もずっと火種が残るということです。いつか、より大きな戦争の引き金を引くことになる。外務省が乗り気なのが信じられない」

「外務省としては、それでひとまず武力衝突を回避し、お得意の国際世論に訴えて平和的解決を図るということでしょう」

　国上がそう解説した。

「一度失ったものは戻っちゃこないわな。竹島がいい例だ。新政権には耳打ちくらいしましたか？」

　と坂本はナイに尋ねた。

「まだ政権は先生の党にある。軍人は最後まで勝負は投げないものです」

「新総理に決断力があるかですよ。早めに教えておくに越したことはない」

「先生が防衛大臣や首相なら、自衛隊に突っ込ませますか？」

坂本は、ハアー、と大きく息を吐いて、椅子の上で仰《の》け反《ぞ》った。

「ナイさん。幸い、私は大臣でも総理でもない。その立場にいなくて良かったと思っている。中国との経済関係がご破算になるだろうし、経済的な脅しを受けているアメリカがちゃんとケツ持ちしてくれるという保証もない。自衛官の生命を危険に晒してまでそれをやり抜く価値があるかどうかは疑問だ。しかし国民はそれを支持してくれるでしょう。熱狂的にね。いずれにせよ、新首相が、正しい判断力を持っていることを祈るしかない」

ドアがノックされ、開いたドアの隙間からナイの秘書官が携帯電話を振って、急ぎの要件を告げた。

ナイが、プリントを纏めて仕舞うと、坂本は、ドアまで見送り、握手を求めた。

「お世話になりました。もしこの次お会いする機会があっても、私はただの議員に戻っている。どういう展開になっても、貴方の協力に心より感謝を申し上げます」

「まだ時間はあります。可能性は低いが、北京が冷静さを取り戻すかもしれない」

坂本は望み薄だな、と思いながらも頷いてナイを見送った。状況は悪くなる一方だ。第七艦隊が応援する姿勢を示してくれたことは良しとしても、ホワイトハウスは明らかに腰が引けている。

ナイの表情からそれが読み取れた。

「これからどうしようか？」と坂本は楠木に尋ねた。

「今日、私は娘の水泳教室に付き合う予定でした。明日は、私立中学校の見学に行きたかったんですが」

と楠木が冗談めかして言った。

「国家公務員が子供を私立になんか通わせていいの？」

「国会議員が子供をこぞって私立に入れるのは問題ないんですかね？　都会じゃ、草喰っても私立ですよ。都会の公教育は崩壊しています。とりわけ中等教育は」

「お互い様ってわけか」

「漁船団に動きがあり次第、〈小隊〉のメンバーを委員会室に招集して、徹夜で状況をモニターすることになります」

国上は、軽口の応酬には加わらずに、テーマを現実に戻した。

「子供どころじゃないってことだな。……〈ロメオ作戦〉だけど、人員を回収する手立てはあるんだろうね？」

「存じません。海幕に質問しますか？」

「いや、いい。そんなことで現場の時間を潰しちゃまずいだろう。私は今夜は、宴会をはしごしなきゃならない。応援に走り回った仲間の慰労会があるんだ。明日、政権の下野《げや》が決まる前に飲んでおこうという話でね。なるべくウーロン茶で済ますから、何かあったら電話をくれ。今日は、首都圏で何カ所か応援演説で回ることになっているが、いざという時はすぐ戻る。いったん解散しよう」

国上は、楠木に連絡役として国会内に留まるよう命じた。自分は大阪まで行って夜には戻るということだった。その目的が何かは言わなかった。楠木は詮索もしなかった。長年の付き合いで、それがこの件の処理に関わる重要な用件だということは察しが付いた。

第五章

海上自衛隊が配備を進めている〝そうりゅう〟型潜水艦は、満排水量が四二〇〇トンにも達する。原子力推進でない通常動力型潜水艦としては、世界最大の大きさを誇る。

だが、そうは言っても潜水艦内が狭いことには変わりない。幅は、一番広い所でも九メートルしかない。これが同じトン数の水上艦なら、一四メートル前後の幅を持つ。

乗組員は、魚雷の隙間で寝泊まりし、食堂の長椅子は、食料庫にもなっている。

そうりゅう型の二番艦〝うんりゅう〟は、就役してまだ日が浅い。呉の第一潜水隊群第五潜水隊に所属する三隻の潜水艦のうちの一隻だ。第五潜水隊は、そうりゅう型のみで編成されていた。

第五潜水隊司令の野呂《のろ》俊輔《しゅんすけ》二佐は、この重要な作戦の実行を自分とその部隊が命じられたことに関して、特に感慨はなかった。

今回の警戒配置に関しては、別途命令がなければ、交替は月曜日に予定されていた。基本は一週間で交替することになっているが、こちらの配置を悟られないために、六日で交替することもあれば、九日間粘ることもある。その間、気が休まることは全くない。

尖閣諸島周辺は、複雑な海底状況を呈する。深度一〇〇メートル台の浅い大陸棚が、尖閣諸島を境にして一気に深みへと落ち込む場所だ。

魚釣島から南へ四〇〇〇メートルはまだ深度二〇〇メートル以下だが、そこを過ぎると急斜面になり、島から一〇キロ付近では八〇〇メートルに達する。

潜水艦は平素は、魚釣島の南側の深い海域に潜んでいたが、中国の潜水艦や漁政船の出撃情報が入ると、島を周回する動きに入る。

あるいは、水上を警戒している海上保安庁の巡視船艇が南に固まる時には、潜水艦は北の大陸棚の警戒へと動く。巡視船艇と潜水艦には、もちろんいかなるやりとりもない。

建前として、海保は、水面下で味方の潜水艦が警戒しているとは知らないことになっていた。

曇天時、もしくは夜間に、潜望鏡を上げて全ての島を確認捜索する。誰か上陸していないかをチェックするのだ。晴天時に浮上することはない。水面越しに船体の巨大な影を光学衛星で撮影される危険があるからだ。艦内のパソコンには、中国のスパイ衛星の軌道通過時刻を表示するソフトウエアが入っていた。

そして、この潜水艦のユニークなところは、海上自衛隊唯一の特殊戦部隊であるSBUの隊員をいつも乗せていることだった。常時四名が乗り込み、中国に動きアリと判断されたら、偵察要員として事前に魚釣島に上陸して備える手はずになっていた。

指揮を執るのは、大谷《おおや》綾《りょう》太《た》一尉。SBUに入ってまだ一年の幹部士官だ。実質的に部隊を率いるのは、下士官の内倉《うちくら》隼人《はやと》二曹だった。彼がこの四名の中で最年長であると同時に、部隊に五年いる、唯一のベテラン隊員だった。

赤い暗視照明の下、士官公室で荷物を最終チェックし、二人の部下、山岸水輝《やまぎしみずき》三曹と三上幸雄《みかみゆきお》三曹に、司令塔下まで、荷物を運ぶよう内倉は命じた。

内倉は、二人だけになると、「二尉殿は残ってください」と大谷に話しかけた。

「いやぁ……、それは拙いんじゃないですか？」

「一人は、通信担当として艦内に残る決まりです。士官と先任下士官どちらが残るかは状況次第というルールになっている。申し訳ありませんが、二尉殿はまだ部隊にいらして日が浅い。しかも、率いる二人とも二尉殿より年上です。お子さんも生まれたばかりだし、荷が重いでしょう」

内倉は上官相手でもずけずけと言うタイプだった。

「本当にいいんですか？　貴方は……」

「選択の余地はない。俺は、自分の部下を経験の浅い士官に預ける気はありません」

第五潜水隊司令がハッチを開けて現れた。

「決めたか？」

「はい。二曹が行き、自分が残ります」

「解った。俺に決定権はない。ＳＢＵの問題だからな。時間がないぞ……」

司令は、壁に貼られたペーパーに視線を投げた。ロシアの赤外線衛星の通過時刻が迫っていた。中露は昔ほど緊密な関係にはなかったが、それでも、ロシアに知られるのは良い気分ではない。もう五〇分で、衛星は潜水艦の真上を通過する。

「本当に船外機は要らないんだな？」

「上陸してから担ぐ手間が増えるだけです」

「潮の計算は合っているはずだが、完全とは言いがたい。もし接岸に失敗したらいったん沖へ出ろ。回収してやりなおす。波はほとんどないはずだ。潮流に乗れば時間稼ぎできるだろう」

船体レベルの完全浮上まで一〇分はかかる。まず全周警戒措置《バッフル・クリア》を取る。三六〇度回頭し、周囲の雑音に耳を澄ませる。水面に船舶がいないことを確認した上、次に潜望鏡深度まで浮上し、潜望鏡で三六〇度監視する。そしてやっと海面に船体が浮上という手順だ。

荷物は、偵察用標準装備の他に四日分の行動食と水を用意して、一名あたり四〇キロ。それに加えて、エアを抜いたボートがある。四人乗りで、オール、フットポンプ、底板、全部で二〇キロを分担して担ぐので、最終的には一人五〇キロずつになる計算だ。

浮上作業の間、全員が士官公室に集い、大谷二尉が出撃前チェックリストのメモを捲り、装具を確認した。落水時に備えて、浮力ベストも着込んでいる。陸上では枕代わりになるし、ここでは必要ないが、いざという時には防寒着にもなる。

「GPSモニター、赤外線フラッシュライト、短波ラジオ。定期モニターを忘れるなよ。それからウォーキートーキー。島には、敵の斥候《せっこう》はいないという前提だが、十二分に気を付けろ」

「自分たちはどっちに賭ければいいんでしょう?」

山岸が、タクティカルベストのサスペンダーをきつく締め直しながら訊いた。

「いないと思う。黙っていたが、ここ三日間、毎晩、日の入り直後と日の出直前に、米空軍のステルス無人偵察機のRQ‐170〝センチネル〟が飛んでいた。偶然、潜望鏡がその姿を捉えた。もし島に先客がいれば、米軍から警告が入ったはずだ。米軍は明日の朝も飛ばしてくるだろう。米軍にも絶対に見つかるな。SBUの名誉に関わる」

「可哀想に。分析官は、ひたすら山羊《やぎ》を数える羽目になったはずだ。例のギリースーツが本当に赤外線を防いでくれるかどうかテストできますね」

「防いでくれなきゃ困る。敵が上陸してきたら、あらん限りのセンサーを持ち込むぞ。対人レーダーに、臭気センサー、サーマル・ライトには用心しろ。誰か一人は必ず暗視ゴーグルを付けっぱなしにしておけ。やつらのことだ、警察犬まで連れてきても不思議はない。いざとなれば食料になるし」

「食料といえば、山羊、喰ってもいいですか？」

過去に持ち込まれた山羊が増殖し、今や島の植生を変えるほどに増えていた。

「臭いを消せる自信があったらな。それより、山羊との鉢合わせに気をつけろ。驚いた山羊が飛び出すだけで、敵の注意を引くことになる」

浮上を報せるブザーが鳴り、また司令が顔を出した。

「ことがいつ片付くか解らないから、俺が迎えにこられるかは解らん。だが、回収する時は、必ず三人一緒だぞ」

「お世話になりました、司令」

と内倉二曹が敬礼した。

「よしてくれ。別れの挨拶はナシだ。全力でサポートするし、緊急時には、いつでも乗組員を送り込む」

艦が浮上する。巡視船一隻が、水平線の向こう一五キロほど南を航行していた。向こうからは見えない。落下防止用のハーネスを装着した乗組員がゴムボートを海面に浮かべ、転落防止用兼足場のネットを、そのボート上に降ろした。

星明かりがある。外の景色を拝むのは、呉を出港して以来、七日振りのことだった。

まず三上が降り、荷物を一つずつ上からロープでゆっくりと下ろす。銃だけは、別途防水カバーに入っていた。次に山岸が降り、最後に内倉が舳先に降りた。

「潮流に乗って体力を温存しろ。先は長いぞ。針路《ヘディング》を0‐4‐0に取れ」

大谷二尉が、波打ち際まで降りて、オールを手渡した。舫《もやい》を外し、内倉が「出航！」と命じると、潜水艦側に座った山岸が「土産に山羊肉の燻製《くんせい》を持ち帰りますよ」とオールで潜水艦の船体を押して艦から離れた。

「こっちもだいぶ流されたぞ。急いで潜ろう！」

司令塔のブリッジから作業を見守っていた野呂がデッキを片付けて艦内に戻るよう急《せ》かした。

ゴムボートは、魚釣島の南入り江から西南西二〇〇〇メートルほど沖合でリリースされた。黒潮に乗ってボートを漕げば、二〇分ほどで入り江まで辿り着けるはずだった。

内倉は、正直なところ、どうにでもなれ、という思いだった。この島が自分の死に場所になるならそれでいい。まだ三五歳だが、もう十分過ぎるほど長生きしたような気がしていた。

魚釣島は、南北一・三キロ、東西三・五キロの小さなサイズながら、最大標高三六二メートルの山を持つ険しい地形の島だ。平野部はほとんどなく北側に向けてはなだらかな斜面が続き、川も流れているが、南側は角度が急になっている。その昔、西端にカツオブシ工場があったが、もちろん、島を一周できる道があるわけでもない。まさに、絵に描いたような無人島だ。

内倉は、部隊が編成された頃から散々検討し尽くされたルートを取るために、島の南側を目指してボートを漕がせた。衛星写真と、近くから潜水艦によって撮影された写真を照合し、一応の地図は作られている。噂では、実際にその登攀《とうはん》ルートを使って山頂まで行った隊員が初期にはいたというが、真偽は定かではない。

島に上陸すると、上陸成功を伝えるために、沖合三方向に向け、赤外線フラッシュライトで合図を送った。味方潜水艦が潜望鏡でこちらを監視しているはずだった。

ロシアの衛星が上空を通過するまでに時間がなかったので、ひとまず林に入り、木の葉で紡《つむ》いだようなバラクーダ・ネットを張り、その下に隠れた。

内倉は、ロシアと中国の衛星が通過する時間帯を記したメモを持っていた。ここでの偵察活動は、それが基準になる。とりわけ中国の衛星が上空を通過する時には、姿はもとより熱源としても探知されないよう細心の注意を払わねばならない。

水を吸ったボートは重くなる。ボートのエアを抜いて畳む前に、タオルで丁寧に水分を拭き取った。行動は慎重に行う必要がある。敵が上陸してくれば、きっと島を一周するだろう。枝一本、草花一本折らずにここを出る必要があった。

敵制圧下での偵察活動は、SBUの主要任務の一つだ。訓練は十分に受けた。これからそれを実践することになる。

ボートを畳み、身長一八三センチで一番体力がある山岸が、潰したボートを専用ザックに入れて胸に抱えた。ぐっとくる重量だ。大人一人分の重量を前後に持って、道なき急峻《きゅうしゅん》な山肌を三〇〇メートル登らなければならない。

「ヘッドランプを点けろ。出だしで事故はご免だ。いいか、なるべく山羊が作った獣道を進むが、それでも地肌が露出しているところは絶対に踏むな。部隊のルート研究が正しけりゃいいけどな」

その地図は、山歩きに慣れた陸上自衛隊の松本連隊の協力も得て作ったということだった。コンピュータで等高線を読み込み、三次元ジオラマを作って、登りやすく、かつ証拠を残さず、周囲からも見えないことを絶対条件に研究された。そんな都合のいいルートがあるとは思えなかったが、彼らが受け取った地図には、敵制圧下で島を縦横に移動するための数十のルートが描き込まれていた。

　チームには、守るべき装備の優先順位が決められていた。まず唯一持参したパソコン一台。ＰＤＡ三台。暗号復調機が組み込まれた無線機二台と衛星通信機。そして暗号符丁一覧と地図だ。

　パソコンはパナソニック製のタフブックだったが、全ての機密データはＳＤカードに入っており、ＳＤカードを抜けば起動すらできない仕掛けになっていた。いざとなったら、ＳＤカードを抜いて捨てればいい。ＰＤＡや無線機も同様に、メモリーカードを抜けばただのガラクタになる仕様だった。

　あまり考えたくはないが、作戦の成否は、退路の確保にある。〈ロメオ作戦〉は、確かにろくでもない作戦だったが、それでもいざという時の逃走ルートが真っ先に検討された。潮流に乗って離脱できるよう、島の東側に脱出口が設定されている。もし敵の上陸が遅れるようなら、先にそちらを偵察し、ボート類を埋めて隠す予定も立ててある。食料は置いていけばいいが、兵隊の魂である武器を捨てて逃げるわけにはいかない。中国兵に発見されたら、日本人は銃まで捨てて逃げ帰ったと笑い話のネタにされることになる。部隊の名誉にかけて、それは避けねばならなかった。

　シダ類が生い茂る山中を、つづら折りの要領で徐々に高度を上げていく。ほんの二五メートル上がるのに、三〇分近くを要した。

　場所によっては、ルートをショートカットするために、ロープを使って荷物と人間を別々に引っ張り上げる必要もあった。頂上に達するまで五時間くらいだろうか、と内倉は時間を計算した。

東海艦隊・舟山《チョウシャン》海軍基地の外れに錨泊《びょうはく》する中国漁政310船の作戦室では、王洪波《ワンホンボ》少将が、ヘリコプターで届けられたばかりの資料をさっさとテーブルにぶちまけるよう尹語堂《インユイタン》少佐に命じた。この作戦中、いろんな部局との調整が必要になるので、大尉から少佐に昇進させたのだ。士官学校同期でもっとも早い昇進だった。

尹少佐は、持参したA3サイズの封筒の中身をテーブル上に広げた。偵察衛星写真だった。それぞれ撮影時刻が写真に写り込んでいる。

「まず石垣《いしがき》海上保安部からだ。例の三隻態勢になって配備された新鋭艦はどこだ?」

「当該艦はいわゆる一〇〇〇トン型の〝はかた〟、転籍により船名は〝いしがき〟に変更されました。配備替えはしばらく前のことですが、漁船に偽装したこちらのスパイ船が、昨日、石垣の三〇〇キロ南東海上ですれ違っております。スパイ船は与那国島《よなぐにじま》を包囲するように配置しておりますが、それ以降の確認はありません。ただ、保安部がある石垣港も見張っており、旧型の巡視船が停泊中であることは、最新の衛星情報、及び、人的観察でも確認済みです。保安部に灯りはなく、職員の自家用車もありません。いつもの週末と変わらないという報告です」

尹少佐が、メモに視線を落としながら報告した。

「所属するもう一隻は、捜索活動中なのか?」

「はい。沖永良部沖ということになっていますが、金曜、本土へ向けて航海中だった海上自衛隊の護衛艦が、沈みかけて漂流中の小型漁船を発見しております。その前日、確かに漁民の捜索依頼が出ており、定期パトロールで南下中だった護衛艦と、海保の巡視船艇が一緒になって捜索活動を展開中です。あちらの地元のニュースサイトを確認したところでは、凪《な》いだ海での事故で、大型船に衝突されたのではないか？　という話が出ています」

「つまりこちらの作戦を前に、四隻の敵護衛艦が、現場に近い所で展開しているわけか？」

「鹿児島の第十管区からも捜索の船舶が出ておりますので、海保の巡視船も増えています。ただ、捜索救難活動として、格別に多い隻数とも言えません。それに、現場海域は尖閣から五〇〇キロは離れております。三〇ノットで飛ばしても尖閣沖まで一〇時間はかかります。仮に意図有りとしてもこちらの作戦に影響はないものと。ただ、気になる点はあります。先週末の時点で、日本列島各地に配置したこちらの情報員の艦艇の把握率は四六パーセントでした。残り五〇パーセント前後も、こちらの通信傍受情報から、だいたいの場所の特定はできておりました。現在、その把握率は、三七パーセントに低下しております」

「それは酷いな。これまでと比較してどうなんだ？」

「残念ながら、これほど熱心に日本の軍艦の所在確認を行ったことはなく、過去の統計自体が存在しません。引き続き確認作業を行ってはいますが、第七艦隊のように、無線封止航行に入った可能性はあります。無線封止航行自体は、訓練でも行うことなので、不審とは言えません。所在不明の艦船の中にはイージス艦二隻と、ヘリ空母、揚陸艦も含まれます。それともう一点。漁船の捜索活動に出た、第十管区の巡視船の船名が混乱しております。在京記者を名乗って十管に船名を問い合わせたところ、巡視船〝さつま〟と巡視船〝せんだい〟の二隻が出たということでした。ところが、巡視船〝さつま〟に関しては、昨夕、甑島《こしきじま》沖に出ていたわが方のスパイ漁船がすれ違ったことを報告してきました」

「それはどういうことなんだ？」

少将は、話がよく見えないという顔をした。

「可能性として考えられることは、偽装です。この二隻、いずれも足が遅い旧来型の巡視船です。本当は、最新鋭の高速巡視船が捜索に出撃しているにも拘《かか》わらず、十管内部で、旧式船が出動したという偽装工作が行われている可能性があります」

「となると、尖閣沖にいる日本の巡視船はいったい何隻になる？」

「偵察衛星の情報によると、いつものように二隻です。大型船一隻と小型船一隻の通常配備です」

少佐は、その二隻を真上から撮った写真を見せた。撮影時刻は、土曜の夕方、日没直後になっている。赤外線カメラでの撮影で、船名がその隣に書き殴ってあった。

「十一管区から漁船乗組員の捜索に出た船舶は二隻で、一隻は高速船です。仮に、捜索海域から尖閣へ四〇ノットで向かうとしたら、六時間で駆けつけられます」

「先遣隊が五時間で着上陸できれば問題はないな？　その時点で、何隻いる可能性があるんだ？」

「石垣保安部の高速船がどこにいるかで、一隻増える可能性はありますが、こちらのスパイ船は、現在碁盤《ごばん》の目状に配置されています。その網にかからなければ、現状では、二隻。そこは変わらずです」

「わかった。行方不明になった護衛艦に関して、喫水線《きっすいせん》の確認は行ったのか？」

「お待ちください……。情報部の方で、漏れなく確認しているはずですが」

と少佐は、この作戦のために用意されたラックを探った。フォトブックと、日本の軍事雑誌を一冊取り出す。

「これは、横須賀の第一輸送隊に所属する輸送艦〝おおすみ〟の入港中の写真です。一年前の軍事雑誌のものです。この船は、日本は輸送艦と言い張っていますが、実質的に強襲揚陸艦です」

「ああ。私は観艦式で乗ったことがある。良い船だ。われわれもこのクラスが二〇隻くらい欲しいもんだな。エアクッション艇と一緒に」

「この〝おおすみ〟も行方不明になった一隻ですが、横須賀の港が見下ろせるマンションから、うちのスパイが毎日撮っていた写真があります。これが二週間前で、これが最後のもの。三日前に撮られたものですね……」

　喫水線は、0より下。つまりいずれも空荷ということを示していた。

「空荷だな。戦艦はどうだ？　イージス艦とか」

「引き続き調査させていますが、現状では、特に武器弾薬、燃料を満載したという情報はありません。ただ、手はいくつかあると思います。この〝おおすみ〟の場合は、沖合で搭載しているエアクッション艇を放出した後、バラストタンクに注水し、母港に戻り、武器弾薬、燃料を搭載しつつ、ちょっとずつ水を抜けば、喫水線を変えることなく、戦争に備えられます」

「とは言っても、その軍事雑誌と比較しても水位は変わらないわけだろう。これは作戦を断念する要素になると思うか？」

「いえ。われわれが作戦中止要件として想定した条件は、巡視船艇が十数隻展開して待ち構えるとか、護衛艦の半分が出動準備にかかるとかいうような事態です」

「まあ、それをやったら、日本が挑発したと非難する口実にもできるけどな。すると問題は、行方不明の米空母のみか……」

「はい、作戦の断念要素の最大のものは、空母機動部隊の第一列島線突破ですから」

「練習空母〝遼寧〟出航は予定通りで、日米韓もそれなりに食いついて艦隊を北へと上げている。すでに入った形跡はないのか？」

「それだけはありません。第一列島線沿いには、過去に例を見ない濃密な情報網を敷いていますから。それに、〝ジョージ・ワシントン〟がフィリピン沖にいたことも確認はできております」

「米国債のたたき売りはあまり効果がなかったかな……」

「一つの分析としては、アメリカが、無線封止航行に入ることで、われわれに警告を発していると も考えられます」

「だから、効果がなかったということだろう。夜明け前に私は北京に飛ぶことにする。それでもう一押ししてみるよ」

「大丈夫ですか？　あまりアメリカを追い詰めるのはどうかと思いますが」

「アメリカにとって優先することは何だと思う？　チベットの民主化か、それともチベット情勢の沈静化か？」

「もちろん後者です。アメリカは独裁政権との付き合いを厭《いと》わない国ですから。彼らにとって優先するのは、付き合う相手の政権が安定化することです」

「これはそのための作戦だ。奴らにそこを承知させなきゃならん。明日の日本は投票日で尖閣どころじゃないだろう。昼までに動きがなければ、われわれの勝利だ」

少佐は、テーブルに広げた写真を片付け始めた。

「どうなるんでしょう。今度の新首相は、日本の政界きっての軍事通で、国内のメディアは、軍国主義内閣が誕生すると騒いでいますが」

「笑っちまうな。いろんなセミナーやパーティで何度も話したことがあるが、大層なリアリストだよ。財布は有限だということを知っている。永田町の軍事通を気取る政治家の九割は、軍事費は別腹だと主張するタカ派ならぬバカ派揃いだが、彼は違う。彼が二年も政権に居座ったら、面倒なことになるだろう。自衛隊はますますスリムになり、島嶼《とうしょ》防衛型の軍隊になる。われわれとしては、長くは政権の座について欲しくない人物だ」

「われわれの勝利で終われば、新政権は一週間で崩壊します」

「手強《てごわ》いぞ。彼以上にこの難局を乗り切るに相応しい総理はいないんだからな。菅《かん》政権時の尖閣処理のような想定外の醜態は期待できない」

　少佐はくすりと笑った。当時、大尉は、少将と一緒に東京の大使館に武官補として派遣されていた。そうそう日本が強硬な態度を貫けるとは思っていなかったが、あそこまで腰抜けな政権だとは思ってもみなかった。それまでは、民主主義にも良い面はあると思っていたが、以来、日本の政治体制を心底軽蔑するようになった。

　少将は、中弁公室に電話を入れるために、ランチを漁政船に横付けさせた。情報漏れを防ぐために、船は一週間前から沖合に停泊したままで、人の出入りは厳しく規制されていた。通信マストにはアンテナが装備され、二四時間携帯電話の妨害電波を出していた。


　魚釣島に上陸したＳＢＵの三人の隊員は午前三時過ぎ、ようやくベース・キャンプ予定の鞍部《あんぶ》に辿り着いた。標高三六二メートルの奈良原岳《ならはらだけ》の頂上から、西へ百メートルほど下った場所だ。そこにベース・キャンプを設ける理由は、敵が拠点とするだろうカツオブシ工場跡が近いからだった。ほんの少し移動すれば、カツオブシ工場跡の船着き場を見下ろす場所に出られる。船着き場というほど立派なものではなかったが、まともな船で上陸できる数少ない地形がそこにあった。

テントは持参しなかった。この島はあまりにも小さい。山羊の食害が進行し、昔のような植生も無く、上陸してきた敵がローラー作戦を始めれば、テントのような構造物はいずれは見つかるだろう。雨は急造のシェルターで凌《しの》ぎ、普段は各自ギリースーツを被って敵を監視する手はずになっていた。

三人は、二時間休憩した。午前五時、東京からの定時連絡に耳を澄ます。短波ラジオに乗って流れてきた暗号符丁は、「待機」だった。

もし今日中に敵の上陸がなければ、午前中にボートを隠しに出かけ、偵察しつつ戻るつもりだった。途中、水場に寄って、行動中の水もある程度確保しておきたかった。川筋は何カ所かある。古地図では、四、五本の川が流れていた時代もあったらしいが、食害被害が出て緑が減った今は、それほどの水はない。滞在が一週間を超えるようなら、水の確保をどうするか考える必要があった。

パーティ登山用の携帯タンクと最低限の装備を担いで、尾根伝いに東を目指すことになった。最低限の装備といっても、銃は必携なので、二〇キロ近くにはなる。平素訓練している彼らにとってはどうという重さではなかったが、最悪、敵が先に潜入して、こちらを待ち構えている可能性にも備えねばならない。

前進は、八九式小銃を構え、互いにカバーしつつだ。ちょっとした訓練になる。

「選挙、行きました？」

出発準備をしながら、山岸が誰へともなく訊いた。

「誰がやっても政治は一緒だ。俺の一票で当落が決まっても、何も変わりゃせん」

　内倉がぼそっと言った。

「そうですか。政権が代われば、例の軍ヲタ宰相が誕生するんでしょう？　期待している幹部もいるみたいですよ」

「あの人はコストカッターだ。きっとその幹部は泣きを見る羽目になる」

「でも、防衛問題がわかっている人が大臣や総理になってくれるというのは嬉しいじゃないですか」

「それで俺たちの給料が上がり、装備が更新されればな。でもそんなことはないだろう。だから、誰が総理になっても一緒なんだよ」

　三上が前に出て、すでに双眼鏡で周囲を監視していた。残った荷物をギリースーツで包み、木の枝の下に隠した。敵からというより、そこらを彷徨《うろつ》いている山羊から隠すのが第一だ。食料など匂いのするものは、空き袋といえども放置せずに、きちんと埋めねばならない。

　内倉は、出発直前、左腕に装着したPDAツールの迷彩カバーを外し、鏡代わりにして自分の顔を見た。PDAにカバーがあるのは、画面を守ると同時に、モニターの反射を防ぐためだった。迷彩ドーランが落ちていないことを確認してから出発する。彼らが普段暮らしている瀬戸内と違い、ここは日本の西端だ。日の出は三〇分以上遅い。

　上の読みでは、敵の上陸は今日ではなく明日ということだった。稜線から見渡せる南北の海面は平和そのものだ。巡視船一隻が島の北側、一隻が南側を遊弋《ゆうよく》している。水平線まで、他の船舶は全く見えなかった。

　この平和な海が、明日は地獄と化す。それが解っていながら止められないのだ。いったい、政治に何を期待できるというのだ、と内倉は胸の内で吐き捨てた。

日曜の朝、林徳偉《リンドーウェイ》海軍少佐には何の予感もなかった。前夜、明日は娘を連れて映画にでも行こうかと妻と話したし、国民が知ることのない海外ニュースに接していても、特に自分の仕事に関わりそうな国際緊張の兆しはなかった。

チベットは相変わらずだが、米政府は、表向きはともかくとして、北京政府が素早くことを治めてくれることを願っている気配が伝わってくるし、今やアメリカ経済のみでなく、ヨーロッパ経済までもが中国頼みだ。

気になることと言えば、金曜日、欧州のマーケットが閉じる寸前、中国が米国債を投げ売るというニュースが流れてやや下げたことくらいだ。メディアによっては暴落と書いているところもあったが、マーケットは魑魅魍魎《ちみもうりょう》が棲む世界だ。そこで流れている情報には、必ず何かの思惑がある。額面通りには受け取れなかった。

だから、中弁公室からの緊急電話で起こされた時には驚いた。迎えの車をやるので、三〇分以内に準備して、アパートの玄関で待っていろということだった。

パトカー二台に挟まれた黒塗りの迎車が現れ、耳にイヤホンをしたサングラスの男が、彼の身分証をチェックし、迎車の後ろに乗り込ませると、三台の車は一斉に走り出した。パトカーは、サイレンこそ鳴らさなかったが、はらはらするほど速度を上げて中南海へと入った。

図書室に入ると、日曜勤務のメンバーが追い出されるところだった。アメリカは土曜の夜だ。こんな時間帯に大統領を捉まえられるのだろうかと疑問に思った。そのまま仲間に続いて、廊下に立てられた衝立の向こうに直行しようとしたら、王洪波少将の副官が制止し、「中へどうぞ」と少佐を招き入れた。

部屋の中では、すでに盗聴器検査が終わったらしく、王少将が、壁際のテーブルに置かれたコーヒーメーカーのスイッチを入れているところだった。

「君も飲むかね？　少佐」

「はい、急に起こされたものですから、お茶一杯飲む余裕もありませんでした。髭を剃るのが精一杯でして」

少佐は、マイカップに自分でコーヒーを注いだ。

「あの……、昨日の米国債の投げ売りに関する交渉でしたら、外交部の方が適任だと存じます。自分は経済は門外漢ですので」

「いや、テーマはそうじゃない。この前君に渡した文章さえ頭に入っていれば大丈夫だ。大統領に、強烈な憤慨を伝えてくれればいい」

「はあ……。提督、率直な意見を申し上げてよろしいですか？」

「構わんよ」

少将は、椅子に座り、コーヒーを飲みながら応じた。相変わらず、眠っていない感じだった。

「強烈な憤慨を意訳しても滑稽《こっけい》なだけです。それではまるで北朝鮮です」

「構わんさ。それはまあ、どちらかと言えば国内向けのメッセージだ。われわれが米国相手に一歩も退《ひ》かずに言うべきことを言った、という。ところで、君はミャンマーに関してどのくらい知っているかね？」

「英字紙で読む程度のことしか知りません。あの……、蘇岩礁のことでもないのですか？」

少佐はますます訳がわからなくなった。

「韓国が騒いでいるが、たいしたことはない。漁民がデモンストレーションする程度のことだろう。練習空母も航海に出たことだし、韓国政府としても大げさに騒いで、軍事予算の獲得に利用したいところだろう。好きにさせるさ。今日のテーマは、そうではなくミャンマーだ」

「ミャンマーを巡って、中米間に取り立てて案件はなかったと存じますが？」

「それはいいんだ。確かに懸案はない。だが、ミャンマーは、中国にとって生命線だ。チャオピューからマンダレーを経て昆明《クンミン》、重慶《チョンチン》へと至るパイプライン工事が進んでいる。これが完成すれば、天然ガスにせよ、原油にせよ、危険なマラッカ海峡を通過することなく、安全に資源を内陸部に送れる。しかも圧倒的に早くだ。そうなれば、第二列島線の維持に執着する必要もない。もちろん、それはそれできっちりと利権は確保するがな。それに、どの道わが艦隊は、インド洋まで進出することになる。第七艦隊の機動部隊が無線封止に入っていることを知っているか？」

「いえ、全く存じません」

「空母〝ジョージ・ワシントン〟が行方不明だ。最後に確認されたのはフィリピン沖。われわれはアメリカに警告しなければならない。ミャンマーの権益は我が国にとって死活問題だ、米空母の接近は是が非でも拒否する、と」

少佐は、その意味するところをすぐに理解できた。

「つまり、ディプロマシー（外交）ですね。ミャンマーは抗議するための口実に過ぎない」

「まあそういうことだな。がんがん言って構わないぞ。大統領の言質《げんち》を取らなきゃならない。ひとしきりミャンマーの利権をまくし立てた後で、おたくの機動部隊に良からぬ動きがある。われわれは重大な懸念を抱き、これを挑発行為と受け止める。ことと次第によっては、週明けのマーケットは悲惨なことになる……と言ってやれ」

中弁主任の蘇半農《スバンノン》と一緒に唐鴻英《タンホンイン》国家主席が入ってくる。まさか、国家主席と同席するなんて。一三億の民の命運を握っているにしては、小柄な印象だった。敬礼しようとする少佐を主席が制した。

「彼も仲間か?」と主席は少将に問うた。

「愛国者です。問題はありません」

「コーヒーをくれ。日曜の朝一で起こしよって、提督。高く付くと思えよ?」

「ご心配なく。明後日、主席は私に感謝の念を抱いているはずです」

「それもこれも、アメリカ次第だ。空母が第一列島線に入ってきたら、君らは問答無用に作戦を中止して退《ひ》くんだぞ」

「覚悟しております」

「チベットだけでも手一杯なのに、要らぬ緊張を招いたと私が非難されることになる。あと何分だ?」

コーヒーを入れながら、中弁主任が「まだ一〇分あります」と応じた。

「進捗状況に問題はないな?」

「はい。懸念事項は、まさに機動部隊の行方だけです。日本が気付いた可能性はありません。あと一二時間秘匿できれば、われわれの勝ちです」

日本? 少佐はまた混乱した。いったい何が進行中なのだろう、と思った。

「民主主義というのは不思議な制度だと思わないか? 誰が政治家になろうが、どんな政党が誕生しようが、政権交代を繰り返す度に政策は収斂《しゅうれん》され、政党ごとの色も薄れて、誰が担っても一緒になる。どちらかが政権を取れば、野党に転じた側はひたすら反対票を投じるだけ。お陰で何も決まらなくなる。あれほど公平無比な公共サービスを行い、寸分の狂いもない自動車を作れる連中が、かくも不合理な政治制度に依拠《いきょ》しているなんて、全く理解できんよ」

「民主主義は、その理念のみが崇高なのであって、過程の手続きが大事で、結果は問わないのが利点です」

少将がそう解説した。

「西側の連中は、自分たちの政治システムに酔っているのか？　それでよく人民が納得するものだな」

二人の会話に聞き入っていると、中弁主任が

「操作は問題ないね？」と少佐に耳打ちした。

「はい、直ちに準備します！」

少佐は慌ててマニュアルを開いた。実際に首脳同士のやりとりが始まる五分前に、回線が繋がれていることを確認し、待機することになっていた。

少佐は人数分のヘッドセットを用意した。あっという間に時間が過ぎ、自分がヘッドセットを装着した瞬間、アメリカ側から呼びかける声が聞こえた。通信機のカフを上げて、「こちら北京、よく聞こえています。現在待機中です——」と英語で応じた。

「了解。こちらも待機中です」と滑らかな北京語が流れてくる。女性の陸軍大佐だ。たしか二人子供がいたはず。彼女に関するプロフィールをまとめた分厚いファイルがあった。

少将と主席がテーブルに着くと、少将は、ノートを開き、少佐に見せた。会見の下書きが認《したた》めてあった。少佐が確認した合図に一度頷くと、主席の前にノートを広げた。

「アメリカはまだ土曜なのか？　少佐、とりあえず詫びるべきかな？」

「はい、必要ではありませんが、損はないかと」

「では頼む」

　通告時刻を五秒過ぎてから、主席がマイクに向かって口を開いた。まず、週末の夜に呼び出した非礼を詫びた。大統領は、週末がない生活を強いられているのはお互い様です、と応じた。

　主席はそこからいきなり本題に入った。少将が用意したメモに従い、五分ほど、ミャンマーの問題に介入しないよう、まくし立てた。

　一文一文が長く、少佐は速記の要領でノートにそれを書き写してから英訳してマイクに喋った。

　主席はさらに、第七艦隊に不穏な動きがあることに激しい抗議の意を表明し、先週のマーケットで、アメリカが中国の警告を正しく受け取らなかったことに関して心から失望したと強い口調で告げた。

　合衆国大統領は、弱気だった。向こうの北京語の背後に、邪魔にならない程度の音量で合衆国大統領の肉声が聞こえてくる。だが、声には張りもなく、精彩を欠いていた。

　主席が、その気配を感じ取ったのか、さらに叩き込むように弁舌をふるう。それを必死で通訳していると、海の向こうから「当方には一切挑発する気はない」と言ってきた。

　主席はその言葉を聞いた瞬間、「不足《ブゥツゥ》！　不足！」とマイクに二度怒鳴った。

　少佐はそれを外交的表現に置き換え「不十分《ノット・イナフ》です」と相手に伝えた。

　沈黙が流れた。この会談が始まってから初めての長い沈黙だった。そして、大統領の弱々しい声が聞こえてきた。

「国家主席、合衆国大統領として約束します。米中関係は何より大事な二国間関係です。私が貴国を信頼している証として、空母機動部隊を第一列島線の内側へ入れることはありません。われわれは事態の平和的終息を願っております」

少佐は、「悲しみ。そして深い失望感」と書き殴って主席に見せた。

少将が、やったな！　と喜色満面で、少佐の肩を摑んで揺さぶった。

「大統領閣下、貴国政府が、それを厳粛に履行《りこう》することを私は切に望みます！　ではお休みなさいませ。良い夢を――」と主席が発する。

少佐がそれを通訳してアメリカに伝える。向こうからはどんな返事が来るだろうかと身構えたが、大統領のそれはあっさりしていた。

「では、国家主席も、良い日曜日をお過ごしください」――それだけだった。マイクのカフをゆっくりと下げ、主電源を切ると、少将が拳を握ってガッツポーズした。

「これで言質は取った！　アメリカは、尖閣で日米安保は発動しないということです」

「そう解釈していいだろう。日本側が気付いている気配はあるか？」

「ええ、しかし、対応する気配はありません。主要な軍港、海上保安庁の巡視船の港を監視していますが、そこから艦船が出て尖閣に向かっているという報告はありません。もう一二時間、日本側に動きがなければ、われわれの奇襲作戦が成功します」

「そうでなければ困る。チベットがどうのこうのという小言を聞かされるのはもうウンザリだ。インフレの苦情もな。明日でこの国は変わる。四半世紀後、今日という日を振り返ったら、アメリカ帝国がとうとう旗を降ろし、世界のヘゲモニーが中国に移行した日として記録されるだろう」

人民の前では滅多に感情的な素振りを見せない主席だが、今は興奮している様子が見て取れた。

「尖閣」……。そういうことだったのか、と少佐は独りごちた。

「急いで艦隊に戻りたまえ、提督。どんな犠牲を払っても構わない。必ず作戦をやり遂げよ！　処女の如く装い近づき、脱兎《だっと》の如く戦うのだ」

主席と中弁主任が、足取りも軽やかに大股で部屋を出て行く。

少将は、少佐が書き留めた大統領と国家主席のやりとりのメモ書きに視線を落とした。

「言うまでも無いが少佐、そのメモは、少なくともあと二四時間は秘匿してくれ。絶対に、誰にも知られてはならん。ところで、君は英語通訳だから、アメリカやイギリスの記者に一人くらい知り合いがいるだろう？」

「いいえ。自分は留学の経験もないので、そもそも外国人の知り合いがおりません」

少佐は真顔で、しかも困った顔で答えた。提督が何を命じようとしているか薄々理解したからだった。

「君の奥方は、特許翻訳という仕事柄、アメリカ人との付き合いもあるんじゃないのか？」

「はあ……、ホーム・パーティに呼ばれることはたまにありますが」

「では、そっちの線から人脈を当たりたまえ。残念だが、私はもうそれどころではなくなる。明日、いいことが起こったら、記者を捉まえ、今日のやりとりを耳打ちするんだ。そして、大統領が主席に対して明確に、第七艦隊を第一列島線の中に入れることはないと、尖閣委譲に関して黙認したことを書かせろ」

「付き合いもないのに、一介の海軍少佐の言うことなど聞いてもらえるでしょうか？」

「考えるんだ、少佐。その時は、国務省に、『ホットラインでミャンマー情勢を巡る応酬はあったか』と確認させればいい。国務省は、第七艦隊云々に関しては口外する権限はないが、ミャンマー情勢に関しては、どうでもいいテーマだからな。それで向こうはネタに食いつくだろう。あとは、情報を小出しにするにしても、君の力量次第だな」

「命令ですか？」

「そう、命令だ。問題が生じたら、私の副官に電話しろ。この作戦が成功したら、君は誰よりも早く中佐に昇進だ」

「失敗したら？」

「国家機密漏洩罪で銃殺刑だな。もちろん、君に選択の余地はない」

少将は、悪戯《いたずら》っぽい視線で微笑んだ。そして、メモを手に取り、「仕舞いたまえ」と命じた。

「中弁の警護兵がこのまま君を自宅まで送り届ける。同僚と接触してはならない。君は、このメモをしかるべき場所にしまい、娘と共に日曜の映画鑑賞に出かける。心配するな。寝室に盗聴器はない。帰宅後、妻に人脈を相談し、明日、ことが公になったら行動を起こせ。明日は出勤して構わないが、私が命じた任務を達成するためなら、自由に動いて構わない。以上だ。君は宗教は？」

「特にありません。無神論者ではありませんが」

「君の神様に祈ってくれ。人民のため、君の家族のためにも、作戦が成功するようにな」

少将が自分で扉を開けて出ていくと、ドアの前に、彼をアパートから連れ出したサングラス姿の男が立っているのが見えた。彼はドア口に右足を突っ込み、その威圧感で、林徳偉海軍少佐に、急ぐよう命じた。

自分は、どうしようもない泥沼にはまり込んだか、運良くスピード出世の抜け道を見付けたか、どちらかだな、と少佐は思った。

第六章

外務省審議官の中田彬《なかたあきら》は、岩波《いわなみ》ホールの手前で専用車を止めると、運転手にどこかで茶でも飲んで待機するよう命じてから車を降りた。選挙カーがいなくなったおかげで、日曜の昼はだいぶ静かだった。

白山《はくさん》通りと交わる交差点で右手へと渡り、古書店街へと入った。馴染みの中国書籍専門店に入る前、ちらと通りに目をやる。

カップルを装う公安警察が二人、斜め向かいの古書店に入るのが解った。付き合いと言っては変だが、彼らとはもう半年以上、行動を共にしてきた。向こうもさして身を隠す素振りは見せなかった。

外務省審議官を尾行するチームは一〇名編成で、警察庁筋の情報によれば、訓練も兼ねているとのことだった。

店のレジには、三代目の主人が立っている。

「例の本、入荷した？」と聞くと、二階売り場へ続く階段を指し示した。

階段を登って窓際へと歩くと、休憩用の丸いテーブルが二つ置いてある。

齢《よわい》八〇を超える先代の社長が、そのテーブルに本を積み上げて読み耽っていた。中田の姿に気付くと、階下の息子に向かって「お茶だ！」と怒鳴るように命じた。

「昔を思い出しますよ。ここに通い始めた頃、階段は軋《きし》む木製で、私は、テストの採点結果を聞きにくる学生みたいな気分だった」

「君は優秀だったよ、誰よりもな」

先代と向かい合うように座ると、本の背表紙が見えた。最近出たばかりの、重慶を舞台に起こった権力闘争に関する本だった。ドキュメンタリーあり、フィクションと断り書きのある小説あり。様々だった。

「上の二冊は、発売三日目に発禁処分になった。だが、原稿はすぐネットに上がり、台湾で出版された。下の二冊は、地下出版を装っているが偽物だな。本物はこれだ……。架空の話を装っているが、ディテールが詳しすぎる」

先代は、ソフトカバーの薄っぺらな本を右手に持った。五星紅旗をあしらったカバーイラストはいかにも手抜きで、装丁もいい加減な印象を受けた。

「人名は単純なアナグラムで、すぐ解ける。台北で英訳したものが、世界のチャイナウォッチャーの間で秘かなベストセラーになっているそうだ。さて、君が欲しがっていたのは……」

と先代は立ち上がり、天井まで届く本棚の一番上の段に脚立《きゃたつ》で登り、天板と天井の僅かの隙間に手を入れて一冊の本を取り出した。

「初版は一九五五年。場所は香港。その一〇年後、台湾で復刻版が出ていた」

「ええ。これです。入省した頃、資料室で見た記憶はあったのですが、今回探したら行方不明になっていた」

「古典だが、君には無用だろう」

「基本のおさらいですよ」

中田は、そのよれよれの本をビジネス鞄に仕舞った。

「例の手記は、アメリカも手に入れたんだろう？」

「そうだと思います。ただ、今の米中関係を考えると、彼らが解読に成功したとしても、表沙汰になることはないでしょう」

しばらくすると、三代目の店主がコーヒーを持って上ってきた。三代目を交えて昔話に花を咲かせていると、国上鉄雄が現れた。世間話はそれで終わりだった。先代と三代目が階下へと降りてゆくと、国上は二人に軽く一礼してテーブルの向かいに腰を下ろした。

「噂には聞いていましたが、店の中まで入るのは初めてです。紙の匂いはいいものですね」

「どんな噂だか……。チャイナスクールの悪の巣窟、とか？」

「当たらずといえども遠からず……というところでしょうか。公安の尾行は何ですか？　護衛とも思えませんが……」

国上は、窓の下を見下ろして言った。向かいの書店では、先ほどの二人が道路側に張りついて立ち読みのふりをしていた。

「前任者は抗議したらしいが、かまわんさ。別に見られて困ることはないし。実際、私がチャイナスクールの親分と見られているのも事実だからな。昔と違って、中国は警戒すべき相手だ」

「安全であると考えてよろしいんですか？」

会いたいと申し出たのは国上だが、場所を指定したのは中田だった。

「ここは、知っての通り、大陸反攻を企図した白《ばい》団《だん》の拠点の一つだった。今降りていった先代の経営者は、今でも現役のスパイだからね。昔は、CIA、警視庁の外事課、大陸の公安部と、ありとあらゆる機関が三日おきに盗聴器を仕掛けにきていたが、台中関係が改善した今となっては、平和になったよ。例の件に関しても、台湾は巻き込まないでくれというのが本音らしいから。ま、私は〈小隊名簿〉とやらに名前がないから、どうなっているかは知らんけどね」

「申し訳ないです。名簿を作成したのは私ではありませんから」

「ああ。北米局（外務省）の嫌がらせだということは知っているさ。すまんが、私にできることはない。キッシンジャーも言ったように、あの国は、慣性《モーメント》の国だ。一度動き始めたらなかなか止まれない」

「審議官が、とある中国人の自叙伝を入手したという噂があります。その中国人は、かつて上海一帯の犯罪組織を牛耳り、党の要人にも食い込んで勢力を拡張し、とうとう中央が看過できないまでに大きな存在となったが、司直の手が及ぶ前にカナダに密航してそこで逮捕され、長い刑務所生活を送った後、最近、北京に送還されて刑死したと聞きました」

「正確に言うと、密航した先はカナダ<ruby>じゃなく</ruby>アメリカだった。ことが明るみに出れば米中関係を損ねると判断したアメリカが、カナダに越境させ、そこで保護させた。なぜなら、彼は長い間、アメリカに情報を流してもいたからだ。二〇〇〇枚に及ぶ自叙伝にはそうあった」

「自分は中国問題は素人ですが、その人物の後押しがあったからこそ、現在の主席が出世できたと言われているようですね」

「それは間違いない。その手書きの自叙伝は、何というか、非常に読み辛い。一見すると、ある種の識字障害者の文章のようなんだ。二〇回ばかり読み返したが、政治家の名前は一人も見あたらない。引退や、失脚した人間を含めて、匿名ですら出てこない。ひどく退屈な内容だ」

「しかしそれは、彼にとって保険だったのでしょう？」

「書き始めはそのつもりだったらしいね。途中から、ただの懺悔になったと言っていたように記憶しているが、誰かを貶《おとし》めるようなことは全く書いてない。君は、期待したんだろう？　そこにある情報が、北京との交渉材料として役立つはずだと」

「ええ、まあ……」

国上は、肩を落として応じた。

「そんなものがあれば、私がとっくに動いているさ」

「そうですね。わざわざお呼び立てして申し訳ありませんでした」

「……今のところは何もない、と言うしかないが、あれはただの自伝じゃない。ああいう人間は、死んだ後の自分の名声にも心血を注ぐものだ。退屈な自伝など書くはずがない。あの文章には、もう一つ、別の物語が隠されている。彼が伝えたかった本当の話がね。解読に挑んでいるが、まるで雲を摑むようで、まだ糸口すら見いだせない」

「確か審議官は、陸上自衛隊の幹部学校で、以前、漢字を使った暗号文書に関して講義なさったことがありますね？」

「そんなことを覚えているのかね。あれは九〇年代初めのことだぞ」

「こと漢字と中文に関しては、貴方を超える暗号の専門家は外務省にも自衛隊にもいないと聞いたことがあります」

「残念だが、そういうことになっている。私に解けないものは、他の専門家にも無理だろう」

「期待してよろしいですか？」

「いや、それは困るな。たとえ、主席が汚職の限りを尽くして今の地位を得た情報がそこにあったとしても、今の中国なら、主席の首をすげ替えてでも、作戦をやり抜くだろう。そういう点では、あそこは党の独裁であって、一人の指導者が独裁する時代は終わったということだ」

「それは喜ぶべき進歩なんでしょうな」

「タイムリミットが迫っているんだろう？」

審議官は、全てを承知しているという口ぶりで続けた。「チャイナスクールは形骸化《けいがいか》し、米中も一衣帯水《いちいたいすい》の関係となり、誰も中国の勢いを止めることはできない。次の政権が、正しい判断をすることを祈ろう。それに、君の工作が実を結ぶことも祈っているよ。陰ながら応援させてもらう」

「ありがとうございます。もし外務省に異論があれば、遠慮なくおっしゃってください」

「いやいや、奇策ではあるが、この緊急時には良い人選だと思うよ。先方の反応はどうだった？」

「快諾していただけました。その自叙伝、一日、二日では解読できませんか？」

「どのくらいの暗号が潜んでいるかにもよるが、努力しよう」

国上は席を立った。神田の古書街を目的もなく彷徨《さまよ》う余裕を失くしてからどのくらい経つだろう、と思った。ネットがなかった頃は、ぶらりと入った古書店で、掘り出しものに巡り会うのは知的興奮が得られるちょっとした冒険だったのに、今では、パソコンの前に座って検索するだけで、それが手に入る。ツールは便利になったかもしれないが、人間の知性は劣化しているような気がしてならなかった。

それにしても、審議官の情報網は凄い。大阪まで出かけて話をつけてからまだ二四時間も経過していないのに、早くも情報を手にしている。彼の叡智《えいち》と人脈を以てしてもこの事態を収められないのだとしたら、自分たちはお手上げだと思った。

投票日の午後、坂本は、議員会館に出て自室で溜まった用事を片付けていた。秘書は全員休日。インターネットを使って、内閣の引き継ぎは正確にはどういう手順になっているのか調べてみたが、どうにも理解できなかった。

予定では、明日午後組閣を終え、夜に皇居での認証式。翌日午前中に、前任者との事務引き継ぎを行い、大臣としての仕事がスタートすることになっていたが、総理大臣の引き継ぎに関してはよく解らなかった。もし防衛出動命令を出すことになったら、それを命ずるのは職務執行内閣となった現内閣の総理大臣なのか、それとも、選挙に勝って実質的に新総理となる人物なのか。

宮中での任命・認証までは就任予定者に過ぎない、と書くウェブサイトもある。もし、明日の朝から戦争が始まるとしても、防衛出動待機命令を現政権が出し、内閣の陣容が整ってから防衛出動命令が出されても、決して遅くはない。

どのみち、〈ケ号作戦〉の護衛艦隊が現場海域に到着するのは、朝一で動き始めても夕方以降の話だ。さらにそこから砲火を交えて着上陸作戦となったら、明るい時間帯、つまり火曜の夜明けを迎えてからということになる。

沖縄地方の週間天気予報を検索すると、火曜日は雨のマークが出ている。作戦が先延ばしされれば、その間に、世論の切り崩しに遭う可能性がある。アメリカは、尖閣ごときの騒動に巻き込まれることを明らかに嫌っているというのが外務省の判断だった。

アメリカを巻き込むためにも、間髪を入れずにぶっ放して、反撃の既成事実を作るべきだという意見が防衛省には強いという感触を得ていた。

夕方、珍しく国上が一人で訪ねてきたので、二人でタクシーに乗り、赤坂の馴染みの居酒屋まで夕食に出た。アルコールは抜き。まるで通夜のような晩飯だった。焼き鳥を食べている最中に、院に留まっていた楠木から国上に電話が入り、「漁政船の出港を確認した」という報告を受けた。

茶漬けをかき込み、タクシーで参議院に戻った。第三委員会室が開けられ、〈小隊名簿〉を構成する各省庁の担当者が三々五々集まっていた。

大型モニターの他に、予備のモニターも運び込まれる。海上保安庁と防衛省の状況がそこに映されるとのことだった。

まさか中国も、対抗作戦が防衛省や官邸でなく、しかも衆議院ですらなく、ここ参議院を舞台に練られているとは考えるまい、と坂本は思った。後手後手に回ったが、ことその作戦だけは日本は巧くやってのけたという自負があった。

時刻は午後七時五五分。すでにテレビは全局が選挙特番に入っている。楠木が、大型モニターの画面を六分割して、NHKから全民放のチャンネルを全て表示させた。

投票が締め切られる一分前になると、「前回の選挙のことを覚えていますか？　もう何十年も昔の話のようだ」と楠木が呟いた。

「覚えている。与党は、まさかの一八一議席減で政権を手放した」

と国上。

二〇時ちょうど。時報と共に、各局の画面にテレビ局が出口調査で計算した数字が派手なCG画面で表示される。惨憺《さんたん》たる数字だった。どこを見ても与党が一四〇から一五〇の議席を失って政権交代が決まったことを、アナウンサーが二度三度と繰り返している。

大臣の半分は落選だな、と坂本は思った。政権が交代しても政治が変わらないということを国民が悟ったら、アパシーの次に来るのは独裁政治だ……。

「もういいだろう。NHKに戻してくれ」

モニターがもう一つ立ち上がった。検索画面が表示されている。ツイッター他のSNSで、尖閣や魚釣島を含むワードがヒットしたら、すぐ表示される仕組みになっていた。

NHKに画面が戻ると、早くも当確情報が出始めた。

「楠木君、そのテレビ、やっぱり消そうや。気になって仕方がない。選挙以外のニュース速報が入ればネットでも解るだろう」

楠木が、ご愁傷様《しゅうしょうさま》です、という顔でテレビを消した。

「漁政船の出港が今頃解ったとなると、肝心の漁船団はどこにいるんだ？　漁政船より先に出ているはずだが……」

坂本は議長席に座りながらマイクに向かって喋った。

「漁船は数は多いですが、サイズが小さいので、航海状態に入ると、自衛隊の情報収集衛星で発見するのは困難です。いずれ米側から情報が入るでしょう」

と国上が応じた。そう言えば以前にも同じやりとりをしたことがあった。国交省の役人がメモを差し出す。いよいよ海上保安庁の巡視船が動き始めるという報せだった。いずれも〈F作戦〉に従事していた、漁船の捜索救難だ。

東シナ海を描いた海図が、ホワイトボードに張り出された。北は大隅《おおすみ》海峡から南は台湾まで、東は薩摩《さつま》半島から西は済州島沖まで、びっしりと赤い旗が立っていた。いずれも漁船に偽装した中国海軍の情報収集船だ。

「何隻いるの?」

「大隅海峡から奄美、沖縄本島、与那国を経由して台湾の領海線ぎりぎり。これだけでも一二〇〇キロはあります。二〇キロおきに配置したとしても六〇隻です。五〇〇キロおきに、大型船舶が母船として配置されています」

「うちの排他的経済水域内《EEZ》じゃないの?」

「EEZは、漁業資源を管理するための取り決めであり、他国漁船を完全に締め出すためのものではありません。抜け道はあります。さらに今現在、佐世保港と那覇港には、機関故障を理由にした中国漁船二隻が入港中です。しかし、大丈夫です。どんなに厳重な警戒線にも穴はあります。〈ケ号作戦〉の艦艇はそこを突破予定です」

一時間後、アメリカから情報がもたらされた。

温州《おんしゅう》の南東沖合一五〇キロ地点で編成された漁船団の第一波一二隻が、尖閣諸島目指してまっしぐらに前進中とのことだった。

漁船団が二〇ノットで進めば、ほんの四時間で尖閣諸島に着く。沖合集結は、こちらのレスポンスタイムを削るために有効な作戦だと日本側も想定していたが、それにしても見事な作戦だ。目と鼻の先でそれをやってのけている。

「寧波《ねいは》から駆けつける漁政船より先に突っ込むつもりなのかな?」

「だとすれば、われわれにも余裕が出てくるのですが。漁政船を少しでも長く港に留め置き、われわれを油断させる作戦でしょう。いずれにせよ、寧波の漁政船も明日の朝六時頃には尖閣海域に到着します。漁船団はもう少し早く、午前四時頃でしょう。高速巡視船団で迎え撃てます」

日付が月曜日に代わり、選挙の当落が九割方確定した頃、米軍から漁船団の第二波および第三波に関する情報がもたらされた。総数五〇隻が、時間差で尖閣諸島に到着するよう予定が組まれている。先鋒は、巡視船艇を島から離すための囮で、第二波と第三波が本命の上陸部隊と見られていた。〈F作戦〉に参加していた海上自衛隊の四隻の護衛艦に、尖閣海域への出動命令が下った。ただし、巡視船部隊の後に続け、決して前に出るなという命令だった。奄美大島沖での漁船の捜索活動に向かっていた十管のヘリコプター搭載型巡視船から、二機の捜索救難ヘリが発進してゆく。

いずれにせよ、護衛艦はウォータージェット推進の巡視船には追いつけなかった。

テレビを点けると、総理大臣が敗戦の弁を淡々と語っていた。すでに尖閣問題の第一報は伝えてあったが、対応は新政権に委ねるという方針だった。

その、これから政権を担う新総理にも、情報は届いていたが、こちらはこちらで、組閣が完了するまでは職務執行内閣の責任という姿勢を崩さなかった。

防衛大臣の落選は、二三時台に決まっていた。地元の四国に戻っており、自衛隊機を乗り継がねば帰京は無理という判断だった。機体は用意されたが、結局彼は飛行機には乗らなかった。というか乗れなかった。落選の報せが入ると同時に倒れてそのまま病院に担ぎ込まれたのだ。いずれにしても使えない素人大臣だった。

防衛省から派遣されている制服、背広組は、むしろほっとした顔だった。

ホワイトボードがさらに二台運び込まれる。委員会室には内線電話しかなく、携帯や固定電話を使うため、ひっきりなしに人が出入りしていた。

「あの保安庁のヘリは、真っ直ぐ漁船団に向かうの？」

「いえ。燃料補給のため、いったん高速巡視船に着艦します。その後、漁船団が見えたら発進して映像をこちらへ中継する予定です」

と国上が応じた。

「もし携帯式の地対空ミサイルを撃たれたらどうなるの？」

「その可能性は低いと判断されていますが、撃墜されたら、防衛出動を命令するための人柱になります。海保隊員に犠牲者が出たとなれば、躊躇《ちゅうちょ》する理由はありません。だから、中国側は逆に、日本側に人的損害を出さないよう仕掛けて来るはずです」

「われわれがわざと海保隊員が死んだことにしたら？」

「この作戦を練った連中は、日本がそんな小細工はしないことを知っています。われわれにできることは、漁師の遭難を装うまでです」

海上自衛隊第一航空群第一飛行隊のP‐3C哨戒機が、種子島の無人島、馬毛島《まげしま》から飛び立った。スパイに見張られていることを警戒して、日曜の昼に鹿屋《かのや》基地を飛び立った二機の哨戒機は、いったん硫黄島《いおうとう》へと向かった後、暗くなるのを待って馬毛島まで飛んでいた。

馬毛島は、米海軍の訓練問題で揺れていたが、滑走路自体はほぼできあがっていた。

離陸した一機は、中国のレーダーを避けるために高度三〇〇フィートの超低空で南へ向かった。沖縄まで南西諸島沿いに進み、馬毛島から六〇〇マイルを二時間で飛んで、東南東方向から尖閣諸島にアプローチする予定になっていた。

どの段階で防衛レベルを上げるかは、過去にも議題になった。デフコン3になれば、全隊員の休暇が取り消されて基地は臨戦態勢となる。たかが漁船団が島に上陸した程度で、それは無理だというのが、外務省の判断だった。それはあからさまに中国を挑発することになるから、と。それは中国に、尖閣侵略の正統性を訴える口実を与えることになる。

当面、おそらく半日から一日は、基地ごとの対応にならざるを得ないという結論だった。

「石垣海上保安部、もう一隻を出しますがよろしいですか？　現場海域まで、ウォータージェットで三時間はかかります」

海保を預かる国交省の課長補佐が進言した。

「僕が判断するの？　それ」

坂本は驚いて問い返した。

「はい。現職の国交大臣は競《せ》り合《あ》っていましたが、〇時前に落選となりました。今はそれどころではないご様子とか」

「〝いしがき〟だっけ？　乗組員は船内にいるんだよね？」

「はい。スパイが港にいますので、乗組員はマイカーを自宅に置いたまま、暗くなってから秘かに船に乗り込みました。武器、燃料も満載状態です。ここの船舶はいつもそうですが。三〇分で出港できます」

「それを発進させたら、自動的に中国は、われわれが尖閣に向かっている漁船団に気付いたことを悟るんだよね？」

「はい。スパイが報告すればそうなります。急ぎませんと、委員長？」

「解った。保安部基地に連絡し、全力で尖閣に向かわせてくれ」

〝いしがき〟が到着すれば、石垣海上保安部に所属する三隻の高速巡視船に、〈F作戦〉の四隻が加わり、高速船七隻で迎え撃つことになる。中国側が五〇隻を集結させる頃には、さらに巡視船や、必要なら護衛艦も集結できるだろう。問題は、それで中国が諦めてくれるかどうかだ。

海上保安庁は、中国が漁船団を押し立てて尖閣を奪いにくる今日という日に備えて、何年も研究し、対策を立ててきた。もっと多くの巡視船艇で迎撃させてやりかったが、今は、これが限界だった。

海保が任務をやり遂げてくれれば、全ての努力はそこで報われる。中国は、何事もなかったかのように引き揚げ、尖閣での一大攻防戦は、それがあった事実すら封印されるだろう。

坂本は、どうかそういう形で幕が引けるようにと祈った。巡視船艇の乗組員全員が、無事に港に戻ってくれるように、とも。


中国の延縄《はえなわ》漁船〝天安5117号〟二五〇トンは、その時点で最も尖閣諸島に近い場所にいた。尖閣諸島まで一五〇キロ。その船の本来の性能なら、三時間で到着できる。

喫水線から露出した部分は漁船だったが、推進装置はウォータージェット。そのためのエンジンを二基余計に搭載している。外観は延縄漁船だが、もちろん網はなく、もともと中国海軍のスパイ船として建造された。

レーダーは軍用仕様。アンテナを張るためのマストは普通の延縄船より高く、船内は、長期の航海に備えて居住性の確保にも重点を置いている。もとは、アフリカ沖での活動を念頭に建造された船だった。

小さな部屋だが、ブリッジの下には、作戦室も設けられていた。両棲偵捜大隊《りょうせいていそうだいたい》第一中隊を率いる譚立斌《タンリィピィン》海軍中佐は、そこで、眠気覚ましの煙草を吹かしながら、時間が来るのを待っていた。

午前三時、全員を起こす時間だ。作戦が開始されてから、本部からの無線連絡は一度もない。ずっとつけっぱなしのラジオは、徹夜で歌謡曲を流す番組で、もしも作戦変更があれば、あらかじめ決められた懐メロが流れることになっていたが、その気配は全くなかった。

透明なアクリルボードで補強された丸窓が、前方に三つある。外はまだ真っ暗だということはわかったが、もちろん何も見えなかった。

アクリルボードでの補強は、上のブリッジの窓ガラスに関しても同様になされていた。巡視船からの放水銃攻撃に備えてのことだった。

午前二時五五分、全員を起こす起床ラッパが鳴らされた。譚中佐は、ブリッジに登ると、艦長の陸鵬宇《ルゥプランユイ》少佐に、金庫を開けて命令書を出すよう命じた。水平線はまだ見えない。航海している船もいない。この船のブリッジの高さだと、見えるのはせいぜい一三、四キロ彼方の航行灯までだ。

「レーダーは？」

と尋ねると、「後方二〇キロに味方漁船団、それのみです」と航海士が応じた。艦長が赤く塗られた命令書を開いて中佐に手渡すと、中佐は、ブリッジの一番後ろに下がり、ミニマグライトを灯してそれを一読し、二度目は、ブリッジ内の兵士に聞こえるよう、声に出して読み上げた。

「同志らがこの数週間、厳しい訓練に耐えてくれたことを、党を代表して感謝する。同志らも知っての通り、現在、わが国家は、建国以来最大の危機に瀕している。経済にあってはインフレという敵と戦い、内にあっては辺境自治区に於ける反革命勢力の台頭、外では、昇龍のわが中国を妬《ねた》む排外主義が蔓延《はびこ》っている。同志らがこれから行う作戦は、それらに対抗し、九段線護持をアジア各国に迫り、人民を一致団結させるための決定的な打撃となるであろう。失敗は許されない。党は、諸君らに最高の装備と指揮官と作戦を与えた。作戦成功の暁《あかつき》には、人民より最高の名誉が与えられるであろう。孫子曰く、処女の如く侵攻し、脱兎の如く戦え――。〈赤壁作戦〉の成功を祈る」

船内はぴりぴりとした空気に支配されていた。国家主席からの激励に、くだらぬおべっかを使う者はいなかったし、愚痴をこぼす兵士もいなかった。

中佐は、それを後部居住区の隊員間で回覧するよう副官に命じると、若干の補足を冗談交じりに付け加えた。

「とにかく、君たちは、この後、無事に港に帰還できれば、取り上げられていた携帯を返して貰える。ありがたいことにフル充電でな。全てのメールが開封済みになっていても文句は言うなよ。……さて、真面目な話。主席の首の行方は、われわれがこの作戦で、敵の巡視船をどれだけ釣魚島から引き離せるかにかかっている。それが成功すれば、本隊はほぼ無傷で島に辿り着けることになる。われわれが日本の巡視船艇と接触してから、最後尾の部隊が上陸を果たすまで六時間はかかる。その間、耐え抜かなければならない。地獄の朝になるぞ。人生で最も長い一日の始まりだ」

艦長がチャートを確認しようと、カーテンを引いたテーブルにライトを照らす。中佐が顔を出して覗き込むと、「先行しすぎています。少し速度を落としましょう」と中佐に告げた。

「そうしてくれ。われわれの奇襲は七割方成功した。もう急ぐ必要はない」

だが二〇分後、通信が入った。石垣海上保安部の建物に明かりが灯り、港に一隻残っていた高速船が出港していったという。日本もこちらの意図に気付いたというわけだ。だが、まだレーダーに映る船影はなかった。

やがて東の水平線がうっすらと明るんでくる。

前方に島影が確認できた。釣魚島だ。レーダー上の距離はまだ三〇キロはある。今の速度なら一時間はかかるが、もう二〇分もすれば、島陰から出迎えの巡視船が顔を出すだろう。

彼は一一隻の漁船を率いている。純粋な攪乱《かくらん》部隊だ。相手が二隻三隻なら、数で囲んで無能力化できる。勝利は目前だ。今更日本がどう足掻《あが》いても手遅れだ、と中佐はほくそ笑んだ。


参議院委員会室では、海上保安庁第十管区保安部のMH962ヘリコプターが、魚釣島南方海上に展開する石垣海保の高速巡視船PL61〝はてるま〟（一三〇〇トン）のヘリコプター甲板に着艦する寸前に送ってきたテスト映像を確認していた。前方赤外線監視装置《FLIR》が撮影したモノクロ映像で、魚釣島の黒い島影と、島に打ち寄せる波がくっきりと浮かび上がっている。

この映像はヘリから直接送られたものではなく、巡視船を経由して衛星で送られたものだった。

眼下には、二隻の巡視船が映っていた。一隻は〝はてるま〟。もう一隻は、那覇から派遣されている小型のびざん型巡視艇PS16〝のばる〟（一九七トン）だった。

だが二時間以内に、石垣保安部の二隻の高速巡視船が加わる。さらにもう二時間も待てば、〈F作戦〉から駆けつけた四隻が加わり、合計八隻の巡視船艇が集結することになる。

沖合にはまだ船影は確認できなかったが、次に海上自衛隊のP‐3C哨戒機から、捜索レーダーに先頭の漁船を捉えたとの情報が入る。それが午前四時前のことだった。


延縄漁船〝天安51117号〟が釣魚島の西方海

上の接続水域に近づく頃には、巨大な島影が左手前方にはっきりと見えていた。海面はまだ仄暗《ほのぐら》い。だが、この島は、小さい割には山が高い、と譚立斌海軍中佐は思った。

兵士達を後ろの作業甲板に集めると、中佐はハンドマイクを右手に持った。

「いいかみんな！　足場に気をつけろ。放水銃を喰らう訓練は何度も行ったが、今度が本番だ。本来ならヘルメットくらい被らせたいが、そうもいかない。あくまでも漁民を装うのが第一だ。落水する時は、スクリューに巻き込まれないよう注意せよ。日本の巡視船が助けてくれるという保証はない。その時は、体力を温存しつつ、どこかの島を目指せ。作戦が順調に進行していたら、助けてやる。敵の捕虜になった場合は、捕虜尋問訓練を思い出し、基本に従って自分に与えられた架空の物語を話せ。敵船に乗り移る状況があるかは現時点では不明だ。その場合でも、命令を忘れるな。決して巡視船の乗組員に手を出してはならない」

兵士の一人が、洋上へと視線を逸らした。左舷側デッキに近寄ると、巡視船が一隻こちらへ向かってくる。やっと食らいついたかという感じだった。

「では同志諸君！　全力を尽くせ。奪われた島を取り戻すぞ！」

兵士達が、拳を突き出し雄叫びを上げた。デッキ上の荷物はほとんど片付いている。予備の燃料タンクが置いてある程度で、それもしっかりと固縛されている。放水銃攻撃の中でも移動できるよう、何カ所かロープも張ってある。ブリッジとエンジンさえ守れれば、任務は達成できるだろう。

中佐はブリッジに戻った。

「ぎりぎりだ、船長。向こうが主張する領海線ぎりぎりに走ってくれ。もう少し速度を上げてもいいだろう」

「了解です」

「ヘリです！　後部デッキでヘリのローターが回っています！」

双眼鏡で監視している兵士が叫んだ。中佐が前方に出ると、そのヘリコプターがゆっくりと甲板から離艦した。

「あのタイプはヘリを積んでいるのか？」

「いや、普段は積んでいないですね。運用能力はあります。燃料補給はできたはずです」

と艦長が即座に答えた。

「こういうことはあるの？」

「いやぁ、初めてでしょう。高速巡視船がヘリを搭載して待ち構えていたなんて」

「真っ直ぐだ！　真っ直ぐ進め」

ヘリコプターは、船の後方へと飛び去った。

〝はてるま〟は、こちらと反航すると、島側に一八〇度舵《かじ》を切り、すぐ背後から追いかけてきた。横に並ぶと、船体後部の電光掲示板を使って「ここは接続水域だ。直ちに接続水域から出ろ」と中文と英語でメッセージを発した。

それからゆっくりと船体を幅寄せする。一〇〇メートルほどに接近し、なお近づいてくる。近づきながら今度はラウドスピーカーを使い、再び同じメッセージを繰り返した。

〝天安5117号〟は、そのまま釣魚島の真南へと出ようとする。中佐は、レーダー画面に見入った。島陰に入ったせいで、北側海域が見えなくなった。チャートデスクに歩み寄り、「味方の位置は？」と航海士に聞いた。

「この×印が、蘇州2105を最後にレーダーで確認した場所です。破線を辿って、ここが想定位置です」

と航海士が鉛筆で×印を薄く書いた。

「艦長！　あのヘリは、前方赤外線監視装置を搭載しているんだろう？」

「ええ。動いていれば、本隊がばっちり映るはずです」

　艦長が寄ってきて言った。

「この一隻はわれわれが引き付けた。ヘリでは本隊を止められないだろう」

「同感です。ヘリが仮に二、三機いたところで、漁船団の阻止は無理です。レーダーに映っているのは高速船一隻、小型巡視船一隻のみ。第一波の上陸は成功すると見ていい」

「うん。まあ、この程度の突発事態は無いとつまらんだろうしな。作戦本部に打電、確認は高速巡視船一、小型巡視船一、ヘリコプター一――。以上、すぐ送れ！　われわれはこのまま巡視船を南へ引っ張りだす」

　だが、その五分後、〝はてるま〟はくるりと向きを変えて北へと向かい始めた。そのかわりに、小型の〝のばる〟が〝天安〟のすぐ横にぴたりと付いた。こちらより若干小さい船だ。速度は同程度、武装は二〇ミリ機関砲。強力だが、戦いようはある。何より大事なことは、この一隻を自分たちが引き付け、事実上拘束しているという事実だった。こうしている間は、日本は身動きが取れないはずだ。

　しかし、その読みはほんの三〇分で崩れ去った。レーダーに、四〇ノットという高速で接近する船が映った。時速七四キロだ。あっという間に白い船体が前方に見えて来る。高速巡視船だ。石垣海上保安部を出発した高速船にしては早すぎる。行方が解らなくなっていたもう一隻の巡視船だった。

　しかし、それも自分たちを無視して北へと走り去って行く。中佐は、そこで決断した。

「日本側主張の領海内へ入るぞ！　行け！　突っ

込め」

　船が大きく舵を切り、北小島への針路を取った。煽られた巡視艇〝のばる〟が、衝突を避けようとこちらも大きく舵を切る。双方すでに二〇ノットを出していた。

　中佐は、まだまだ速度を上げるよう命じた。巡視船が、「領海侵犯！　停船せよ！　停船せよ！」とがなり立てている。


　辺りがさらに明るくなる。釣魚島から東南東、ほんの五キロ先にある北小島、南小島へ針路を取って一〇分。そこには、海上保安庁の高速巡視船が四隻、整然と並んでいた。中佐も艦長も、その光景を俄《にわか》には信じられなかった。二人は、重苦しい沈黙が支配するブリッジを出て、舳先からその光景を眺めた。

　四隻の高速巡視船が、ちょうど水平線上に現れた朝日を浴びて神々しいまでに輝いている。

「幻じゃないよな……」

「いえ、現実です。おそらくは、奄美沖で、遭難した漁船の捜索に当たっていた巡視船でしょう」

「なんで、あそこに停まっているんだ……。われわれに存在を誇示したいのか？」

「まあ、そうとしか考えられないですね。嵌《は》められたのはこっちかもしれない」

　こちらへ向かってくるかと覚悟したが、その四隻は、まるで競馬場のスタートラインから飛び出した駿馬《しゅんめ》のように、しばらく並走した後、徐々に速度を上げて釣魚島の北へ、本隊の迎撃に向かっていく。こちらへ、その勇姿をわざと見せつけるかのような動きだった。

　中佐は、ブリッジに戻ると叫んだ。

「本部に打電！　ワレ、さらに四隻の高速巡視船と遭遇。極めて不利なるも、決死の覚悟を持って作戦を続行する。以上だ」

すでに日本側が主張する領海に五〇〇〇メートルは侵入していた。

突然、何かがポンと弾ける音がして、白煙が前方を覆った。発煙弾だった。日韓のEEZでは、当たり前のように発煙弾が飛び交っていると聞いていたが、尖閣海域ではもちろん初めてだ。

「総員、ガスマスクを装着せよ！　マスクを被れ！」

こちらに武器は無い。向こうを傷つける事態を防ぐために、ピストル一挺持参しなかった。とにかく、一隻一隻を確実に蹂躙《じゅうりん》することだ。数ではこちらが圧倒している。敵は全ての部隊を阻止することはできないのだ。中佐は、自らにそう言い聞かせた。

ガスマスクを装着しようとする部下の顔は、もうさっきとは違っていた。明らかに、事態は拙い方向に転がっているのではないかという不安が顔に出ていた。中佐は、それを肯定するような表情が自分の顔に出ないよう注意した。

「さあ同志諸君。この小型巡視船を存分にいたぶって、味方の応援に向かうぞ。まずは、敵の求めに応じて停船する素振りだ」

こちらが停船すれば、当然向こうは臨検してくるだろう。このサイズの船だと臨検するためには小型のボートを出すしかない。それで相手は時間を失うことになる。

〝天安5117号〟は、一気に減速したが、海保巡視船に、ボートを降ろす気配は全くなかった。撃ち込まれた催涙弾は三発。空《から》になってから、海へ投げ捨てた。催涙弾の威力は、正直凄まじいものがある。空になっても、残った微量の成分に刺激されて猛烈な涙と鼻水が出て来る。

特殊部隊の彼らは、催涙ガスを防毒マスクなしに浴びる訓練をうんざりするほど受けている。慣れてはいたが、それでも辛いことに変わりはない。防毒マスクをしていたからといって、完全に防げるものでもなかった。

参議院委員会室のテレビ・モニターには、海保のヘリコプターが撮影する赤外線カメラの映像が映し出されていた。モノクロだが、現場の迫力は十二分に伝わって来る。すでに二機目も到着し、魚釣島の北側で始まろうとしている攻防戦に備えていた。

空からは、海上自衛隊のP‐3C哨戒機が、台湾の防空識別圏に引っ掛からないよう、高度二〇〇〇フィートで現場を監視している。

魚釣島沖では、石垣の東方海上で待機していた最後の一隻、〝よなくに〟が、一番最初に突っ込んで来た延縄漁船に接近しようとしていた。これで、海保がひとまず突っ込める七隻の高速巡視船が全て出そろう。昼過ぎには、さらに大型の巡視船が加わるはずだが、勝負は、それまでに決着するだろうというのが海保の見方だった。すなわち、上陸されたら負けだ。

画面の中で、漁船から誰かが落水するのが見えた。しばらくして漁船から浮き輪が投げられる。だが、その落水者と浮き輪は、一〇〇メートル近くも離されていた。

「海保の対処要項では、落水者は偽装の恐れがあり、溺者救助の要件を満たさないから無視せよ、ということになっています」

と国上が解説した。

漁船のデッキ上に乗組員が現れ、五〇メートルほど離れて並走している巡視艇〝のばる〟に身振り手振りで、人が落ちた！　とアピールしているのが解った。やがて、その落水者を助けようと、一人が浮き輪を持って海面にダイブした。

「情報収集衛星の撮影画像で、似たようなシーンを何度か撮影しています。この次はボートです。船をウイリアムソン・ターンで戻しつつ、溺者救助用のラフトを放り投げ、それに何名かが乗り込んで、オールでそのまま島を目指します」

「救命ボートだよね？　そんなのを攻撃していいの？」

「漂流者ではなく、不法侵入者という解釈ですので。実際には難しいでしょうが」

延縄漁船の甲板に乗組員が出てくる。全員すでにガスマスクは外し、ゾディアックボートを膨らませ始めていた。

「救命ボートと、ゾディアックも降ろすとなると、漁船と合わせて三隻の船を阻止することになります。救命ボートに船外機はないから、実質的には、ゾディアックと漁船を〝のばる〟と〝よなくに〟で追い払うことになります」

〝のばる〟が放水銃を使い始めた。甲板で作業していた人間が、それを浴びてひっくり返る。

「あれは痛そうだな……」

「ええ。揺れる船の上で転がされますから、下手をすると頭を打ってざっくりだそうです。でもほら、彼らの漁船の甲板には、あちこちに転倒防止用のロープや鎖が繋いである。準備万端ですよ」

延縄漁船が面舵《おもかじ》を取って、ウイリアムソン・ターンに入る。〝のばる〟は逆に取り舵を取り、島側で一八〇度反転した。ちょうど、〝のばる〟の舳先が漁船と反対方向を向いた瞬間、漁船から、ゾディアックボートが海面に放り投げられた。船外機付きで結構な重量になるボートのはずだが、五、六人がかりで担ぎ上げ、それを海面へと落とした。続いて、それを追って一斉に海に飛び込む。

ゾディアックボートは、海面でひっくり返っていたが、たちまち一人の乗組員が船底に登り、ロープを使ってボートを元に戻すと、他の乗組員たちも次々と這い上がり、水を掻き出しながらエンジンに火を入れた。どこから見ても軍隊のテクニックだ。

「巡視船は気づいていないんじゃないのか……？」

「大丈夫です。敵がどういう瞬間にボートを降ろすかも検討済みです。それに、少なくとも〝よなくに〟からは見えています」

国上は自信ありげに解説した。まさしく手に汗握る光景だ。電話連絡に走り回っていた皆が、固《かた》唾《ず》を飲んでその展開を見守っていた。

延縄漁船〝天安5117号〟を指揮する譚立斌海軍中佐は、何事にも想定外はある、と思った。

反航して釣魚島を目指そうとしていると、舳先が南を向いた瞬間、白波を蹴立ててまっしぐらに突き進んでくる高速巡視船が見えた。

次から次へと信じられない光景が展開する。自分が目撃したのが、小型の巡視艇や、図体は大きいが小回りが利かない大型巡視船だというのならまだ解る。だが、これまで自分が目撃したのは、自分が対峙している〝のばる〟を除いて、ことごとく新鋭の高速巡視船だった。

そしてまたしても見たことのない高速巡視船だ。こちらへ一直線に向かってくる。

「艦長！　ひとまずラフトを放ったら、ゾディアックの支援に回るぞ」

「はい、中佐。でも今度の高速巡視船は、われわれを無視してくれそうもありませんが」

「ならそれはそれでいい。巡視船二隻を翻弄できれば言うことなしだ」

「でも、中佐。アクリルボードでブリッジ周りを強化したのは大正解でしたね。びくともしませんよ!」

艦長の陸鵬宇少佐は、してやったりという顔つきだった。ブリッジを縦横に動き回り、常に三六〇度に細心の注意を払っている。

巡視艇と離れたことで、しばらくこちらは自由に動ける。だが、新手の巡視船は、まるで衝突せんばかりに減速せずに突っ込んで来る。

監視しているヘリが高度を落とし始め、一番最初に落水した人間の真上に発煙筒を落とした。いわゆるレッドフレアだ。海面に落下すると、発火しながら赤い煙をもくもくと上げ始めた。

同時に、緑色の着色マーカーが落とされる。ヘリはそれを落とすとまた高度を上げ始めた。発煙筒を落としたのは、高速巡視船が、溺者の真上に突っ込むのを防ぐためだった。

巡視船〝よなくに〟は、放水銃から盛んに水を発しながら、延縄漁船の真後ろを抜け、魚釣島へと針路を取るゾディアックボートの右舷後方に付いた。

ゾディアックボートがジグザグに進み始めたが、〝よなくに〟は、押し潰すことになっても一向に構わないという素振りで一気に距離を詰める。そして、毎分二万リットルもの放水能力を持つ、本来は火災消火用の放水銃をゾディアックに向け始めた。

そのボートの上には、六人の兵士が乗っていたが、まるでゴムボールがバットではじかれるように、たちまち四人が吹き飛ばされた。

委員会室で誰かがそれを見ながら「水とはいえ、痛そうだな……」と漏らした。

だが、〝よなくに〟は容赦なく放水銃を浴びせ続けた。必死にしがみついていた二人も弾き出され、ついにはゾディアックから船外機がはじき飛ばされ、ボートは糸が切れたタコのように勢いを失った。オールが海面に散乱している。兵士が必死にそれを拾ってゾディアックに近づこうとする。

ボートが行き足をなくしたことで、〝よなくに〟がボートの前へとオーバーシュートする。だが、急旋回でたちまち戻ってきて、なおもゾディアックに水を浴びせかけ、とうとう下からすくい上げるようにしてボートをひっくり返した。

とどめに、八九式小銃を構えた乗組員が二人、デッキに出てきて、上から三点バーストで発砲を開始した。ゾディアックがボロボロになって波間に沈んでいく。

「ここまではワンサイド・ゲームだな……」

〝のばる〟もさらに、漁船が海面に落としたばかりの救命ボートめがけて放水する。そして、ほんの一〇メートルまで近寄り、こちらも八九式小銃で穴だらけにして沈めた。容赦ない姿勢だった。

譚立斌海軍中佐は、その状況を見て、思ったより厳しいな、と不安になった。ゾディアックボートを沈められることは想定していたが、救命ボートまで銃撃を受けるとは思わなかった。

「艦長、まっすぐ島に向かってくれ。岩礁に乗り上げて構わん！」

「落水者はどうします？」

「残念だが、溺者救助しなかった日本側の責任だ」

譚中佐は裸になると、ウェットスーツを着ながら命じた。二時間は敵を引き付け、翻弄した。本艦の任務は立派に果たした。

船が釣魚島へと針路を取ると、背後から〝よなくに〟が追いかけてくる。スピーカーから「停船して乗船に備えよ！」とがなり立てていた。

「あの高速船の放水銃の威力は、小型艇のより強力ですよ。まともに食らいたくないですね」

少佐が、艦を真っ直ぐ島へと向けながら言った。

「ぶつかる覚悟で行ってくれ！　敵を一隻巻き添えにできるなら船を捨てる価値はある」

高速船があっという間に追い付いてくる。そしてブリッジめがけて放水銃を発射してきた。しばらくは持ち堪えられるかと思っていたが、その威力は凄まじかった。窓枠にねじ留めされた透明アクリルボードと本来の窓との間に水が入り込み、その水圧で一瞬にしてアクリルボードを剝がし、同時に窓ガラスを割ってブリッジを水浸しにした。

艦長はその瞬間必死に操舵《そうだ》コンソールにしがみついたが、中佐は、チャートデスクに流されて、したたかに後頭部を打った。

「中佐、向こうを乗っ取りますか⁉」

「相手が小型巡視艇ならな。高速船は難しいだろう」

中佐は起き上がりながら言った。

「だが、エンジンを潰される前に手を打たなきゃならん。小型巡視艇の方に行けるか？」

艦長は、レーダー・レピーターに駆け寄ったが、画面は真っ黒だった。

「いつから映ってない⁉」と聞くと、床に転がった航法士が「さっきまで映っていました」と応じた。

「くそ、放水銃でレーダーをやられたな」

左舷側ハッチを開けて、海面を見ると、巡視艇〝のばる〟は数キロ離れた所にいた。

「中佐、島に突っ込むか、小型巡視艇に突っ込むか選択してください。どのみちエンジンは持たない。敵は、次は吸気口を狙って放水してきます。いつエンジンが止まるか解らない」

「島まで何キロある？」

「釣魚島、北北西におよそ七キロです。潮流があるので、ここで潜っても、島に辿り着くのは不可能です」

「艦長としての判断は?」

艦長は、チャートデスクから床に飛ばされた海図の上に膝をついて屈み込んだ。

「針路を北西に取ります。こっちの方向です。小型巡視艇は、今ここで、針路は東南に取っています。われわれは、この小型巡視艇の背後から回り込むと思わせます。大型巡視船は、当然われわれの右舷へと回り込むでしょう。もしチャンスがあったら、ぶつかりつつ時間を稼ぎます。それで、島の南西側に抜けられれば、中佐は脱出した後、潮流に乗るだけで、島に上陸できます」

「よし、いいだろう。やってくれ! 自分らはチャンスを見て海面に飛び込む。世話になった」

中佐が握手を求めると、艦長は「これを!」と折りたたまれた五星紅旗を中佐に手渡した。中佐はそれをウェットスーツの胸に押し込む。

艦が大きく舵を切ったところに、〝よなくに〟の放水銃が襲いかかる。隙のない攻撃だった。ブリッジを狙ったかと思うと、次の瞬間には、ちょっと下がって、機関の煙突や吸気口に水を注ぎ込んでくる。煙突部分から水が逆流し、エンジンが咳《せ》き込《こ》むのが解った。猛烈な黒煙が煙突から出始める。

上空にはヘリコプター。これでは、ボートを使ってこっそり接近するのは不可能だ。

中佐は、艦長がぎりぎりまで船を西へ寄せてくれることを祈った。潮流さえなければ、このまま潜ってスクーバで島まで辿り着けるが、この潮流では無理だ。

模擬訓練で一番問題になったのがそこだった。地勢が似通った島での訓練はできるが、潮流だけは再現できない。二日だけ、揚子江の河口で引き潮を利用して渡河訓練を行ったが、惨憺たるものだった。あっという間に流されて、危うく行方不明者を出すところだった。

中佐は、ブリッジからキャビンに駆け下り、潜水準備している兵を急かした。

「いいか、飛び込んだら、会話はできない。とにかく、一人でも島に辿り着け！　上陸さえすれば、あとはどうにでもなる。向こうで会おう！」

そう言った途端、衝突を報せる警報がけたたましく鳴った。巡視船とぶつかった瞬間、中佐はラダーにしがみついた。思い切り身体を持っていかれそうになる。衝撃音の後に、メリメリと何かが裂ける音がした。

巡視船〝よなくに〟がぶつかってきたのだ。ブリッジに戻ると、「もう一回喰らったらエンジンが止まる！」と艦長が言った。トン数では向こうが倍以上ある。勝ち目はなかった。

「中佐！　舵が無事なら、エンジンが止まっても惰性でしばらくは走れる。急いで飛び込む必要はありませんから」

巡視船が離れたと思ったら、今度は放水銃をブリッジに浴びせてくる。操舵機械があちこちショートして火花が散った。そして、とうとうエンジンが止まった。

「舵を固定し、乗船に備えよ！　乗船に備えよ！」と巡視船のスピーカーががなり立てている。

エンジンが止まると、ブリッジも静かになった。上空を舞うヘリのローター音がうるさい。凪《な》いだ波だが、それでも推進力を失ったことで船が左右に揺れ始めた。

「日本側は、備えてましたね……」

艦長がぽつりと言った。

「間違いない。彼らは、自分たちが今日ここに現れることを知っていた。だが、それでもかき集めた巡視船の数は知れている。結局は、数で勝るわれわれの上陸を阻止することはできないさ」

船があっという間に行き足を落とす。だが、その間に、釣魚島を右手に見る位置まで前進できた。巡視船は、「止まれ！」とは言ってきたものの、乗船検査するためのボートを降ろす気配はなかった。その代わり、アサルトライフルを構えた乗組員が、舷縁にずらりと並んでこちらを見下ろしていた。

「中佐、スモーク・グレネードを焚いて、しばらく目隠しします。その隙に海に入ってください。われわれもその隙に命令書ごと金庫を投げ捨てます。もし乗船してこなければ、エンジンの再稼働を試み、精一杯敵を翻弄します」

〝よなくに〟が島側からさらに幅寄せしてくる。艦長は、ブリッジ後部の窓を開け、スモーク・グレネードを二発、甲板に放り投げた。もくもくと白い煙がわき起こる。中佐を先頭に、フロッグマン部隊の兵士たちが、ボンベを背負って次々と〝よなくに〟の反対側の海面に飛び込む。

そして艦長は、わざとその瞬間、反対舷から、スモークの手前から海保に見えるよう、金庫を持ち上げさせ、〝よなくに〟との間の海面に投げ込んだ。金庫は、しばらくは浮いていたが、〝よなくに〟の側面に一度衝突してからゆっくりと沈んでいった。

海保の乗組員の視線は、沈みゆく金庫に釘付けになっていた。上空のヘリからは、フロッグマンの潜水シーンが見えたかもしれないが、スモークで隠せた自信があった。もし見られていても、彼らは黒装束で、しかも深度一〇メートル以上を潜る。太陽が真上にあれば別だが、夜明け時に、それを上空から発見するのは困難だろう。

しかし、その一部始終は、海保のヘリコプターの前方赤外線カメラに捉えられていた。真っ白なスモークの下、海面に飛び降りる兵士の輪郭をも微かに確認できたし、彼らが海面に着水した瞬間に上がった大きな水しぶきはかなり綺麗に映っていた。

しかも、潜水するまでにしばらく時間があったため、その人数まで把握できた。

坂本は、委員会室のモニターでそれを見ながら、特殊な装備だなと思った。黒いウェットスーツの背中に背負う黒い物体は、彼が知っている筒状のアクアボンベとは違っていた。

「あれは、何なの？　あれもボンベ？」

「いわゆるリブリーザー型ですね。呼気から二酸化炭素を取り除いて再利用する、循環型のボンベです。長時間の潜水を可能にして、しかも吐いた息を回収するので、水面に泡が出ない。特殊部隊御用達《ごようたし》の装備です」

国上が解説した。

「おそらく、黒潮の上流から海に入って、流れを利用して魚釣島に上陸しようという戦術でしょう。太陽がこの角度では、深く潜られると、上からは見えませんから。楠木君、これ、ＨＤＤレコーダーで録っているよね？」

「もちろんです。何か気になるところでも？」

「飛び込むシーンをコマ送りで見たい」

楠木は、リモコンを手に取り、まず画面を半分にして、左側に海保からのライブ映像を映し続け、右側に、リワインドした映像を映して、兵士らが飛び込むシーンをコマ送り再生した。

「ズームもできますが？」

「いや、これで十分。潜水用具だけで、武器はないみたいだ。少なくともアサルトライフルのような大型武器が入るようなコンテナの類を持っていない。それどころか、食料や無線機、装備品バッグもない。ひょっとしたらピストル一挺の装備で上陸するつもりかもしれないな」

「ああ、それは気付かなかったな。あくまでも、ひとまず上陸することに全力を尽くそうってことですかね。島には水も食料もあるし特殊部隊の兵士なら、サバイバルはお手の物だし」

　国交省から来ている課長補佐が「非武装の可能性あり」とメモ書きして、本省に電話するため、部屋から走り出ていった。

「この後、どうなるんだ?」

　と坂本が尋ねた。

「敵の目的は、海保の巡視船を一隻でも多く拘束することでしょうから、エンジンの再始動を試みるでしょう。こちらは、乗り込む危険は冒せないので、敵が逃走するようなら、また水責め。それが効果ないようなら、水面付近を狙って銃撃して警告ということになります。島へ向かったフロッグマンは、余裕があれば、ヘリコプターで上空から見張り、海保の特殊警備隊《SST》を降下させる案も一応、準備はしています」

「障害が山ほどあるんだろう?」

「はい。たとえば、SSTを降下させても、上陸者を含めて回収できなくなる可能性があります。平地はないし、島の南側はヘリの接近には厳しい地形ですから。いろいろ検討はしましたが、いったん上陸を許した後、大部隊で上陸して捕縛するのが一番安全で確実だろうという結論になりました。敵が仮に武装していたり、もっと増えたら、それは海保ではなく自衛隊の領分ということで」

「楠木君、この後の官邸の日程はどうなっているの?」

　楠木がメモを捲った。

「はい。午前一〇時から閣僚候補者の呼び込みが始まり、昼食を挟んで午後二時から皇居での認証式。午後四時に記念撮影と引き続き総理大臣の記者会見。同時に各省庁で大臣の引き継ぎという予定になっています。それで名実ともに政権交代となります」

長い一日になりそうだ、と坂本は思った。まだ午前七時過ぎだ。しかも第一波の襲来が始まったばかりだった。

結局、一時間経っても〝天安5117号〟のエンジンは再始動しなかった。彼らの漁船は、黒潮に乗ってゆっくりと流され始め、魚釣島の東へとどんどん移動していった。だが、彼らはその使命を十二分に果たしたのだった。

その〝天安5117号〟を監視する二隻の巡視船は、この期《ご》に及んでも、溺者には目もくれなかった。その時点で八名もが海上を漂っていたが、巡視艇〝のばる〟が近づいて、ライフベストを投げ与えただけだった。

そして、戦いの舞台は、魚釣島の南から、北海域へと移ろうとしていた。

第七章

その時、尖閣海域には、八隻の巡視船がいた。小型の巡視艇〝のばる〟を除いては、全てが、ウォータージェット推進の高速巡視船だった。〝いしがき〟〝はてるま〟〝よなくに〟は一〇〇〇トン型巡視船〝はてるま〟型のシリーズで、この三隻は、沖縄の第十一管区石垣保安部から。そして、同じく〝もとぶ〟〝くにがみ〟もはてるま型で、沖縄本島から出動してきた。この、はてるま型は、第十一管区だけで五隻も配備されていたが、お隣の南九州を管轄する第十管区には一隻しか配備されていなかった。その一隻〝こしき〟も、沖永良部沖の漁船捜索から急行していた。

そして、その中で最も大きな巡視船は、第十管区から派遣されていた、ひだ型巡視船〝あかいし〟(一八〇〇トン)だった。〝あかいし〟こそは、この尖閣防衛作戦の海保側指揮船として活躍することになっていた。

指揮を執るのは東京の本部から派遣された警備救難部警備課付きの一等海上保安監(甲)祝迫《いわいさこ》敬《あつし》その人だった。一等海上保安監には、甲と乙があり、甲が海軍中将相当、乙が海軍少将相当ということになる。

祝迫は、その〝あかいし〟のOIC、オペレーション・インフォメーション・センターで指揮を執っていた。ブリッジ後部に設けられたその部屋は、立錐《りっすい》の余地もなかった。こんなことは、一週間前、海自と最後の図上演習を行って以来だった。

そこには、東京からこのためにわざわざ派遣された幕僚スタッフに、海自の連絡将校も二人いた。ブリッジにも二人の海自側連絡将校がいる。海自の通信士も乗り込み、専用回線を開いていた。

祝迫は、〈小隊名簿〉に海保が名を連ねてから、最高指揮官として最初の一ヶ月は人集めに奔走し、最近の一ヶ月は、ここ〝あかいし〟に集めた幕僚スタッフと一緒に籠もり、対応作戦の立案に当たってきた。

テーブルは、今では尖閣の地形を忠実に再現したジオラマになっていた。海面はマジックテープで作られ、その上に置かれた艦船のミニチュアは、船が動揺しても滑らないよう工夫されている。

味方のミニチュアは、巡視船艇は白く塗られ、船名が書き込まれている。護衛艦など自衛隊の艦船は灰色に、中国の漁船は赤く、漁政船はオレンジ色に塗られていた。

漁船のミニチュアは、全部で一〇〇個用意されている。すでに接触済みの漁船のデッキには、粘土を小さくちぎって大豆サイズにしたものが目印として置かれている。活動中のものはブルー。当方と接触中のものはイエロー。そして活動停止に成功したものは灰色。

魚釣島の南海上で停止した延縄漁船の黄色い粘土が取り除かれ、灰色のそれに替わった。だが、海中を進行中の兵士を示す、ボンベを背負ったフロッグマンのミニチュアが新たに置かれ、人数を示す、6と書かれた小旗がその隣に立てられた。

やるべきことは全てやった。この日に備えて、作戦に参加する可能性のある巡視船艇の全てに領海警備訓練を秘かに行うよう命じ、それぞれの船長を、何度も十管本部がある鹿児島に呼び出し、図上演習を行った。

　関係する部署の全ての人事異動は、予算不足を理由に凍結され、普段は少人数で回している乗組員に関しても、訓練を理由に、他の管区から少しずつ増員した。

　ここまでは完璧だった。何より、敵の作戦に関して、武器の使用はないだろうという読みが当たった。こちらの催涙ガス攻撃に対して防毒マスクを持っていたことや、ブリッジの窓がアクリル板で補強されていたことは想定外だったが、作戦通り足を止めることができた。

　フロッグマンが出てくることも想定済みだ。それへの対処は、もっと上で決まることになっている。初期対応部隊の最優先任務は、殺到する漁船団に応戦して、島への接近を可能な限り阻止することで、取りこぼした兵士に関しては構わないというのが作戦だった。

「〝よなくに〟の作戦はいい予行演習になったな。各船、作戦位置に就き次第、搭載艇を速やかに降ろせ！」

　通信士がインカムで通信室に伝える。

　はてるま型は、七メートル型高速複合警備艇を二隻、四・八メートル型高速複合警備艇を二隻、合計四隻ものボートを搭載している。これも捜索ではなく、領海警備を主任務に考えられた装備だった。

　はてるま型六隻が、魚釣島から一〇キロ北方に展開すると、それぞれ搭載艇を大小一隻ずつ海面に降ろした。本当は四艇全てを降ろしたいところだが、それだけの人員がいなかった。それぞれ、武装したＳＳＴの隊員とＳＳＴのＯＢが二名ずつ乗船している。

　はてるま型のほぼ倍の排水量を持つ〝あかい

し〟は、大小二艇の警備艇を搭載するのみだが、〝あかいし〟は、いざという時のために二艇とも温存する手はずになっていた。

　したがって、洋上に降ろされた複合艇は、合計一〇艇だった。それが、東西一〇キロほどの海上に阻止線を作る。ボートを降ろした巡視船は、直ちに領海一二海里（およそ二二キロ）の外へと向かった。

　〝あかいし〟がその背後から続く。上空には、電送装置を装備する第七管区海上保安部所属（福岡基地）のベル412ＥＰヘリ〝はまちどり2号〟がいた。〝はまちどり2号〟が送って来る映像と、ＭＨ962ヘリ〝はやたか〟が送ってくる魚釣島南方海上の映像が、二台のモニターに表示されている。

　領海線に迫る漁船は全部で五〇隻あまりだ。それぞれ一〇隻ずつ、単縦陣形で突っ込んでくる。先頭の漁船団は残りの四船団より僅かに突出している。最初発見した時には、延縄漁船とともに走っていたが、その後、しばらく沖合で待機していた様子だった。おそらく、こちらの出方を見て戦術を詰めるつもりなのだろうと祝迫は判断した。

　その一〇隻もとうとう領海線内に侵入してくる。ところが、領海一二海里のラインを割ると、一斉に針路を北東へと向けた。

　尖閣諸島の北東端に位置する久場島《くばじま》へと針路を取ったことは明らかだった。良い作戦だ、と祝迫は思った。

　久場島は、最大標高一一七メートル、周囲三・五キロの、魚釣島に次ぐ大きさを持つ無人島だ。個人所有の島だが、沖縄復帰前から米軍の射爆場として使われていた。ところが、在日米軍はこの三〇年間、久場島で実弾訓練を行ったことは無い。

　日米地位協定では、米軍が使用する施設および区域は、不必要になった場合は、速やかに日本側に返還されなければならないと取り決められているが、この久場島に関しては、米側も日本側も、返還云々の話をしたことは無い。

　それは、今や暗黙の合意事項となっていた。日本側にとっては、米軍の訓練場であるということが、尖閣が日米安保の適用地であると米側に迫る人質を意味し、米軍にとっては、ここから東はアメリカのテリトリーだと中国に意思表示するキーストーンの役割を担っていた。

　中国の作戦上、久場島がどう位置づけられるかに関して、海保と自衛隊の間で議論が重ねられたが、結局、中国軍は上陸しないだろうという結論に落ち着いた。

　理由は、第一にアメリカを刺激することになり、第二に、そこが不発弾だらけの島だったからだ。爆弾はもとより、劣化ウラン弾も多数撃ち込まれた。この三〇年で植生が見事に復活し、水鳥の貴重な繁殖地にもなっていたが、戦力を分散することにもなり、上陸はないだろうという読みだった。

　きっとこれは、海保の戦力を分断するための囮だろうと祝迫は判断した。

　祝迫は、壁に貼られたチャートに歩み寄った。後続の巡視船団は、すでに尖閣諸島の大正島《たいしょうとう》まで接近している。魚釣島からおよそ一一〇キロ東に位置する、尖閣諸島の東端の島が大正島で、実はここも米軍の射爆場に指定されている。

　だが、ここからでもまだ二時間半は掛かる。

「二隻回すぞ。〝いしがき〟と、南側にいる〝のばる〟を向かわせ、援軍が到着するまで時間を稼がせろ」

　こういう囮作戦も想定内だった。数では不利だが、ほんの二時間三時間稼げば、味方が駆けつけてくれる。

　問題は、その背後にいる四〇隻の漁船団だった。

その四本の単縦陣の背後に、二隻の漁政船が続いていた。すでにレーダーに映っているこの大きい方が、敵の指揮艦なのだ。

ジオラマ上の駒が小刻みに位置を変えられる。

「さて、いよいよ本番だぞ……。海自幕僚のご意見は？」

祝迫は、この二ヶ月間、ほぼ毎日顔を会わせてきた、海上自衛隊幕僚監部の反町峰男《そりまちみねお》二佐の顔を見た。

「ほれぼれするような良い作戦ですね。十重《とえ》二十重《はたえ》の囮で、われわれの反応を見て、戦術を小刻みに変えてくる。惜しむらくは、それをわれわれが全て予想していることでしょう。ここは、味方が到着するまで、可能な限りアウトレンジで迎撃して時間を稼ぎましょう」

通信士が荒々しくハッチを開けて、入り口で通信紙を読み上げた。

「発、第十一管区本部長。宛、警備救難部隊長――。警備艇を全て出すために、後続部隊より、乗組員を送り込む準備あり。以上」

祝迫は、幕僚長の長友恒道《ながともつねみち》一等海上保安監（乙）を見遣った。

「駄目でしょう。ヘリを受け入れる余裕がありません。ヘリを着艦させようと速度針路を固定する隙を狙って、漁船が特攻を仕掛けてくる恐れがあるし、SSTの隊員ならともかく、普通の乗組員は、上空でホバリングしてのリペリング降下もできない。ただし、ヘリは歓迎しましょう。身軽な状態で来てくれれば、ローターが起こす暴風でボートをひっくり返せるかもしれない。針路妨害くらいはできるでしょう」

「そうだな。通信士は、そのように電文を送ってくれ」

通信士がメモを取る。

祝迫は加えて、指揮下の巡視船の全てに無線を繋ぐよう命じ、通信室へのインカムを取った。

「諸君、こちらは、指揮船の祝迫だ。いよいよ、敵の本陣が現れた。第一波は囮として対応する。残る四列四〇隻が、われわれが排除すべき敵ということになる。味方の本隊が到着するまでには、最低でもあと二時間から三時間はかかるだろう。その時間、われわれだけで堪え忍ばなければならない。これは、わが海上保安庁のみならず、日本の歴史に残る戦いとなる。そして、この後、中国の影に怯えるアジア各国が、われわれの対応を注視することになる。全世界の視線がこの海域に注がれると言っても過言ではない。日本の海を守る者として、誇りある戦いをしてくれ。われわれは世界で最も優れたコーストガードだ。訓練を思い出し、各自が与えられた任務を完璧以上に果たしてくれることを期待する。以上だ！」

漁船団は、衝突してこちらの行き足を止める役や、ひたすら突っ込んで上陸地点を目指す役など、役割分担が為されていることが解っている。

味方の高速巡視船は、漁船の体当たり攻撃を防ぐために、後ろから回り込もうと速度を上げ始めた。

「では、諸君。指揮をブリッジに移そう。敵の大将の顔も拝まんとな」

その場にいた幕僚スタッフの半分が、祝迫に続いてブリッジに上がった。〝あかいし〟のブリッジは、前後二列に三点ハーネス式のベルトが付いたハイバックシートが並んでいる。祝迫は、その後列中央のシートに登り、ベルトをきつく締めた。これから数時間、巡視船の性能をフルに使う苛酷な戦いが始まるのだ。副官が、彼専用の双眼鏡を恭しく差し出す。

祝迫は、船長の若林《わかばやし》則孝《のりたか》三等海上保安監に「どうか?」と短く聞いた。ブリッジは、左右前後の見張りがひっきりなしに声を出して騒々しかった。一瞬たりとて静寂とは無縁な空間だ。

「波は穏やかだし、今日は、取り締まりには絶好の日和です。侵入者を数珠《じゅず》つなぎにしてやりましょう!」

艦長は、双眼鏡で外の様子をくまなく観察しながら、自信ありげに言った。

「うむ。その意気でいってくれ。こちらの阻止線を突破するものがいたら、迷わず前に出ろ」

「了解です。ようそろ!」

前方に展開する高速巡視船が一斉に回頭したせいで、優美な白波が立った。上空からヘリで見下ろすと、まるで巡視船団がワルツでも踊っているように見える。だが現実には、これから始まる苛酷な戦いの幕が切って落とされたのだった。

中国漁船団の指揮を執る中国漁政310船は、もう一隻の中国漁政202号(一〇〇〇トン)を従え、五〇隻の漁船団の中央やや後方から接近しようとしていた。日本側が主張する領海一二海里まで、あと二〇分ほどで突入することになる。

ブリッジ正面に装備する二門の一四・五ミリ連装砲は、緑色のカバーが被せられたままだ。それを外すつもりはなかった。

部隊の総指揮を執る王洪波《ワンホンボ》海軍少将は、作戦室のテーブルの上に広げられたチャートを見ながら、険しい顔つきでしきりに首を傾げた。

部下を安心させるために、不安を顔に出してはならないことは解っていたが、この状況は誰が見ても有利とは言えなかった。

作戦で想定したのは、大小合わせてせいぜい五隻の巡視船艇だ。この程度なら十分に引っかき回して上陸できるはずだった。

ところが、いざふたを開けてみれば、最新鋭の高速巡視船だけで七隻。それに小型艇一隻。ヘリコプターも乱舞している。

全てが読まれていた。日本は、自分らの出撃に備えて、ありとあらゆる準備を整えていたに違いない。おそらく、奄美諸島沖の漁船の捜索活動も、事前に艦船を集結させるためのでっち上げだ。

「いかがいたしましょう？　そろそろ第二陣の出撃時刻ですが？」

尹語堂《インユイタン》少佐が、大陸の温州付近に置かれた青色の船のオモチャを動かした。

その紅稗《ホウベイ》型ミサイル艇隊の作戦参謀・呂鵬《リュプラン》少佐が「提督、ご命令を——」と急かした。

「わが艦隊は、四時間で到着し、状況をひっくり返してご覧に入れます」

「ああ、解っているとも。君らは海面を火の海にしてでも、それを成し遂げてくれるだろう」

王は、皮肉混じりに言った。

「それなりの訓練は積んでまいりました。交戦することなく、目的を達することは可能です。そのための血の滲む訓練でした」

「ああ、すまん。少佐。少し疲れているんだ。そう。もちろんその通り。難しい訓練に耐えた君たちのミサイル艇が駆けつける頃には、幾ばくかの部隊が上陸を果たしていることを望むが……、よろしい。〈赤壁作戦〉の第二段階だ。ミサイル艇部隊の出撃を命ず。われわれは熱烈に救援を欲している、と伝えよ」

少佐が敬礼して出ていく。

「実戦は想定外のことばかりだとは聞いていたが、本当にそうだなぁ、少佐」

と王は尹少佐に話しかけた。

「ゾディアックボートが撃沈されるところまでは想定しましたが、船外機が付いているわけでもない救命ボートが銃撃されるのは想定外でした。海保は腹をくったのかもしれません」

「ああ、この後もし、巡視船が漁船団に実弾を撃ち込むようなことがあったら、作戦の軌道修正が必要だろうな。それも想定はしていたが。日本の護衛艦隊より先に、ミサイル艇部隊が到着すれば、そこは問題ない」

スピーカーが鳴って、「日本の巡視船が視界に入りました。ご覧になりますか？」とブリッジから呼びかけてきた。

ブリッジに上がると、艦長の賈招雄《チィアシアオシュオン》中佐が、デスクに覆い被さるようにしている水兵の後ろから、背伸びしてチャートを覗き込んでいた。

「このままの針路速度だと、ほんの二〇分で海保の巡視船団と接触します」

王少将は、シートに座る前に、操舵コンソールの前に出て、窓から外洋を見た。五星紅旗を立てた漁船が無数に展開している。その彼方に、海上保安庁の真っ白な船体が見える。

「これはまた壮観だな。艦長、他の乗組員たちに、交替でブリッジに上がるよう命じたまえ。孫子の代まで語り継がれる作戦になる。この光景を瞼に焼き付けるようにな。デジカメで写真を撮るのも許すぞ」

「了解です。このまま前進でよろしいですか？」

「もちろんだ。敵の大将はどいつだ？」

艦長が王の隣に立った。

「左一二度方向に、ヘリが一機見えますが、その左下にいる船です。距離があるので、他の高速巡視船と大きさは同等に見えますが、あれは二〇〇〇トン型の指揮能力を持つ巡視船です。おそらく鹿児島の第十管区の所属だろうと思います」

「ではこちらの方がでかいんだな？」

「はい。ですが、向こうはウォータージェット推進なので、機動力も速度も上です」

「ひとつ、ぶつかる覚悟でいこうじゃないか。敵の旗艦はわれわれで受け持つ」

「ヘリを出しますか？」

「うん。衝突の衝撃でヘリを失うのも、もったいないな。いいだろう、発艦させろ。機長と話がしたい」

王少将は、やっと自分のハイバックシートに登った。艦長が「ヘルメットとライフベストをお願いします」と告げた後に、「念のため」と、腰のベルトに防毒マスクが入ったポーチをぶら下げるよう求めた。

「この船の窓は、向こうの放水銃に耐えられるかね？」

「いいえ。補強もしておりませんので、たぶん無理です。その素振りが見えたら、舵を切って敵の内《うち》懐《ぶところ》に飛び込みます。やっかいなのは、むしろ催涙弾です。われわれは先行した部隊と違い、催涙ガスの訓練などまともに受けておりませんから」

「敵を引き付けて、兵が上陸する時間を稼ぎさえすればいい。無茶はナシだ」

搭載するZ‐9C（直昇9C）対潜ヘリコプターの機長を務める袁煜祺《ユアンリィチィ》少佐が上がってきた。

「機長。命令だ。絶対に撃墜されてはならない。従って、敵の関心を惹くような行為は決して行ってはならない。日本側が主張する領海線にも近づくな。日本の戦闘機が現れたら逃げろ。もちろん溺者救助の必要もない。君はただ上空に留まり、われわれに見えないところの動きを監視すればいい。具体的には、捜索レーダーに映らない範囲のことだ。上空からビデオを撮り、燃料が尽きる前に、後続の艦艇へと退避せよ」

「完全に了解しました。作戦の成功を祈っております」

「うん。ご苦労」

機長が敬礼してブリッジを駆け出ていく。その間にもぐんぐん釣魚島に近づいていた。漁船団の先頭の船と並走すべく、海保の巡視船が回頭し始めた。一〇〇〇トンもあるのに小回りが利く船だ。

電光掲示板に灯りが点り、英語、中文で、立ち去るようにと警告する文字列が流れている。スピーカーの音はまだ聞こえなかったが、時々ウイングのハッチが開くと、何かがなり立てていることは解った。

四方向から入ってきた漁船団は、それぞれ釣魚島の西端の海域を目指して針路を変え始めた。

そこでなら、兵をボートで降ろした時、黒潮に乗せることで、島への漂着を狙えるのだ。海上保安庁の巡視船もそれは解っている。漁船の単縦陣形に対して、島側から漁船団と並行するような針路を取り、徐々に接近しながら放水し始めた。

すると、それを待っていたかのように、単縦陣形の二隻目、三隻目が舵を切り、巡視船へと突っ込んでいく。それに気付いた巡視船は、ウォータージェット推進にものを言わせ、一気に加速して衝突を回避する。ところが、その回避作業を繰り返すたびに、漁船団は少しずつ島に近寄っていくのだ。

日本側は、一〇隻の漁船を一隻の高速巡視船で制圧しなければならない。土台、それは無理な話だった。たちまち、後方にいた数隻が、巡視船の背後を突破して島へ針路を取る。

「われわれの勝ちだな。所詮、この数には対抗できまいて」

王少将は、満足げに頷いた。前方から敵の指揮艦が接近してくる。せいぜい相手をしてやろう。生憎だが、向こうは新鋭艦。こちらは、新鋭船とは言え、たかが漁政船だ。どちらの損失が痛いかは一目瞭然だった。

海上保安庁領海警備部隊の指揮を執る祝迫は、巡視船が右へ左へ舵を切り始めたことで、こちらの防御陣形が崩されつつあることに気付いた。状況は刻一刻、一秒単位でめまぐるしく変化している。

前方の味方の白い船体が、時々見えなくなる。中国の漁船が、巡視船の内側、つまり領海側に入ってくるためだ。

「ここいらが限界だな。全船に命令――。火器の使用を許可する。各自警告射撃の後、作戦通りの攻撃を開始せよ。領海内に侵入した漁船団への攻撃を許可する。味方の複合艇に当たらないよう、細心の注意を払え」

「本船も加わりますか?」と船長。

「いや、一応、漁政船の動きを見守ろう。むこうの機関砲はカバーを被っているんだろう?」

「はい。ヘリの情報ではそのようです」

「大型漁政船、わが方の領海線を越えました」

レーダーを覗いていた航海士が報告する。

「よし、ご挨拶といこう。漁政船の背後に回り込んで並走せよ」

「了解です」

船長がそう応じた瞬間、祝迫の二席隣のハイバックシートに座る海自の反町二佐が身を乗り出し、「意見具申! よろしいですか?」と声を上げた。

「構わんよ」と祝迫が応じる。

「味方の船が決定的に足りません! 今は、殺到する漁船団の対応に全力を注ぐべきかと」

海保の幕僚スタッフは、全員黙っていた。気まずい空気が流れる。ほんの二〇〇メートル向こうに漁船団がいる。漁政船はその後ろだ。

「……幕僚長、意見は?」

「はい、どちらか二択なら、自分もまずは漁船団に当たります」

「了解した。私の判断ミスだ。船長、放水銃、及び主砲副砲用意！　阻止線を突破した漁船を引き受ける」

「はい、阻止線を突破した漁船に対応します！」

　船長も、それが正しい判断だと表情で示していた。

〝ひだ〟型は、ボフォースの四〇ミリ単装機関砲と、二〇ミリ・バルカン機関砲を装備していた。乗組員がデッキに走り、それぞれの銃身のカバーを外す。

　漁船が二隻、二〇ノット以上の速度を出してこちらに向かってくる。

「いったんやり過ごし、真横に並んでから攻撃するぞ」

　ここからは船長の判断だった。

「航海士は味方の複合艇に注意を払え、射線上に味方がいないことを確認せよ！　四〇ミリ・ボフォース砲で遠方の漁船を攻撃し、近くは二〇ミリで機関部を潰すぞ」

　二隻の漁船は、こちらにぶつけようと必死で舵を切っていたが、幸い〝あかいし〟の加速力の方が勝っていた。

　いったん反航してやり過ごすと、〝あかいし〟はたちまち回頭して漁船の背後に追いついた。いずれも一五〇トン前後のトロール漁船だ。二〇一〇年に尖閣事件の主役となった閩晋漁《ミンチンユィ》５１７９が、一六六トンだった。漁船団は、サイズは似たり寄ったり。ただし、エンジンがパワーアップしていることは明らかだった。

〝あかいし〟副長の友部《ともべ》義正《よしまさ》一等海上保安正が、領海警備行動基準手引きと題されたボードを持ち、表示板による警告、スピーカーによる警告に続いて、信号弾による警告を立て続けに命じた。それらの全てを一分でやり終えると、「警告射撃の要件を満たしたものと判断します」と船長に報告した。

「よろしい。それぞれ二隻の船首前方一〇〇メートルに、二〇ミリ機関砲で三斉射、警告射撃せよ」

「了解！　軸線上に味方船舶なし、警告射撃発射用意」

ＲＦＳ（目標追尾型遠隔操縦機能《リモート・ファイアリング・システム》）が起動すると、赤外線カメラ及び光学方位盤が連動する。いったんモニター上で目標を定めると、船がどんなに動揺しようが、また相手が動いていようが、銃口は、目標を追い続けるのだ。

「警告射撃、撃て！」

発射速度を抑えた二〇ミリ・バルカン砲が、唸りを上げて火を噴く。目標までの距離は五〇〇メートルほどだ。曳光弾《えいこうだん》が海面に吸い込まれ、水しぶきを上げた。二隻の漁船は、二〇〇メートルほどの間隔を持って走っている。二隻目の漁船の前にも攻撃を行ったが、止まる気配はない。それどころか、舵を切ってこちらに向かってくる。

「やむを得ない。後部機関室付近を狙って攻撃を開始する。相手が黒煙を上げるまで攻撃を続ける。ビデオは回っているな⁉」

船の固定カメラはもとより、乗組員が回すホームビデオも二台回っていた。こちらに瑕疵《かし》がないということ、つまりきちんと手順を踏んだということを、世界に対して証明しなければならない。

「侵犯船の足を止める。再度、射線を確認せよ！」

「軸線上に味方複合艇なし。攻撃できます」

「よし、撃て！」

今度は、短い間隔で執拗に攻撃が繰り返された。二〇ミリ砲弾の威力は凄まじかった。ほんの三斉射で、漁船の煙突から真っ黒な煙が上がり始めた。

喫水線付近に多数命中したらしく、水面付近から盛んに水蒸気が出てくる。まるで沸騰するヤカンのようだ。おそらく、機関室が急速に浸水しているものと思われた。

同様に二隻目にも攻撃を加える。二隻ともがくんと行き足が落ちた。乗組員が脱出ボートの準備を始める。黒潮の本流が流れるのは島の南側だが、北側にも緩い流れがある。発動機なしに、ボートで島に辿り着くのは不可能だった。そして相手が、ゾディアックボートの類なら、こちらも複合艇で応戦できる。

「次、一番島に接近しているのはどいつだ？」

「方位、2-5-6、距離六五〇〇メートル。ボフォース砲の射程外です。それに、おそらく味方の複合艇が何隻かいます」

と航海士が報告する。

「よろしい。距離を詰めつつ、複合艇を射線から追い出すぞ。速度一杯。取り舵二〇！」

加速度で、身体がシートに押しつけられる。椅子が無い乗組員は、手近なものに摑まって身体を支えた。

「船長、この相対関係だと、漁船のブリッジを吹き飛ばすしかない。通信士は、付近にいる〝もとぶ〟に通信。囮になり、敵の二隻の船体をこちらに向けさせろと」

祝迫が双眼鏡を覗きながら命じた。

いったん島側に寄り、複合艇を左舷へ追い出せるような角度に占位した。接近する漁船との距離は六〇〇〇メートル。射程距離ぎりぎりだ。

巡視船〝もとぶ〟が命令に呼応し、速度を落としながら二隻の漁船の前を横切った。二隻がそれに釣られて船首を西へと振る。

〝もとぶ〟が、今度は一気にダッシュして漁船から離れていく。三〇〇メートル離れたところで、船長は四〇ミリ・ボフォース砲の発射を命じた。

「軸線上、味方はいないな？」

「はい、いません！」

「よし、四〇ミリ砲、警告射撃、撃て！」

四〇ミリ砲の発砲の衝撃は二〇ミリ砲とは比べものにならなかった。船全体が地震に見舞われたような感じだった。

初速秒速八〇〇メートルで飛び出した砲弾は、およそ九秒後、目標海面に着弾して水柱を上げた。

「海自幕僚！　こんなんで船体に命中するのかね？　時速二〇ノットで移動する目標は、一〇秒で一〇〇メートル移動する！」

船長はたまらず悲鳴を上げた。まるで無限に続くような飛翔時間だった。

「大丈夫ですよ、船長。現代のFCS（火器《ファイア・》管制装置《コントロール・システム》）は優秀です。海自のそれも海保のそれも原理は同じですから。システムと部下を信じてください」

反町二佐がよく通る声で応じた。彼自身は、そもそもFCSには様々なグレードがあり、頻繁にアップグレードもされる海自のFCSと海保のそれとの間には雲泥の差があることを知っていたが、そこには触れないことにした。

「よし、いってみよう。とにかく、船体の後ろを狙え。外すなよ！　撃て――」

長い時間が過ぎる。赤外線カメラが、目標の船体を捉えている。その映像がブリッジのモニターに映し出されていた。

砲弾が着弾する。だが僅かにずれ、船体の後方五メートルほどに着弾した。

「続いて撃て！　何が原因だ。風か？……」

二発目。今度は船体の後部、水面上一メートルほどの所に命中して爆発した。火柱が上がり、水面に衝撃波が広がっていく。衝撃波が収まると、直径二メートルほどの、甲板まで至る大穴が空いていた。船体にひびが入ったらしく、あっという間に浸水して船が左舷に傾き始めた。乗組員が次々と海面に飛び込むのがカメラに映し出された。

「続いて二隻目を狙って撃て！」

二隻目は、回避行動を取り始めた。二発撃ったが大きく外れた。だがようやく三発目が命中した。ただし、船首前方だった。がくんと速度が落ち、船首から沈み始めた。

「これじゃ、弾が何発あっても足らない。砲手は残弾に気を付けよ！」

「船長。残念だが敵は複合艇の阻止線に陸続と侵入中だ。すでにゾディアックを発進させた船もいる。われわれはもう少し陸側に寄り、外周の漁船を阻止することに専念しよう」

いたるところで高速巡視船が発砲していた。水柱が何本も見える。船首を沈め、スクリュー部分を空中に持ち上げて沈んでいく船もいる。ほんの三〇分で、二〇隻以上の漁船が大破、もしくは沈没していた。硝煙が海上を漂い、視界を悪くしていた。

そんな中で、ゾディアックボート数隻が魚釣島目指して速度を上げていた。大型複合艇と小型複合艇がコンビを組んでそれを追いかけ、挟み込んでいく。

そして大型複合艇がチャンスを見て体当たりを喰らわせていた。小型複合艇からは、乗り込んだSST隊員が、八九式小銃を構えて、船尾のスクリューを狙って発砲している。

あちこちでゾディアックボートが転覆し始めた。

「那覇から無線です！」

通信士がスピーカーで呼びかけてきた。

「発、十一管区警備救難本部。宛、領海警備部隊長。大陸沿岸部を発った中国海軍のミサイル艇数十隻が、最大戦速で接近中。三時間から四時間で現場海域に到着の模様。以上——」

祝迫は、ショルダーハーネスを外してハイバックシートから飛び降りた。

「船長。自分はＯＩＣで状況を検討する。後は任せた」

「了解です。攻撃を続行します」

祝迫は、ＯＩＣに入ると、「最新の状況を見せろ」とジオラマを睨んだ。

「こいつは精確なのか？」

「はい、ヘリ映像を元に細かく修正しています。五人がかりでの作業ですから、各船の方位はともかく、位置関係はほぼ精確です」

作業に当たっている乗組員が自信ありげに報告した。

すでに百体を超えるミニチュア人形が洋上を漂っていた。フロッグマンと違い、こっちは、ただの直立不動のフィギュアだ。それだけに哀れだった。だが、よく見るとその中にはフロッグマンもいた。

「このフロッグマンは間違いないのか？」

「はい。ヘリの映像で確認しました。リブリーザーボンベで、しかもスクーバ用のボンベ型スクリューを抱えている兵士もいました。これなら潮流に逆らっての接近も可能です」

「何人くらいだ？」

「数えられたのは、一〇名前後です」

「武装はあったか？」

「いえ。アサルトライフルのコンテナのようなものは確認していません。せいぜい持っていてもピストル程度ではと」

「ヘリでＳＳＴを送り込むか？　意見をくれ」

祝迫は幕僚スタッフを促した。

「歩兵同士の撃ち合いになります。何度も検討しましたが、双方の人的損害を最小限に留めて問題を解決するために、上陸にはひとまず目を瞑《つむ》るしかないでしょう」

幕僚長の長友が言った。すでに二〇隻もの中国の漁船を沈めた。きっと犠牲者も出ている。だが、海保の隊員が、銃を構えて引き金を引くのは、全く別次元の問題になる。

「問題の先延ばしにしかならないし、それで良い方向に解決する確証もありませんが、最悪の場合、上陸した味方が孤立する可能性があります。ミサイル艇に対して、海自が間に合わないとなると、われわれはここから撤退するしかありません。その時に、上陸した隊員を置き去りにする羽目になります。海保は今、能力以上の仕事をしている。これ以上のリスクを犯す必要はない」

海自幕僚がそうアドバイスすると、祝迫はしばらく考え込んだ。

「……昼になったら、上陸した誰かが、五星紅旗を島で掲げることになる」

「やむを得ません。いくらシミュレーションしても、訓練を繰り返しても、完璧に阻止することはできなかった。これは不可抗力です。後日、艦艇をずらりと沖合に並べ、法執行機関の特殊部隊全てを投入して山狩りすればいい。最後の一人を叩き出すまで」

「解った。各船、各複合艇に命令。上陸する者に対して深追いはするな、と」

「漁政船が本船に接近中です。すでに機関砲の射程内です」

と長友が注意を促す。

「カバーは外れているのか？」

「いえ。ヘリの空撮映像を見ると、まだ緑色のカバーが掛けられたままですね。もうこの期に及んでは、その必要もないんでしょう。彼らにとっては漁船も兵も捨て駒に過ぎない」

　通信士が現れ、「漁政船から無線が入っています！」と告げた。

「日本語で、この状況に関して指揮官と話し合いを持ちたいと言ってきました」

「どういうことだ？……」

「もしその意思があるのなら、ヘリを漁政船の甲板に寄せて、先方の指揮官をホイストで釣り上げ、こちらへ移送するようにと言っています」

「黙殺するか、即答するかですよ。即答するからには、受諾するしかない」

　長友が即座に判断した。

「つまり、受け入れるしかないということか？」

「この状況で会談を拒否したとなると、あとあと問題になります。彼らにとっては、停戦協議の申し出でしょうから」

「解った。向こうに伝えてくれ。ヘリを向かわせると。ただし、こちらの攻撃を緩める必要はないぞ。ヘリを一機、収容に向かわせろ」

　政府の判断を仰ぐべきだろうか、と一瞬思った。だが、残念なことに、今、その政府は事実上存在しないも同然だ。東京からの返事を待てば、相手は、停戦の申し出を日本側が黙殺し、状況を悪化させたと喧伝《けんでん》することだろう。選択の余地はなかった。

　鹿児島の第十管から出撃してきた二機のアグスタ・ヘリのうち一機が、漁政船のヘリコプター甲板に着艦した。相手に敬意を表し、すっと近づき、横から滑り込むようにして着陸してみせた。その様子を、上空からもう一機のアグスタ・ヘリが撮影している。正装した海軍の軍人が一人乗り込むと、ヘリはすぐ離船した。そして、さして高度を取ることなく、〝あかいし〟のヘリコプター甲板に着艦した。副長が出迎えにいく間に、祝迫と反町、長友が船長室に移動し、会談の準備をした。本来なら士官公室に迎えるべきだったが、そこは作戦指揮所として使っている。敵に見せたくはなかった。

長友は、携帯電話の録音機能をオンにして、ソファの下に押し込んだ。反町は、録画状態にしたビデオカメラを本棚の隙間に隠した。

ハッチが開いて、相手が現れた瞬間、全員がその正体を悟った。三人とも、たぶんそうだろうと予感はしていた。作戦室には、日本国内で撮られた写真の中から選び出された、表情がよく解る彼の顔写真が何枚も貼られていたのだ。三人とも、彼、王洪波が記したとされる論文や寄稿を、入手可能なものは全て翻訳して読んでいた。

「出世なさいましたな、王少将」

と祝迫は敬礼し、そして二人の幕僚を紹介した。

王は、相手が自分の名前を知っていることにさして驚かなかった。

「祝迫提督。われわれも事前に研究しました。いったい誰が指揮を執ることになるのか。貴方は、沖縄の第十一管本部で警備課長を務め、次長を務め、現職の前は、お隣、鹿児島の第十管区海上保安本部長だった。鹿児島県枕崎市出身。東シナ海を知り尽くしている。適任ですな」

「王提督。貴方もです。この手の作戦に関して、貴方以上の適任者はいないでしょう。解りますか？　なぜわれわれが貴方の作戦に気付いたか。この漁政船で前回尖閣にいらした時、こちらが撮影した写真の中に、偶然貴方が写っているものが一枚あった。それで、われわれは警戒しました。貴方が何かを企んでいる、とね」

「それはまずかったたな。次からは気を付けましょう」

「コーヒーでよろしいですか？　確か砂糖もミルクも抜きでしたね」

「いただきます。しかし、この作戦は見事だった。私は昨夜港を出るまで、尖閣沖にいる巡視船は、ほんの二隻で、われわれの到着までに集められる高速巡視船も、せいぜい三隻が限界だろうと思っていた」

「ええ。まあ、頑張りましたよ。それに、後続部隊もいます。海保だけでなく自衛艦もね」

「わが方にも海軍の備えはあります。ミサイル艇部隊が向かっているのはご存じでしょう？　二時間以内で到着する。練習空母〝遼寧〟の艦隊も、まっすぐここを目指しています。到着する頃には、戦力は倍になっていることでしょう。もちろん、この戦力が海上自衛隊のそれと比べて見劣りすることは知っています。だが、われわれは犠牲を厭わない。日本人の命は、作戦の成否より大事でしょう？」

「今、この瞬間にも、一〇〇名を超える貴方の部下たちが、海上を漂っている」

「救出して欲しいところですね。人道主義と、シーマンシップに則《のっと》って。それに、日本の法執行機関には、警察比例の原則が徹底されているはずです。たかが非武装の漁船に対して、ボフォース砲まで持ち出すのは、明らかにその原則に反する。オーバーキルでしょう」

祝迫は、記憶の中で「警察比例の原則」を反芻《はんすう》した。警察権の発動と執行は、目的に比例して恒に抑制的でなければならないという、警察行動の大原則を説いたルールだ。

「提督、お言葉だが、これは明白な侵略行為であり、警察比例の原則に縛られるものではありません。しかし、そんなことを議論しても始まらない。なぜこんなことを？」

「ええ。肝心なところは、そこですよね……。つまり、こういうことです。われわれは、第二列島線を守らねばならない。南沙に関しても、強い意思を周辺各国に表示しなければならない。ところが、北京と目と鼻の先の蘇岩礁で一方的に韓国にやられ、海軍は大いに面目を失った。チベットは発火し、インフレは庶民の暮らしを直撃して政権基盤が揺らいでいる。自前で有人ロケットを飛ばすのはもうやってのけた。ＩＭＦの専務理事に人も出した。これ以上、国民を鼓舞するものは何だろう。ノーベル賞？　三日で人民はそれを忘れる。台湾侵略？　台湾とはもう何の問題もない。別れた夫婦が、以前にも増して仲良く付き合っているようなものです。ご承知の通り、私は二〇一〇年、尖閣事件が発生した時、東京の大使館にいました。日本の世論の動向、政治の右往左往振りをつぶさに観察していた。アメリカの反応もね。それで悟ったのです。日本人に、対処能力はない。われわれが尖閣に手を出しても、貴方がたは抵抗する素振りを見せるだけで、最終的には諦めるだろう、と」

「アメリカが黙っちゃいないでしょう」

と反町二佐が言った。

「いやいや、今のアメリカは借りてきた猫です。われわれが国債を投げ売りするぞと耳元で囁《ささや》くだけで、連中は震え上がる。たかが無人島のために、米中関係を冷え込ませ、経済の減速を招く危険を冒すなんてことはありえない。空母〝ジョージ・ワシントン〟が海自と行動を共にしていることは、もちろん知っています。けれど、その空母が第一列島線を越えることはありません。昨日、中米ホットラインで、大統領から言質を取りました。交換条件は、今後とも中国が米国債を買い続けて、アメリカ経済を支え続けることです」

コーヒーが運ばれてくる。ビスケットが添えられていた。その間も、ボフォース砲や二〇ミリ機関砲の発砲音が聞こえてくる。船が右へ左へと回頭するせいで、カップの中で、コーヒーが大きく傾いていた。

王は、「では遠慮なく」と唇をつけた。

「気になりませんか？」

長友が尋ねる。

「自分は軍人です。党と人民のために犠牲を払うことを誓った」

「提督の作戦では、この後、どうなるんですか？」

祝迫は、率直に聞いた。

「われわれはしばらく睨み合った後、日本政府は米政府の協力が得られないことを悟り、やむなくこの海域から撤退します。世界の目はチベットから離れ、しばらくはここ尖閣に釘付けになるでしょう。ニュースにならないと解れば、チベットの僧侶も馬鹿げた焼身自殺を止めるでしょう。その間にわれわれはチベットを平定できるし、インフレに苦しむ庶民は、憎き日本鬼子《リィベングイツ》から領土を奪い返したことで、しばしの高揚を得る。政権は盤《ばん》石《じゃく》の安定を得て、現政権の政敵はしばらくは静かにするしかなくなる。日本にとってもいいことずくめですよ。うっかり軍事制限エリアに入った観光客が逮捕されることもなければ、夜の上海を楽しもうとディスコに行った若い旅行者が、いつの間にかポケットに入っていた覚醒剤や大麻のせいで死刑を言い渡されることもない。もちろんレアアースの輸出は止まらないし、税関業務が滞るようなこともない。中日貿易は以前にもまして盛んになるでしょう」

「提督、正直な話、私は、昨日まで政権の座にいた政党に投票したことは一度もない」

祝迫は憮然として言った。そう、あの素人政権が何もかもぶちこわし、この事態を招いたのだ！

「あの無能な素人集団に一度やらせてみようとするなんて、とんでもないミステイクだったと国民はすぐに後悔した。だからこそ三日天下で終わったのです。今日、政権は、本来その資質を持つ政党に戻った！　新首相がどういう人物かはご存じでしょう？」

「もちろん。今この瞬間、永田町で誰かが『チャーチルを呼べ！』と叫んだら、それに相応《ふさわ》しい日本の政治家は彼しかいない。この危機に対処できるのは彼だけでしょう。だが幸か不幸か、日本人は戦争を欲していない」

「あまり、話し合う余地はなさそうですね」

反町が嘆くように言った。

「ええ。もうお暇《いとま》しますよ。お互いに多忙だ。何なら泳いで帰りますから……」

王は、眩しそうにビスケットに視線を落とした。

「私は本当は甘いものに目がないのですが、妻から控えるよう厳命されておりまして」

「東京時代の最後の診察記録では、HbA1cが6・4でしたな。糖尿病としては、まだまだほんの入り口だ」

「ええ。お陰様で。でも先月は確か7・0でした。中国も、いずれはこういう美味《おい》しいビスケットを作れるようになるでしょう。だが、それは二〇年後の話です。われわれの繁栄は表層的なものだ。六〇年代の日本に新幹線が走ったようなものですよ。チャンスをください。民衆が平和的に民主主義へと移行するチャンスを」

「われわれもそれを願いたいが、しかし、それは貴方の国の問題に過ぎない」

「確かに。ヘリを呼んでいただけますか？　美味しいコーヒーでした。最近は中国人もコーヒーを飲むんです。西欧化はあっという間ですよ。そのうち、民主主義も学ぶ」

いったん上空に退避していたヘリを呼び戻して着艦させる。長友幕僚長が、王少将を後部デッキまで送った。

「貴方がたは、尖閣事件の後にも大きなミスを犯した。あれは、中国の横暴に対して陸兵を釣魚島に駐屯させる絶好の口実になったのに」

「それをやったら、また中国はレアアースを止め、ビジネスマンを逮捕して、税関業務を滞らせたでしょう？」

「ええ。でもそれに耐えて国土を守り抜くのが政府の役割だ」

ヘリが着艦し、後部倉庫で待つ王を誘導員が迎えにくる。

「変な言い方になりますが、日本が巧く立ち回ることを祈っています。このまま沈みゆく姿を見るのは日本通として忍びない」

長友は儀礼程度に頷き、敬礼して王を見送った。

この戦争は、始まった瞬間から完敗だったのだな、と思った。アメリカは動かない、と述べた王の話には、妙に信憑性があった。

船長室でのやりとりは、即座に文字に起こされ、二〇分後には東京に届けられた。その受け入れは事後承諾になったが、混乱の中、承諾を与えることのできる人間はどこにもいなかった。

長友が船長室に戻ろうとすると、誰かが大声で、「旗だ！　旗が揚がったぞ！」と叫んでいた。

慌ててブリッジに駆け上がる。全員が、魚釣島に双眼鏡を向けていた。長友も自分の双眼鏡を取って、島を見た。赤い、赤い五星紅旗が、海岸の岩場で翩翻《へんぽん》とひるがえっている。縦二メートルはありそうな、大きな旗だった。その両隣で、旗を掲げ持つ二人のフロッグマンが手を振ってアピールしている。

まだ生き残っていた漁船団から、一斉に霧笛が鳴らされる。海保敗北の瞬間だった。

第八章

フロッグマンが次々と島に上陸していく様子が、上空のヘリコプターによって撮影され、東京にも映像が届けられていた。

参議院第三委員会室では、新たに五星紅旗が発見されるたびに溜息が漏れた。まるで、オリンピックの何かの競技で、ワンサイドゲームで失点を続けているような感じだった。

魚釣島の地図を拡大コピーした全紙サイズの紙がホワイトボードに貼られている。そこに次々と赤いマークが描き込まれていく。

中国のフロッグマン部隊は、島のいたるところに上陸を果たしていた。単なる沖の岩場や、どうみても断崖絶壁という場所にも上陸している。いったいこの後どうやって合流するのだろう。

上空から見る限りでは、兵士らはせいぜいシャークナイフを持っている程度で、銃器の類を携行しているようには見えなかった。

彼らは皆、いったん手で掲げた五星紅旗を、海からはっきり見えるよう木々にくくりつけると、めいめい山中に入っていった。

どのチームも、ほんの五分と旗を掲げた場所に留まることはなかった。そうこうしているうちに、カツオブシ工場跡がある西端の船着き場に、ゾディアックボートが続々と到達する。こちらは装備を持っていた。背嚢《はいのう》らしきものや、銃も見える。

無線機を担いだ兵士もいた。

船着き場といっても、珊瑚礁を切り開いただけの粗末なものだが、ゾディアックにはそれで十分だった。先に上陸した兵士らが銃を構え始めたので、海保の複合艇には、海岸から四〇〇メートル以内に接近するな、という命令が、指揮船〝あかいし〟から出された。

午前一〇時。大正島のやや西方海域上空を旋回するP-3C哨戒機のレーダーには、時速四〇ノット近いスピードで疾走するミサイル艇部隊がすでに映っていた。魚釣島までもう三〇分もかからない。

それに対して、〈F作戦〉に参加していた四隻の海上自衛隊護衛艦は、大正島の西方海域で、海上保安庁の増援部隊との合流を待っていた。

しかし、このままでは、ミサイル艇部隊に先を越されることになる。このまま待機するか、四隻で突っ込み、海保の現有戦力とともに敵を迎え撃つか、決断が迫られていた。

テレビでは、NHKも民放各局も、組閣特別番組の報道を始めていた。新しい総理大臣と官房長官はすでに官邸に入っている。まず財務大臣と外務大臣が、いつものように派閥順送り人事で早々と発表されていたが、肝心の防衛大臣の名前はまだなかった。

昨夜の時点で、何紙かが適当な名前を書き飛ばしていたが、永田町ムラの裏情報では、それらの名前は名簿にないという話だった。

電話をかけていた国上上席調査官が戻ってきて、

「国交省も防衛省も、委員長にご決断いただくしかないとのことです」と坂本に告げた。

「総理の判断じゃダメなの？　あの人なら、ほんの五分もレクチャーすれば状況を飲み込むだろう」

「残念ながら、官邸は今それどころではありません」

「この状況より優先する問題なんてないだろう⁉」

「そうはおっしゃっても、各大臣を決めませんと内閣が発足できません」

「解った。君のアドバイスは？」

「海自の四隻は、このまま大正島沖で待機させます。必要なら後退もさせましょう」

「海保の巡視船を見捨てるのか？」

「いえ。こういう時の戦場心理だと、ミサイル艇の艇長は、必ず敵を仕留めたいと思うものです。どんなにそれが固く禁じられていても。血気にはやる指揮官が必ず現れます。何しろミサイル艇の艇長は皆若いですから。そこに、海上自衛隊の大型艦が乱入したら、誰かが必ず引き金を引くでしょう。海保の皆さんには申し訳ないが、海自の護衛艦は高価で貴重です。彼らはそのミサイルを撃墜できるかもしれませんが、リスクは最小に留めるべきです。もし巡視船が交戦の意志を見せなければ、彼らは王《ワン》少将の命令に従うでしょう。犠牲を払わずに済む」

「犠牲を払わずに上陸作戦を継続できるということだぞ」

「はい。やむを得ません。ミサイル艇を攻撃するとなると、これはもう領海警備ではなく戦争です。その判断は、われわれにはできません。総理と国会全体でお決めいただくことです」

「もし巡視船艇がミサイル艇から攻撃を受けたら？」

「自分は、その可能性はないと判断しますが、その時は、護衛艦を突っ込ませて報復しましょう。

ミサイル艇部隊の訓練にも相当の監視能力を割きましたが、彼らがもっぱら訓練に時間を割いたのは、ゾディアックボートの展開と収容であって、ミサイルを用いた攻撃訓練ではありませんでした」

「解った。護衛艦部隊は、魚釣島から水平線の若干向こうで待機させてくれ」

その三〇分後、紅稗型ミサイル艇（二二〇トン）一二隻が整然と領海侵犯してきた。巡視船団は、それを島の五キロほど沖合に展開して見守った。

そのミサイル艇部隊は、中国にしては珍しく西側の最新のデザインを採用し、ウェーブピアサー型の優美な三胴船の船体を持っていた。艦首に三〇ミリのバルカン砲、後部に艦対艦ミサイルを備える。

彼らは、デッキに二隻のゾディアックボートを搭載していた。海岸から一キロほどに接近すると、その物資と兵士を満載したゾディアックを次々と降ろし始める。そして島に兵と荷物を陸揚げしたゾディアックは、そのまま西へと針路を取り、溺者救助へと向かった。

一二隻全てが、ゾディアックを発進させ、それが船着き場に上陸を終えるまで四〇分ほど要した。その間、海保の巡視船艇は微動だにせず、その作業を見守るしかなかった。

午前一一時半。すでに閣僚の三分の二が発表されていたが、まだ防衛大臣の発表はなかった。おそらく、この有事に相応しい人物の選定に時間を喰っているのだろう。しばらく総理が兼務という事態もあり得るだろう、と坂本は思い始めていた。

一二時前、尖閣の状況は落ち着きつつあった。中国人の上陸作戦はほぼ完了していた。ヘリから数えた感じでは、最終的に二〇〇名あまりが船着

き場から上陸したものと見られた。

一二時、官房副長官から電話が入った。坂本と、二人の調査官を指名して、ブリーフィングのために官邸まで来てくれとのことだった。三階の正門ではなく、一階の西通用門に車をつけるように指示された。

総理官邸一階には、プレスや広報関係者の部屋がある。だが、坂本はテレビには絶対に出ないし、馴染みの記者もそう多くない。彼が派閥の重鎮だということを知っている記者はごく僅かだ。

まあ気付かれることはないだろうと、坂本は二人とともに、自分の公用車で官邸に向かった。

新総理大臣、石橋繁《いしばししげる》は、最後まで残しておいた閣僚名簿に視線を落とした。不審を招かぬよう、防衛大臣の他に農林水産大臣と国家公安委員長を残しておいた。

官邸五階の執務室のテレビには、国交省から流れてくる尖閣のライブ映像が映し出されていた。

坂本の到着を待つ間、事務所から持参したチャーチルのレリーフを自ら壁に飾った。下に英文がエッチングされていた。

In war : resolution.
In defeat : defiance.
In victory : magnanimity.
In peace : goodwill.

戦争に於いて決断、
敗北に於いて抵抗、
勝利に於いて雅量、
平和に於いて親善——。

そう書かれている。政権発足早々、チャーチルの業績を思い出す羽目になろうとは思いも寄らぬことだった。

　彼はそれを、執務卓から顔を上げた瞬間に見える場所に掲げた。そしてもう一つ、大事なものを執務卓の上に置いた。航空自衛隊のＦ‐２戦闘機の模型だった。自分で色を塗り、自分でデカールを貼った。完成した時、抱いた気持ちは、「実機と同様、今ひとつの出来だな……」というものだった。

「確か、国産の戦闘機ですね。お好きなのですか？」

　官房副長官、すなわち事務方のトップを務める後大寺《ごだいじ》瑛泰《あきひろ》が、そのプラモデルに目を留めて尋ねた。

「好きかって？　とんでもない。ガラクタ戦闘機だよ、ただの」

　石橋は、嘲笑するように言った。

「防衛族議員として、選定時からこのＦ‐２戦闘機に携わった。乗ったこともあるよ。この複座型に乗って、確か七Ｇだったかな、体験させてもらった。でも配備途中で生産を中止させたんだ、この私自身がね」

「戦闘機のことはよく存じませんが、欠陥機とかですか？」

「いやぁ。まあ何と言えばいいか、いろいろと開発には無理があった。あれもこれもできるつもりでいたが、完成したものは、何一つ要求を満たさなかった。今は、レーダー周りを改修して、やっと使える戦闘機になった……ことになっている。世間的にはね。私はこれを、防衛装備計画の戒めとして記憶するために、自分の机に置いている」

「じゃあ、今でも使い物にならない戦闘機が配備されていると？」

「まあ、その辺りは言わぬが花さ。自衛隊の欠陥兵器を数え上げたらきりがない。どうせこの国は戦争はしないんだ。兵器なんて虚仮威《こけおど》しのお飾りで構わない」

「それも今日で終わりますかな……」

「日本の平和が終わるか、私の政権が文字通りの三日天下で終わるかだな」

坂本と、二人の調査官が到着したので、執務室に招き入れた。坂本と石橋は、二人とも二〇年近く国会に籍を置いていたが、言葉を交わしたことはなかった。二人とも中国地方が選挙区だが、ほとんど接点がなかった。

「ご就任、おめでとうございます。何だか面映《おもは》ゆいですな。政権を降りたばかりなのに、官邸に呼ばれるなんて」

石橋は、応接セットに座るよう手招きし、自分も立ち上がって移動した。後大寺が、モニターを応接セットに向けるよう国上らに指示した。国上と楠木が、その大型モニターの向きを移動させた。

「今日までご苦労さまでした。報告は受けています。惨事としか言いようがない状況に陥り、残念です。貴方はよくやってくださった」

「恐縮ですが、こうなったのはわれわれの責任です。しばらく前に、中国海軍の指揮官がこちらの巡視船に乗り込んできて、軽いジャブの応酬がありました。その会話の記録があります」

楠木がテーブルにそのコピー用紙を置いた。

「ほう。やはり王洪波《ホンボ》でしたか……。彼のことはよく知っている」

総理はそのペーパーに視線を落としながら苦笑した。

「彼は公安の尾行を引き連れて、議員会館の私の部屋にちょくちょく来てました。例の尖閣事件の時も、真っ先に乗り込んでくるものだから、駐在武官としての厳重抗議かと思いきや、こんな腰砕けで情けない対応をする日本政府はけしからん！　と憤慨するんですよ。切れ者だが、出世するようなタイプには見えなかったなぁ」

「防衛大臣がまだ決まらない様子ですが、総理がしばらく兼任という理解でよろしいですか？」

「いやいや、そういうつもりはありません。ただ、うちの党には適任者がいないものですから」

「ご冗談を。おたくの防衛族議員は皆さんベテラン揃いじゃないですか。うちの防衛族議員なんざ、北朝鮮がミサイル実験した程度のことで『反撃はできないのか？』と堂々と国会で質問するような、タカ派ならぬバカ派揃いですから」

「ああ、うちの防衛族議員も似たようなものですよ。未だに、防衛費が右肩上がりで増え続けた冷戦時代の栄光が忘れられず、防衛費は別腹、青天井で増えて当然だとほざく。ああいう連中は始末に負えませんな」

坂本も同意して深々と頷いた。

総理は、ふと思いついたように、「私がまだ報されていない情報はある？」と国上に質した。

「はい、〈小隊名簿〉にも秘密で進行中の作戦があります。……〈ロメオ作戦〉です」

「〈ロメオ作戦〉⁉……」

総理は呻くように言って、絶句した。

「言うまでもなく、総理ご自身が、防衛大臣時代に策定を命じた作戦です」

「あの〝ろくでもない作戦〟か……。身動きが取れなくなるよ。退路を断たれたらどうする？」

「覚悟の上です」

「部隊はどこ？　特殊作戦群？」

「いえ。海自のＳＢＵです」

「私が防衛大臣なら絶対に許可しなかった。リスクが大きすぎる。〈ロメオ作戦〉でしなきゃならないことは、今はもう米軍の無人偵察機で間に合うでしょう」

石橋は苛立たしげに立ち上がると、チャーチルのレリーフの下に立ち、坂本にそのレリーフを指し示した。

「坂本さん、チャーチルはお好きですか？」

「生憎ですが、総理。自分は国際政治も防衛問題もずぶの素人です。さして関心があるわけでもない。委員長職に就いて、だいぶ鍛えられたと思いますけどね。少なくとも、戦車と歩兵戦闘車の区別は付くようになりました。コブラとロングボウ・アパッチも見分けられる」

「ええ、軍事の世界は迷宮ですよ。政治家に、最新の量子力学を身につけろと迫るようなものだ。チャーチルは、いざヒットラーが本性を現すまで、戦争バカと蔑まれた。だが彼は、自分の任務をやり遂げた。私もそうでありたいと思っています」

「まさに、この非常時に貴方が総理に指名されたのは天命でしょう」

「では、貴方自身の天命も受け入れてくださいますね？　防衛大臣をお願いしたい」

「はあ……？」

坂本は、彼が何を言っているのか一瞬理解できなかった。

「防衛大臣です。防衛大臣を、貴方にお願いしたいんです」

「ご冗談を。私は下野した身の上ですよ」

「何か問題でも？　日系アメリカ人のノーマン・ミネタは民主党員で、クリントン政権で商務長官を務めたが、共和党のブッシュ政権発足後、その手腕を買われて運輸長官に抜擢《ばってき》された。貴方の政権だって、つい昨日まで口汚く罵っていた野党の人間を財務官僚のご機嫌取りのために大臣に登用したじゃないですか？」

「私が任命したわけではありません。あんなのは邪道ですよ。それに、党の了解が得られるとも思えない」

「ご心配なく。貴方が車に乗って移動している間に、派閥のボス、党首に直接電話をし、国家の一大事だからと快諾を得ました。貴方は、この問題の経緯に関して私より詳しい」

「お言葉ですが、総理。私は素人です。貴方のような軍事の専門家じゃない」

「それが大事なことなんです。貴方は自分の判断で自衛隊を突っ込ませるような無茶はしないでしょう。少なくともバカ派じゃない。彼らとは一線を画して委員会を纏《まと》めてきた実績もある。ここは男子の本懐として、引き受けていただくしかない。それが国家のためです。速やかに皇居に向かい、認証式に臨んでください。貴方が最後だ。私がご一緒してもいい。二人の調査官も、防衛大臣秘書官として横滑りしていただきます」

「外堀《そとぼり》は埋めたということですね。さすが戦略家だ。モーニングを手配しないと……」

「ご心配いりません。今朝から車のトランクに積んであります」

　国上がしれっとして言った。坂本はきょとんとして「どういうこと？」と呟いた。

「まあ、調査官には、先見の明があるということですよ」

　総理は意味ありげに言った。

「地下の危機管理センターを開くことになります。二人はいったん参議院に戻って、委員会室に詰めている連中をそっくり官邸に連れてきてください。官房副長官はその手配を。記者連中にはしばらく知られたくない。例の地下道を開けてください」

「直ちに――」

　と官房副長官が応じて全員を促した。坂本は外に出るなり、「何がどうなっているの？」と国上に聞いた。

「総理はなかなかのやり手だということです。それでいいじゃないですか」

「これは災難なのか？　それとも本当に男子の本懐なのかね？」

「男子の本懐と言えるよう頑張りましょう」

西通用口で、坂本は自分の公用車のトランクを開けた。紛れもない、自分のモーニングの上下がちゃんと入っていた。それを持って後部座席に乗り込んだ。

国上と楠木は、参議院から別の公用車が迎えにくるのを通用口でしばらく待たねばならなかった。

「思い出しましたよ、先輩。自分が先輩に付いた頃、一〇年くらい前かな、航空観閲式で百里《ひゃくり》基地に行った時、石橋議員と先輩が楽しそうに談笑していたのを見ました」

「彼とは初当選以来二〇年以上の付き合いになる」

「でも、あっちは衆議院でしょう？」

「選挙に落ちて、衆議院と参議院を渡り歩く議員は少なくない。坂本さんもその一人だ。だから、衆議院でも、これはと見込んだ政治家とは知り合いになっておくことだよ。ここだけの話だぞ。われわれは黒子だ。表に出てはいけない。手柄は政治家のものだ」

坂本が、記者会見も開かずに皇居に向かった頃、官房長官が官邸でその人事を発表していた。記者団からは驚きを以てその名前が受け止められた。

防衛族でも、国際政治の専門家でもない野党の人材がどうして防衛大臣就任を請われたのか質問が殺到したが、官房長官は、これは総理のご意向であるが、諸々前政権時代から引き継いだ防衛案件もあり、とりわけ参議院の委員長として、委員会を捌く力量に感銘を受けたことが理由だろうと躱《かわ》した。

尖閣で一大海戦が繰り広げられていることは、まだ誰も嗅ぎつけていなかった。

坂本が皇居での認証式に向かっている間に、国上は外務省の飯倉公館《いいくらこうかん》へと向かっていた。研修で使う小会議室で、中田審議官が一人で暗号の解読作業に没頭していた。

「進捗状況はいかがですか?」と、テーブルに広げたコピー用紙を舐めるような姿勢で読み込む中田に尋ねた。

「努力するとは言ってみたものの、我ながらちと安請け合いしすぎたようだ。本来なら、数人がかりで半年はかかる作業だよ。そちらの状況はどうだね?」

「踏み留まってはいますが、上陸されるのは時間の問題です。こうして話している間にも、すでにコマンドが島のどこかに取りついているかもしれない」

中田は作業の手を休めると、内線電話でコーヒーを持ってくるよう命じた。そして、溜息を漏らしながら壁際に置かれたソファに腰を降ろすと、目薬を差した。

無精髭が伸びている。おそらく、昨日神保町《じんぼうちょう》からここに直行して、徹夜したのだろう。

「ご無理をお願いして申し訳ありません」

「うん。大阪での、新総理との密会が実を結んだようで良かった。しかし君も無茶をやる。選挙戦のまっただ中に党首にアプローチして、大臣を推薦するなんてな」

「はい、調査官の職務を逸脱したことは承知しています。越権ついでと言っては何ですが、応援は要りませんか? 必要なら、陸自や警視庁からも、中国語の専門家をかき集めますが」

「いや、気が散るだけだ。それに、彼らに、状況を説明する時間ももったいないしな」

コーヒーが運ばれてくると、国上も立ったまま一杯付き合った。

「いくつかのことが解ったよ。彼が一〇年間過ごしたカナダの刑務所長と電話で話し、彼に識字障害があったかどうか尋ねた。刑務所長の話では、収容時、全く英語が喋れなかった彼も、一〇年間勉強して、読み書きに不自由しない程度の語学力を身につけたそうだ。他にやることがなかったとはいえ、あの年齢を考えると、障害どころか驚異的なほどの学習能力だったらしい。それと、大陸のその筋にも接触して、彼の若い時代を知る人間に聞いた話では、犯罪に手を染める前の、十代の頃の彼は、五言絶句の名手だったそうだ。識字障害の傾向は皆無。つまりこの、一見誤字脱字だらけの文章は、暗号を含んでいるからそう見えるだけ、ということになる」

国上は、テーブルに広げられた何枚かのコピー用紙に視線を落とした。一枚の紙の三分の一の文字に赤線が入っている。

「このラインが引かれた部分全てが、暗号文ですか?」

恐ろしい枚数になりそうだった。

「そう。五言絶句と聞いて閃いた。この二〇〇〇枚の自叙伝だが、中におそらく二〇〇枚前後の、全く別の本が丸々一冊隠されている。日本語にすると、四百字詰め原稿用紙で五〇〇枚から六〇〇枚になるかな。ほぼ間違いない、彼は、最初に、自分が本当に書きたかった自叙伝を書いたんだ――五言絶句でね。それは、今、中南海に君臨する現代の皇帝たちの実名が入った暴露本だったはずだ。それから、カムフラージュのために、どうでもいい内容の膨大な枚数の自叙伝を書いた。そして、五言絶句をそこに隠した。問題は、その隠し方だ。彼には、僅かだが、軍歴がある。陸軍の通信部隊だ。だから、基本的な暗号の知識が頭に入っているはずだ。しかも彼は、識字障害を装うことで、それを解読するヒントも残した」

中田は、コーヒーを飲み干すと、ホワイトボードの前に立った。

「かれこれ一〇年前、アメリカ政府を悩ませたスパイ事件を知っているか？　空軍の下級軍曹だったスパイは、識字障害の持ち主で、そのことが、彼が用いていた暗号の解読を難しくさせた。暗号解読の総本山である国家安全保障局《NSA》、ＣＩＡ、ＦＢＩ、国家偵察局《NRO》まで情報機関総がかりで挑んだが、この、普通に文字を書けないはずのスパイが書いた文書の解読には数年を要した。……ある種の識字障害者は、文字を文字としてではなく、イメージとして認識する」

中田はマジックを取り、ホワイトボードに「木、林、森」と書いた。

「これはイメージ暗号の基礎だ。どう読むと思う」

「あいう、もしくは１、２、３。あるいはＡＢＣ」

「その通り。これを暗号の世界ではインデックスと言う。いわば翻訳機みたいなものだ。文字、あるいは単語にそうやってインデックスを割り振っていく。問題は、そのインデックスがいくつあるかだ。一般的なピンイン、つまり中国語におけるアルファベットのインデックスは解読した。だが、フレーズごとにインデックス化されたものもあれば、頻繁に登場する固有名詞はほとんどそのままインデックスになっている。試しに、現主席が登場する最初の行を翻訳してみた。彼が、上海市の衛生局長として赴任し、挨拶に訪れ、賄賂を受け取って帰るシーンから始まる。おどおどして、その金が入った封筒を受け取っていいものかどうか逡巡する様子が、まるで昨日のことのように書かれている」

「日付けが入っていますか？」

「もちろん」

中田は、書き殴ったメモ用紙を捲った。

「一九八九年の一一月三日のことだ」

「それで、脅せませんか？」

「すでに試した。シグナルを送ったよ。中南海に確実に届くようにね。日時と場所、その時彼が受け取った賄賂の金額まで書いたメッセージだ。反応があるかどうかは解らんが、期待せずに待ってくれ。向こうは、帰国した彼を処刑した時点で、その程度の古傷が暴露されることは想定済みのはずだから」

「反応があることを祈りましょう。審議官がここに潜んでいることはしばらく秘密にしましょう。警視庁に依頼して、警備も厚くしてください。戦争を防ぐ切り札になるかもしれない」

「了解した。どこかの時点で、官邸にも顔を出すよ。ま、新総理に歓迎してもらえるのなら、だが」

「お任せください。根回ししておきますので」

国上は「進展があったらご連絡をお願いします」と告げて飯倉公館を辞した。せめて一ヶ月あれば……、と思った。その情報量を考えると、一日二日でどうなるというものではない。もっと早くに中田と連絡を取るべきだった。


坂本は、皇居での認証式が終わると、市ケ谷の防衛省へと直行し、省内に入る前に、陸上自衛隊儀仗《ぎじょう》隊《たい》の栄誉礼を受けた。上の空だった。それから大臣室で背広に着替えて、引継書にサインする。前大臣が落選のショックで倒れて入院しているので、前任者の欄は空白だった。

取材のカメラが、その前任者不在の様子をカメラに収めている。平静を装うために誰へともなく「これ、公文書として成立するの？」と呟くと、立ち会った事務次官の早坂雄樹《はやさかゆうき》が、「職員がこれをもって速やかに選挙区に飛び、ご本人のサインを頂戴します」と応じた。

セレモニーが終わり、記者団が追い出されると、坂本は事務次官に「私はどこにいればいいんですか？　中央指揮所？　それとも官邸？」と訊いた。

「大臣には官邸に向かっていただきます。海保との調整がまだ必要なので。初閣議に向かうふりをして官邸に入ってください」

「了解しました。ああ、もったいないことをしたなあ……」

と坂本は溜息を漏らした。

「さっきの栄誉礼、尖閣のことで頭が一杯で、上の空だった。あんな晴れ舞台、もう二度とないのに」

「ご安心を。八月には、富士の裾野で総合火力演習。その後も陸海空持ち回りの観閲式が毎年ありますし、外国の要人が来日することもある。大臣として栄誉礼を受ける場面はまだまだありますよ」

「それまで政権が持てばいいが。では、官邸に向かいましょう」

楠木と国上らは、参議院で荷物を纏めると、地下道を歩いて、総理官邸から道路一本隔てた内閣府まで辿り着いた。資料を山積みしたカートを押しての移動だった。そこから、官邸の二階へと通じる動く歩道付きのトンネルに入り、記者に目撃されることなく、地下の官邸危機管理センターへと移動した。

いよいよ政治が動き出す。それも、この手の問題を処理するに最も優れた資質を持つ男が総理大臣として指揮を執るのだ。それを間近に目撃できることに、楠木はわくわくしていた。
一時的に敵の上陸を許してしまったが、これで反撃態勢が整う。

両棲偵捜大隊第一中隊を率いる譚立斌《タンリィピイン》海軍中佐は、島の南側に誰よりも早く上陸した人間だった。彼は、上陸地点で五星紅旗を掲げるような真似はしなかった。日本側がどんな行動に出るか予測できなかったので、ボンベを捨てていち早く山中に入ると、船着き場へ向かうために、急斜面の山越えに入った。

この作戦では山登りは必須と心得、フロッグマンでありながら、珠穆朗瑪《チュムウランマ》（エベレスト）登頂経験のある登山家から特別な手ほどきを受け、山登りの訓練もしてきた。それが今役に立っていた。

何の装備もなく、彼は、初見で高さ二四〇メートルの鞍部を登り、島の北西へと抜けた。そこから先は、なだらかな斜面の下りだった。しかも山羊の食害で視界も開けている。

ミサイル艇部隊が運んできた最後の上陸部隊の作戦が完了する昼過ぎには、船着き場で彼らを出迎えていた。

第二陣は無事に上陸できたが、第一陣の上陸成功率は酷いものだった。五割にも届かない。四割を僅かに超える程度で、他は潮に流されたと見るしかなかった。

沖合を見ると、ミサイル艇と巡視船が入り乱れている。だが、身動きが取れないという感じはない。互いに距離を取り合っている様子が窺えた。

事実上、日本は白旗を掲げたのだろう。

両棲偵捜大隊第二中隊を率いる韓立城《ハンリィチラン》海軍中佐が上陸してきた時にはほっとした。これで上陸占領部隊としての態勢が完全に整った。

「無事で何よりだ、韓中佐」

譚中佐は、士官学校時代からのライバルである同僚を藪の中に誘いながら出迎えた。中腰で、常に周囲に注意を配った。ここでは、すでに上陸していて、自分らを待ち構えている敵がどこかに潜んでいるものとして行動する必要があった。

「第一波は相当手酷くやられたようだな」

「ああ、覚悟はしていたが、凄まじい攻撃だった。せめて無事に救助されることを祈りたい。早速だが、渓流沿いに降りてきた。ここには補給受け入れのための少人数の部隊を残し、川沿いに三〇〇メートルほど遡った地点に指揮所を設けよう。暗くなる前に、四方へ斥候を出してくれ。遅かれ早かれ、自衛隊は斥候を上陸させてくるだろう。捕虜を確保できれば有利に立てる」

「うん。砲撃による全滅を回避するため、部隊はなるべく小さく分けて配置しよう。一時間で配置を終える。陣地構築し、タコツボを掘り、晩飯は山羊の丸焼きだな。食料調達のために、実は猟師を連れて来た。狩りから解体までやってのける。鮮やかなもんだぞ」

「貴様は気楽でいいな。俺は山登りの訓練までやったというのに」

「お前の部隊は水中偵察が主任務。俺の部隊は、上陸した後の陸上偵察が主任務だからな。山登りは基本技量だ。あとは寝てて構わないぞ。敵の気配はあるか？」

「さあ、どうかな。見られている感じがしないでもないが、緊張しているせいかもしれん」

「敵がいるのに仕掛けてこないのなら、たいした人数はいないということだ。心配は要らん」

「日本がどう出るか解らない。少人数での移動は避けよう。偵察は必ず分隊規模で移動だ。暗くなってからは極力動かない。今は戦力の温存が最優先だ」

「うん。あらゆる状況を想定して訓練してきた。一つ一つ着実にこなそう。川はちゃんと流れているのか？」

「ああ、水量は十分ある。そこいら中に山羊がいるから、台風シーズンが終わる秋まで水も食料も十分持つだろう。兵士は皆若いし、持久に問題はない」

韓中佐は、藪の隙間から山側を見やった。こんなに小さい島なのに、三〇〇メートルを超える山がある。まるで古代の恐竜でも潜んでいそうな不気味な気配がある。

「まずは頂上に見張りを置き、島の南側を監視しよう。それから東端。兵が足りないから配置を若干見直す必要がある。通信基地を開設し……、やることが山ほどあるな」

「そういうことだ。時間はあっという間に過ぎるぞ」


二人は、小隊を率いる部下たちを呼び、欠けた部隊の任務を割り振った。島の中を捜索しつつ、基地設営を急がねばならなかった。

海側を見ていた兵士が、突然歓声を上げた。顔を上げると、船着き場の近くに、高さ一〇メートルほどの旗竿が立っていた。わざわざ伸縮式の旗竿を持参したのだ。そこに五星紅旗がひるがえっていた。

海上からその写真が撮られ、明日か明後日の新聞紙面を飾ることになるだろう。人民が熱狂する様子が目に浮かんだ。


その赤い旗を、海上自衛隊SBUの隊員三人も、西尾根の尾瀧渓《おたきだに》付近の陣地から見下ろしていた。直線距離にして、船着き場まで五〇〇メートルほどだった。

陣地といっても、穴を掘ったわけではない。自然の木々を利用し、ギリースーツを被ってカムフラージュしただけだ。その下から双眼鏡や狙撃銃の望遠スコープで監視している。

内倉は、ギリースーツを小枝に引っかけ、その下でメモを取っていた。上陸した兵士の人数や装備を、時間経過と共に書き留める。

それを後でパソコンに打ち込み、暗号電文にし、圧縮した上で、衛星にアップロードするのだ。慌てる必要はなかった。監視は海上からも、たぶん空からも行われている。

自分らの報告が最優先するということはない。自分たちがここにいるのは、言ってみれば主権の主張のためだ。ここに日本の法執行機関の一つである自衛隊の隊員が存在しているという事実が重みを持つのだ。

昨夜は眠れなかった。一時間ほどうとうとしたが、いつものように悪夢に魘《うな》された。娘の夢だ。

最後に娘の顔を見てから半年経つ。離婚協議とかいう、よく解らない手続きが進んでいた。向こうの弁護士が時々、「貴方ご自身の考えは?」と尋ねてくるが、何だか他人事のように思えてならなかった。

自分に責任があることは解っていたが、どうしようもなかった。自分にはそんな資質も資格もない。そもそも所帯を持つなんて考えたこと自体がどうかしていたのだと思うようになった。

娘が遠くに行ってしまうのは残念だが、最初からそんなものには縁がなかったのだと考えれば、少しは気も楽になる。

「分隊長、しばらく休みませんか?」

松の木を挟んで山側を見張る三上幸雄三曹が、首だけ回してそう囁いた。

「どうかしたか?」

「分隊長、全然寝ていないでしょう?」

「ここは戦場だ。そんな余裕はないだろう。それに、この後もまだ人数が増えるかもしれん」

「どのくらい上陸しました？」

「カウントできたのは、一八二名だ。船着き場以外から上陸した戦力をその二割と見積もると、二二〇名前後だろうな」

「結構な数ですね。ローラー作戦で捜索ができる」

「敵は当然、俺たちがいることを前提に行動するだろう。ツーマン・ルールを徹底し、最低八名の分隊規模で行動する。半分は基地設営と本部管理要員として、一〇〇名を八で割ると一二個の分隊ができる。そのうち、島の東西南北を監視するチームが必要になるだろうから、ここから五チームを抜くと、実際に偵察行動に出られるのは七チームだ。まあ、島全部を捜索するには最低三日はかかるだろうな」

「でもここは船着き場に近いから、早めに捜索が来ますよね？」

「それは間違いない。交戦の覚悟はしといた方がいいだろう」

「何か良いニュースはないですか？」

「あるぞ。二つある。一つは、味方の護衛艦隊は、遅くとも明日の朝には、この沖合を埋めるだろうということ。もう一つ。低気圧が近づいていて、今夜から雨だ。敵も当然身動きが取れなくなる。われわれの秘匿性も向上する。わざわざ危険を冒して水辺へ出なくても、水を補給できる」

「なんだか俺、一時間も保たないような不安があるんですよ。あの圧倒的な数を目《ま》の当《あ》たりにすると」

「存分に暴れ回ってやるさ。交戦許可さえあればな」

「はあ……。俺はまだ独身ですよ」

「付き合っている女でもいるのか？　なんで志願した？　今回の警戒任務は、本番になる可能性が八〇パーセント以上だと、部隊長から念押しされただろう？」

「だって、名前がローテーションに入っていたじゃないですか。そういうの、断れないでしょう。うちの部隊で」

「まあ、怖じ気づいたと判断されて考課には響くだろうが、それだけのことだ。部隊を出ても自衛隊には留まれるだろう」

「一生後ろ指をさされてですか？　あいつは本番を前に逃げ出したと言われるのは癪《しゃく》です。分隊長だって……。どうして三陸沖に留まったんですか？　みんな言ってますよ。あの人は、三陸の任務で壊れたと」

「わからんなぁ……。正直、自分でもわからんよ。だが、逃げ出せなかった。もう限界だと言える雰囲気になかった。けどそれは、部隊に対してじゃない。犠牲者に対しての思いだ」

「どうかしてますよ。そこにあるかどうかも解らない死体を探すために、何ヶ月も何ヶ月もひたすら潜り続けるなんて、自衛官の本分を超えている。俺たちはスーパーマンじゃない。家庭を壊してまでやらなきゃならない任務なんて馬鹿げている。戦争でもないのに」

「あれは戦争だったよ。紛れもない、戦争だった……」

弾が飛び交うことのない戦争だった。その感覚は、あの凄惨な戦場に行った者にしか理解できないだろう、と内倉は思った。

「俺は、この任務が終わったら、辞めます。民間は不況で、再就職口もないからと頑張ってきましたけどね、独りもんですから、何とかしますよ」

「お前は、八年自衛隊にいるんだっけ？　まあ十分だよな。三〇歳手前で娑婆《しゃば》に戻ればまだ別な人生設計もできるだろう。俺はどうするか、正直考えてもいないな。別に部隊に執着する気はないが」

突然、麓からスピーカーを通した音楽が流れてきた。ラッパのソロで始まる、中国の国歌だ。双眼鏡を向けると、荷揚げに当たっていた兵士らが作業の手を休めて、ポールに掲げた国旗に敬礼している様子が見て取れた。

ああ、これぞ中国だ！　と内倉は思った。こんな前近代的な集団主義国家が、経済大国として世界経済の生殺与奪《せいさつよだつ》を握ろうとしている。世界はもはや暗黒時代にまっしぐらだ。

「なあ、三上。こういう光景を見るとさ、俺はこの星の自由社会を守るためなら、喜んで奴らと刺し違えて死のうと思えてくるよ」

「俺と山岸を巻き込まないでくださいよ。それに、海自がドンパチをおっ始《ぱじ》めるかも解らないし」

「そうだな。政治のことはよく解らんが、そう単純にはいかんだろうな」

離れた場所で警戒していた山岸三曹が合図のクリック音を鳴らしてから、まるで亀のような速度で、匍匐前進《ほふくぜんしん》し、近づいてきた。

山岸は、二人のそばで腹ばいになったまま、「新しい防衛大臣が決まりました」と報告した。彼はラジオをモニターしていたのだ。

「参議院の野党議員で、昨日まで、外交防衛委員会の委員長をやっていた人らしいです」

「へぇ。野党から一本釣りか。珍しいな。まあ、今度の総理は、軍事オタクで通っているから、防衛大臣はただのお飾りだろう。誰がなっても一緒だ」

国歌斉唱が終わると、今度は軍歌らしい勇ましい調子の音楽が流れ始めた。だが、やがて気付いたが、このスピーカーは、陸側ではなく、海側に向けてあった。おそらく、巡視船にアピールするのが目的だろうと思われた。

内倉は、それをメモした。防衛大臣が誰になろうと大して関心はないが、政治の責任体制がはっきりするのはいいことだ。これで後は、総理大臣がどうやって防衛出動待機命令、そして防衛出動命令を出すかだろう。

ここから先は、中国と、そしてアメリカも交えてのチキン・ゲームになる。中国はおそらく引かないだろう。中国の体面を保ちつつ、ここから兵隊を撤退させるアイディアをアメリカが思いつかなければ、このまま戦争に突入するしかない。

もし味方の艦砲射撃が始まるようなら、その前にこちらの精確な位置を味方に報せておく必要があるだろうと内倉は思った。

総理官邸地階にある官邸危機管理センターには、中二階構造の小会議室が設けられている。危機管理センターは、本当の危機状態に陥ると、電話のベルが鳴り響き、怒号が飛び交い、ファックスのプリンターが途切れることなく紙を吐き出し続け、とても会議などできる雰囲気ではなくなる。

そんな有事の際に、関係閣僚らが静かな環境で会話ができるよう、この小会議室があるのだ。

上座に石橋総理が座り、その斜め向かいに坂本が座る形で、最初の会議が開かれた。まだ閣僚で事態の進行を知っている者は極少数で、官房長官と外務大臣が臨席するのみだった。

総理には安全保障会議を招集する意志もない様子だった。閣僚とはいえ、素人連中が雁首《がんくび》を揃えた場で話をすること自体が時間の無駄だという認識だった。

「ずっと気になっていたんだけど、〈ケ号作戦〉

って、もしやキスカ撤退作戦にあやかったの？」

「おっしゃる通りです」と国上が答えた。

「国上さん、その気持ちは解るけれど、ガダルカナル撤退作戦も〈ケ号作戦〉なんだよ。奇跡のキスカは『乾坤一擲《けんこんいってき》』から取ったと言われている。ガ島は『捲土重来《けんどちょうらい》』からかな。まあ、ガ島の撤退作戦も一応は成功したけどさ。――艦隊は今どこに？」

海上幕僚監部から派遣された海将補が身を乗り出し、テーブル上の海図に赤マジックで印を付けた。

「三〇分前、〈ケ号作戦〉の参加艦艇一二隻が、宮古海峡を通過しました。夕刻までには、尖閣諸島に到着します。ただし、宮古海峡を移動する際、中国の偽装スパイ船と遭遇し、目撃されております。第七艦隊は、残念ながらまだ宮古海峡の東南海域一二〇キロ地点に留まっております」

「空母〝遼寧〟は？　いや、あれが空母としては役立たずの鉄くずだということは知っているけどさ」

「はい。無線封止で南下中のようですが、米軍から情報は得ております。おそらくこの辺りかと。到着は最短でも明日の朝。ただ、こちらは上海方面からの増援部隊も合流するので、最終的に何隻くらいの艦隊になるかは不明です。最低でもフリゲイト以上、三〇隻ほどになると見積もっておりますが」

「わが方の本土からの増援艦隊はいつになる？」

「二個護衛隊群が現在五月雨《さみだれ》式《しき》に出港中でありますが、艦隊として尖閣沖に集結できるのは、明日の昼以降になります」

「総理、統幕議長として、〈プロトコルA〉の発動を強く進言します。時間が経過するごとに、この作戦は困難になります。夕刻、艦隊到着と同時に上陸作戦を開始することが望まれます」

統幕長の榎原《えのはら》務《つとむ》海将が、〈プロトコルＡ〉と題した薄いファイルを開いて総理の前に提出した。

そこには、〈プロトコルＡ〉の参加戦力一覧が箇条書きされていた。石橋総理は、それを一瞥《いちべつ》して苦笑いした。

「榎原さん、昔からこれに入れ込んでいたよね」

「元は総理ご自身の御発案です」

「いやぁ、あれはまあ、ただの素人のアイディアだよ。〈ロメオ作戦〉に〈プロトコルＡ〉、何だか自分の分身に追い立てられている感じがするな」

「我が身を助くですよ、総理」と統幕長が穏やかに言った。

「総理、どうしてオペレーションでなく、プロトコルなんですか？　国上さんもご存じないそうなのですが」

坂本が総理に尋ねた。誰もそう名付けられた理由を知らなかったのだ。

「たいした理由はないんです」

と総理はばつが悪そうな顔で言った。

「作戦《オペレーション》とすると、軍事作戦だということがバレバレでしょう。だからわざと、外交儀礼の手順書《プロトコル》を装ったわけです。尖閣を奪還するための手順、という意味もありますが。榎原さん、あの頃、冗談交じりに検討した時、曲射砲の類だと、魚釣島の高い山が邪魔になって、船着き場方向を野砲で狙えないという話になったと記憶しているけど？」

「それはですね……」

と陸自の幕僚が身を乗り出した。

「山肌の南側は、ＦＨ70の一五五ミリ榴弾砲《りゅうだんほう》で潰せます。山の向こう側もＦＨ70に仰角《ぎょうかく》を持たせることで十分狙えますが、コストパフォーマンスからいえば、やはり一二〇ミリＲＴによる攻撃が最適かと」

「一二〇ミリRTでは、射程距離が足りないでしょう。陸自はRAP弾の数はあるの？」

「いくらかは。それに、海自による艦砲射撃の援護も得られるという前提になっております」

坂本は一二〇ミリRTが迫撃砲だということは知っていたが、RAP弾が、迫撃砲弾にロケットを装着した射程延伸弾（ロケット補助推進弾《RAP》）だということは理解できなかった。

「防衛大臣はご意見ありますか？」

「意見というか疑問です。そもそも、〈プロトコルA〉の目的は何ですか？　作戦概要には、肝心の目的が書いてありません。おそらくそれも情報漏れに備えてのカムフラージュだと思いますが」

「ええ、その通りです。全ては、私が初めて防衛庁長官を務めた時の計画です」

石橋は、昔を懐かしむような口調で説明した。

「かつてのわれわれは、ある朝、目が覚めたら中国軍が魚釣島を占拠している……という事態を恐れていました。まさに今日のような。そこで、部内研究という形で、三部隊に対処計画を練らせた。それが一つの形となったのが〈プロトコルA〉です。Aは、仮ですが北小島・南小島を指します。中国が占領した後、外交交渉が長引き、かといって戦うわけにもいかず、八方塞がりに陥る状況が推測された。そうなる前に、尖閣諸島のどこかの島に自衛隊を上陸させておけば、われわれは尖閣全体を失わないですむ。実弾を撃つことなく、魚釣島と海峡を挟んで中国と対峙し続けられるのです。そうやって日本の権益を確保して時間を稼ぎ、外交交渉を進めようという作戦です。当時は、それだけの戦力を一気に尖閣まで運ぶ船がなかった。だが今は、われわれは十分な揚陸戦力を持っている。現に、輸送艦〝おおすみ〟と〝くにさき〟の二隻が、〈ケ号作戦〉に参加している。その船には、習志野《ならしの》の空挺二個中隊と、野砲部隊が乗っているわけです。それを島に運ぶ大型ヘリは、護衛艦〝ひゅうが〟に載っている。空挺団なんて、よくこっそりと移動できたもんだ。どうやったの？」

「たまたまですが、東富士演習場での訓練が入っておりました。小部隊が東富士に残り、実際に今日も偽装訓練を行っております」

と陸自幕僚が誇らしげに報告した。

「これ、実際に発動するとなると、防衛出動待機命令が必要だと思うけれど、法解釈面の検討はしたの？」

「率直なところ、領海警備行動の延長と捉えるにはかなり無理があります。かような状況ならば、国民の理解は得られるものと判断しますが、内閣法制局のお墨付きが欲しいところではあります」

と統幕長が官房副長官に軽く頭を下げた。石橋はしばらく押し黙って考えてから口を開いた。

「米大使館のナイさんは、まだ日本にいるの？」

「はい。本件でも情報連絡は密に取っております。〈プロトコルA〉のことも承知しておられます。特に意見は聞いておりませんが」

と国上が答えた。

「まあ、あの人はちょっと奥ゆかしいところがあるからな。自分の意見は滅多に言わない。……いったん、この部隊を上陸させたら、撤退できないことは解っているよね？」

「だからこそ、中国に対してわれわれの明確な意志を伝えられます」と統幕長。

「それはそうだけど、中国兵の上陸が始まったのは今朝方なのに、夕方には砲兵部隊を向かいの島に上陸させるのは、時間的におかしくない？　本来ならどう考えても二日三日はかかる作戦なのに。まるでわれわれが、それを知っていて備えていて、わざと敵に引き金を引かせたようにも見える」

「この状況に鑑《かんが》みますと、中国や第三国からどう見られようと構っていられるような事態ではないかと判断しますが」

と陸自幕僚。

「外務省はいい顔しないよ……」

石橋は、嘲《あざけ》るように言った。この場に外交官はいなかった。

「元はと言えば、二〇一〇年の尖閣事件の時に、政権憎さのあまり、早々とホールドアップして放置プレイを演じた外務省のバカどもが招いた事態だけどね……」

石橋は、軽い溜息を漏らして続けた。

「すまないが、この件は数時間、もしくは明日の朝まで保留《ペンディング》しよう。米側の意見を聞かなきゃならない。最終的に日米安保の発動を要請するとなると、私の判断だけでは突っ走れないだろう。輸送艦は安全な場所に留まり、防空と対潜活動を密に行ってくれ。中国だって、どこかで本気だという意思表示をしてくるだろうからな」

秘書官がドアをノックし、官房副長官にメモを差し入れた。

「台湾からです。台北発のロイター電が至急報を流しました。中国海軍が今朝明け方、日本と係争中の尖閣諸島に正規軍を上陸させ、島の占拠に成功した模様である——。以上」

「始まったな……。官房副長官、官房長官に記者会見してもらってください。短くていい。状況を現在確認中である、と。外務省には、駐日大使を呼んで、しかるべき抗議を行うようにと伝えて。レアースの備蓄は少しは進んだんだろうなぁ……」

最後を、石橋は誰へともなく呟いた。それからは蜂の巣を突《つつ》いたような騒ぎになった。

危機管理センターに降りると、NHKが臨時ニュースのテロップを流している。五分後には、全民放局を含めて、スタジオからの臨時ニュースに切り替わった。だが、情報は全くと言っていいほどなく、中国からの情報ももちろん皆無だった。

坂本は、これから半日、不快なニュースに晒されるだろうことを覚悟した。中国からは、尖閣奪還を誇示するニュースが溢れ、アメリカからは、平和解決を促す煮え切らないメッセージが寄せられるのだ。そして世界中のマーケットが、日中という巨鯨が、狭いプールの中で暴れ回る事態に慄然とすることになるだろう。

第九章

　中南海の〈図書室〉と呼ばれる中米ホットライン・ルームで、通訳の林徳偉《リンドーウェイ》海軍少佐は、その部屋にいた他の全員と同様、CNNテレビのブレイキング・ニュースに見入っていた。もちろん、中国国内では、放送波が妨害されて一般人は見ることはできない。

　CNNが報じるところでは、まだ米政府の反応は出ていなかった。アメリカ東部は、まだ日付がかわったばかりの深夜だった。

　ネット監視ソフトが中国国内で流れているワードを検索してデータをパソコンのモニターに表示している。中国版ツイッターの〝微博《ウェイボー》〟では、CNNが情報を流した一分後には、「釣魚島奪還！」の情報が流れていた。二分後には、CNNのチャンネルは真っ黒になったが、二〇分後には、ネットはもう手が付けられないような状況になった。〝微博〟を流れている八割もの情報が、その釣魚島奪還で支配された。

　つい昼までは、〝微博〟を流れる情報の二割がチベット関係で占められ、公安当局は、その情報を削除する作業に忙殺されていたというのに。

　今回、公安は、外国のテレビ電波を止めはしたが、ネット上の検閲は最低限に留められていた。海外のサイトにアクセスすることも制限はしていなかった。

　席を外していた向《シィアン》孝文《シィアオウェン》陸軍大佐が戻ってくると、全員が一斉に立ち上がり、大佐に注目した。

「中弁公室からの命令は明瞭にして簡潔だ。米国からの緊急なホットラインの呼びかけに全員備えよということだ。ただし、現在その兆候はない。その場合はおそらく、外交筋を通じて一時間前には非公式の通告があるだろうということだ。今日の予定だが、党、及び政府としては、日が暮れるまでは、特に声明の類は出さない。ここだけの話、仮に偶然の結果であったとしても、主席が政治局を纏めなきゃならんことに変わりはない。無論、誰も偶然だなんて信じないだろう。主席は政治局抜きの独断で兵を動かしたことになるが、成功すれば主席の勝ちだ。それで、午後七時かな、外交部が状況に関して短い声明を出すそうだ。まあ、やっちまったってわけだな」

　大佐は、どうなることやら、という顔付きで言った。

「出てくるのは日本ではなく、アメリカ軍になる……」

　誰かが、悪夢だ、と言った。

　林少佐は、急いで行動に移らねばと思った。「大佐、ちょっと……」と目配せし、当番兵の湯鉄《タンティエ》生《シオン》上士にドアを開けさせた。廊下には、いつでも主席を受け入れられるよう、すでに衝立が設けられていた。

　そちらへ移動すると、向大佐が追いかけてきた。

「昨日だっけ？　君は一人で主席の通訳を務めたんだろう？」

「すみません、大佐。そのことは話せないんです。場所は私も知りませんでした。察しは付きましたが……」

「夕方のニュースを覚えているか？」

「昨日のですか？」

「いや、アメリカ東部時間の夕方だ。日曜だというのに、中国は今後とも、ＩＭＦ副専務理事が個人的見解と断った上で、中国は今後とも、最も優良な金融資産である米国債を保有し続けるだろうと声明を出した。変だろう？　日曜の夕方に、ＩＭＦの幹部が個人的見解をわざわざ口にするなんて」

ＩＭＦの副専務理事には、人民銀行副総裁を務めた中国人エリートが就任している。最近、北京で幅を利かせている留美派《リウメイパイ》の有名人で、中国人として国際機関で最も出世した一人だったが、中国政府は、時々、自国の金融政策に関して、彼を通じて非公式に発表することがあった。

「アメリカが国債の叩き売りに怯《ひる》むかどうかは見《み》物《もの》だけどね」

「……一時間ほど外出していいですか？」

「もちろんだ。車が必要なら手配させるぞ」

「お願いします。どうも、やっかい事に巻き込まれてしまったような気がしてならないのですが……」

「自分が歯車になったことを悟ったからには、きちんとギアを回すことが君の務めだ。私服が必要だろう。湯上士に背広を用意させる」

林少佐は、建物の入り口の、彼らが〈クローク〉と呼んでいる管理室で私物を受け取った。私物とは、主に携帯電話のことだ。そこには軍人が中南海の外で私服での要件を片付ける時のため、着替え用の小部屋もある。

林少佐は、そこで湯上士が持って来たぴったりなサイズの地味な背広とズボンに着替えた。その前に、受け取った携帯でメールを一本打った。返事は三分も経たずに返ってきた。

大佐が気を利かせて、車を手配してくれていた。

それに乗って故宮《グーゴン》（紫禁城《しきんじょう》）へと向かう。観光客と同じ料金を払い、かつてスターバックスが入っていたが、愛国運動で撤去された後の紫禁城カフェに入った。コーヒーを飲みながら、スマートフォンで〝微博〟をチェックする。ネットは、釣魚島奪還のニュースで溢れかえっていた。だが政府からの公式発表は何もない。リーク情報らしきものが散見されたが、信憑性は今ひとつだった。

待ち合わせの時間が近づくと、林少佐は、太和《タイヘ》殿《ディエン》の階段へと向かった。すでに相手は先に着いて、観光客を装い、デジカメで風景を撮影していた。だが近づくと、着いたばかりだったらしく、息が切れていた。

「歩きながら話しましょう」

と少佐は、相手を促した。サム・ジェイソン・リーとは、先月、妻の会社の同僚が開いたパーティで知り合ったばかりだ。もう七〇歳近い。三〇年間北京で暮らし、その間、アメリカの新聞社や通信社を特派員として数社渡り歩き、今はフリーランスとして行動している。ニューヨークタイムズに掲載される彼のコラムは欠かさず読んでいた。肩の凝らない中国の文化風俗記事を書く。〈図書室〉での噂では、彼は別名で中南海の際どいパワーゲームに関する記事も書いているということになっていた。

「何が起こっているんだね？」

とジャンパー姿のリーは、並んで歩きながら尋ねた。流暢な北京語を話す。本人の弁では、他に方言をいくつかマスターしているということだった。

「自分がどこの職場にいるか、この前のパーティではお話ししなかったですよね？」

「君の語学力からすると、翻訳部隊かな？」

「〈図書室〉です、と言えば解りますか？」

「〈図書室〉⁉　なんてこったい。私の勘も鈍ったな。そんな重要部署にいたのか。中佐くらいなら、君の素性を探ったかもしれないが」

リーは驚いた顔で言った。

「昨日、国家主席と合衆国大統領が中米ホットラインで会談を持ちました。その場に居合わせた中国側の通訳は一人だけ。それが自分です」

少佐は、四つ折りにしたA4ペーパーを渡した。

「速記録は残さない会談でしたが、念のため、帰宅してから思い出して書き起こしたのがそれです」

歩きながら、リーは、その英文を斜め読みした。

「ミャンマー?……。うん、なるほど。昔、米ソ冷戦の最中にこういう際どいやりとりがあった。問題の核心部分を別の問題に置き換えて腹の探り合いをする」

「問題の焦点が解りますか?」

「ああ。つまり、北京は前もって、合衆国大統領に釣魚島奪還を打診し、米側は、それに了解を与えたというわけだ。この、第七艦隊を第一列島線の内側には入れないという発言はショッキングだな。日本が聞いたらさぞがっかりするだろう。米国債の投げ売り、昨夜のIMF副理事の発言、全てここに繋がっていたわけか……」

「自分も場所までは知りませんでした」

「この紙はもらっていいのかね?」

「困ります」

と少佐は、奪い返すようにペーパーを取ってポケットに仕舞った。

「ミャンマーに関するやりとりは、貴方が国務省やホワイトハウスに裏取りする時の証拠になるでしょう。最後の行さえ記事にして貰えればいい。それで、米中の軍事衝突を阻止できる。ニュースが日本に伝われば、きっと日本政府は浮き足立つことでしょう。米国が日米安保条約を発動しないとなれば、彼らも軍事的野心は抱かない。そうして、また日本向けのレアアースが止まり、うっかり軍事施設に足を踏み入れた日本人観光客が捕まり……、日本政府は震え上がり、釣魚島を永遠に手放すことになる」

「チベット問題は雲散霧消し、不景気で不満を燻《くすぶ》らせる民心も一時の熱狂に酔うわけだ。政権はこれで当分盤石……。全ては、日本が軍事行動を起こさなければ、という前提だ」

「そのためにも、米側が早々と北京に折れたというニュースは重要です」

「これは誰の作戦なんだね？　君のこの行動も含めて」

「それくらいは明らかにしていいでしょう。王洪《ワンホン》波《ボ》海軍少将です。数ヶ月を費やし準備してきた。ここしばらく、〈図書室〉を使って、主席と密談を重ねていました」

「解った。戦争を防ぐためなら協力しよう。正しい選択だとは思えないけどね」

日本人観光客のツアー団体とすれ違った。付き添っている中国人ガイドの表情が心なしか曇っていた。彼らも当然ネットで発生している事態は知っているはずだ。

「貴方はどう思います？　アメリカは出てくると思いますか？」

「出ないだろう。ただし、誤解すべきでないのは、米日関係より米中関係の方が大事だからじゃない。あの無人島は、米国にとって何の値打ちもないからだ。日本がどう出るかは解らないけど、長期的に見れば、この作戦は中国にとって良い結果はもたらさないだろう。すでに虎の尾を踏んだのかもしれんぞ」

「なぜです？」

「二〇一〇年、釣魚島を巡って中日関係がこじれた後、何が起こったと思う？　日本はちょうど、中期の防衛計画を策定中だった。議論を呼ぶ内容だったが、日本の防衛当局は、国会からも財務当局からもノーチェックの満額回答を得ることができた。君らは釣魚島を得ることになるかもしれないが、日本はいよいよ軽武装を捨て、核武装へと動き出すかもしれない」

「それは問題無いでしょう。幸い、われわれは日本の経済力を超えて発展している。軍事費も青天井です。彼らより早く軍備を整えられる」

「不毛な軍拡競争だ。君らがそんなくだらんことに予算を使っている間に、インドの台頭を許すことになるだろう」

「そこは議論があるところですね。日本が軍備拡大してくれれば、われわれがさらなる軍拡をする動機付けができる。人民は、日本に対抗するためなら寛容ですから」

「全く不毛だよ……」

リーはうんざりした感じで繰り返した。

「君と連絡を取り合うにはどうすればいい？〈図書室〉は携帯持ち込み禁止だろう？」

「この件で私と連絡を取るのはもう不可能です。現在二四時間の待機中ですから。万一、何かあればこちらからご連絡します」

林少佐は、リーと視線を交わすことなく別れた。一時間でも早く、一〇分でも早く、それが報道され、日本に伝わることを、少佐は願った。


発足したばかりの新政権には、処理しなければならない問題が山積していた。幸い〈小隊名簿〉の管理下で相当部分の手当てはできていたが、経産省関連は手付かずだった。

本来なら、各旅行代理店に指導し、成田や関空から中国向けに離陸する航空機を足止めすべきだったが、今はまだ戦争状態というわけではないという理由で保留になっていた。

二〇一〇年の尖閣事件では、中国政府は、想定しうるほとんど全ての方法で揺さぶりをかけてきた。それに狼狽した素人政府は、早々と腰砕けになって白旗を揚げる羽目になった。今、もし同じ状況になったとして、観光客がスパイ容疑で逮捕されても、即決裁判で死刑が執行されるという事態はまずあり得ない。レアアースも、完全なチャイナ・フリーの実現にはほど遠い状況だったが、それでも備蓄は進んでいる。数ヶ月は持つだろう。一番やっかいなのは、それ以外の税関業務での嫌がらせだが、初めてではない分、こちらにも免疫はついている。

だが、今回も前回と同様とは限らない。軍事力を使って他の場所で仕掛けてくる可能性もあれば、金融面で何か画策しているかもしれない。今度スパイ容疑で誰かが逮捕されるとしたら、旅行者ではなく、メディア関係者だろう。総務省を通じて、中国に特派員を送っているマスコミ各社に、その危険があることを警告しなければならない。

石橋繁総理の手元にあるレポートには、日本国内で活動する中国のヤクザ組織、蛇頭《じゃとう》を使っての東京での騒乱事態の可能性まで列挙してあった。

幸い、事態が公になったことで政府は動きやすくなった。そのレポートは、直ちに所管省庁に届けられ、政府がカバーすべき部分については、アラームが鳴るだろう。これから中国観光に出発する観光客は、自己責任で行ってもらうことになる。

総理官邸地階の危機管理センターには、刻一刻と新しい情報が入ってきている。中二階の小会議室に持ち込まれたモニターには、海保が現場の巡視船から送ってくる島の様子が映し出されていた。

青と水色のど派手な迷彩に塗られた中国のミサイル艇が島を取り囲んでいた。示威行動なのか、沖合二、三海里の辺りを周回している。第一波は一二隻だったが、今は二〇隻に膨れあがっていた。その外側、五、六海里のところを、海保の巡視船が監視している。映像だけで音声はなかったが、今も拡声器と電光掲示板を用いて、領海からの退去を呼びかけているということだった。

画面が時々切り替わり、上空からのヘリの空撮映像になる。魚釣島から東南東に一・五キロ、北小島との間にある〝飛瀬《とびせ》〟という岩礁地帯に、二〇名ほどの中国兵が泳ぎ着いていた。

ミサイル艇が二隻接近し、ゾディアックボートを出して彼らを回収している。そのボートは、そのまま何の抵抗も受けることなく、魚釣島の西端、彼らが五星紅旗を掲げた入り江へと向かって行った。

癪《しゃく》に障《さわ》る光景だった。その気になれば、ほんの二時間で彼らを撃沈できるだけの戦力を持つ艦隊が水平線の向こうに待機していたが、感情的に軍事力の行使を命じていい話ではなかった。それをやれば、一〇〇人から一〇〇〇人単位で中国兵が死ぬことになる。それは日中関係に大きなダメージをもたらすことになるだろう。

常時NHKを映し出している二〇インチの小型モニターに、緊急記者会見で官房長官が現れた。魚釣島に数十隻の漁船団が現れて、ボートに乗り移ったその乗組員が魚釣島に上陸した模様であるが、現在状況を確認中である、とだけ述べた。

その数に関しても、国名に関してもコメントはなく、官房長官は、記者の質問を受け付けずに会見を終えた。

上がってきた海上幕僚監部の佐官が、テーブルに着く海上幕僚副長の東福《とうふく》博《ひろし》海将に耳打ちして背後に下がった。

「総理、航空集団が、魚釣島上空へのＰ‐３Ｃ哨戒機の飛行許可を求めています」

「島の西側も飛ばせろということか？」

「はい、そういうことになります」

「解った。ただし、携帯式ミサイルの射程内には決して近づくなと厳命してくれ。高度も一〇〇〇フィート以下には落とすなと。いや、一五〇〇フィートくらいがいいな。それならアサルト・ライフルで撃っても命中しないだろう」

総理は自らノートにペンを走らせながら言った。

隣で、坂本が静かに微笑んだ。

「何か面白いことでも？」と総理が聞いた。

「いえ。軍歴のある大統領や首相は多いでしょうが、携帯式ミサイルの射程がどうのこうのと気配りできる最高司令官は、先進国中で貴方だけでしょう」

「その知識が役に立てばいいが、今のところは無力感に囚《とら》われるばかりですよ」

「万策尽きたら、シャクルトンでも呼びますか？」

総理は、驚いた顔で坂本を見た。

「シャクルトンをご存じなんですか⁉」

「探検隊員求む。至難の旅。わずかな報酬。極寒。暗黒の長い月日。絶えざる危険。生還の保証無し。なれど成功の暁には名誉と賞賛を得る――」

坂本は、シャクルトンが南極探検隊を募集する時に出したとされる新聞広告を諳《そら》んじてみせた。

彼が乗ったエンデュアランス号は、南極探検の途上遭難するが、隊長のシャクルトンは、一年九ヶ月もの長きに及んだ漂流生活から、二八名の隊員を一人も欠けさせることなく生還した。

「高校生の頃、帆船《はんせん》のプラモデルを作ったんです。図書館に通い、エンデュアランス号の写真を模写して、自分で作り替えた。当時はデカールの自作材料も無く、マスキングして英字を塗ったんです」

総理は、はにかむように言った。

「私は、選挙で落選した時でした。落選が決まった夜、後援会長と二人で飲んだ別れ際に、シャクルトンの伝記を貰ったんです。どんな苦難に見舞われようとも、必ず解決策はあると学んだ」

「ええ、ええ！　ここでは、われわれがシャクルトンになるしかない。ねえ、皆さん！」

石橋がそう呼びかけると、その場にいた全員が微かに頷いた。海自や海保の人間でもなければ、シャクルトンの名前すら知らなくてもおかしくない。石橋は少し寂しそうな表情をした。

「まあ、この事態が収まったら、インターネットで検索してみてくれ」

今、この永田町にシャクルトンがいるとしたら、それは間違いなく現総理その人だ。坂本は自分にそう言い聞かせた。自分は過ちを犯さない人間に仕えている確信を持たねば。

「ちなみに、エンデュアランス号というのは、そのシャクルトンが乗った南極探検船の名前なんだが、忍耐とか試練、苦難という意味がある。彼は、極めて絶望的な状況から、仲間を全員無事に連れ帰った。シャクルトンは、危機に於けるリーダーシップの鑑《かがみ》だ。われわれは決してロス海支隊にはならない」

「ロス海支隊というのは、シャクルトンの本隊を食料面でサポートするために別ルートで南極に入ったチームです。チームとしての纏まりがなく、任務は達成するが、隊長の——あれは確かマッキントッシュだったたか、彼を含めて三名の犠牲者を出した」

坂本が蘊蓄《うんちく》を披露した。

「マッキントッシュは無能だった」と石橋。

　東福海将が咳払いした。

「何か意見でも？」

「はい。僭越《せんえつ》ながら、ロス海支隊の問題点は、マッキントッシュにその力量がなかったことではなく、シャクルトンに人を見る目がなかったことが問題ではないかと。マッキントッシュは、彼が備えていた知識と経験で全力を尽くし、任務をやり遂げました」

「なるほど……。それは重要なポイントだな」

　外務省の中国課長・荒井慶一《あらいけいいち》と、コピー用紙を抱えた防衛大臣秘書の国上が入って来る。国上がコピー用紙を全員の前に置いた。

「要回収ですので、必要な部分はメモを取ってください」

　国上がそう念押しした。ここにいるメンバーは、中国課長を除いて全員〈小隊名簿〉に名を連ねていた。いわば同じ釜の飯を食った仲間だ。

「NMO、非軍事的選択肢《ノン・ミリタリー・オプション》です。原則的に、二〇一〇年の尖閣事案の直後、外務省と経産省の間で纏められたものを踏襲しています」

　クリップで留められたペーパーは僅か三枚。表紙を除けば二枚に過ぎない。三〇項目あまりの対抗措置で、中国の国内資産の凍結から、大使の召還、人の往来の停止、上海雑技団の入国禁止まで書かれていた。

　石橋はそれを捲ってチッと舌打ちした。

「近所のガキ大将のご機嫌を損ねずに、どうやって復讐しようかという話だな。どだい無理な話だ」

「国内資産の凍結は即効性はあるでしょう。日本が本気で怒っているという意思表示ができます。対してわれわれは、中国国内にたいした資産は持ちません。持てない仕組みになっていますから」

「われわれが資産を差し押さえたら、中国はきっと数百人単位で在留邦人を拘束するだろうな。……実際の手続きを考えるとナンセンスだし、あとあと裁判沙汰になったら、政府に勝ち目はない。こういう提案をする時には、日中貿易がそれで止まったらＧＤＰがどのくらい落ち込むか試算結果も付けるべきだな。誰も得はしない」

　中国課長が頷いた。

「駐日大使は何だって？」

「寝耳に水で、個人的には困惑しているとのことです。おそらく、チベット問題から世界の眼を逸らすと同時に、国内の不満も解消できる一石二鳥を狙った策だろうという話です」

「九段線保持のアピールもできる。一石二鳥どころか、三鳥も四鳥も捕れるよ。私が向こうの主席でも飛びつくね。もし日中関係がこじれない確約が得られるならな。引き続き検討してくれ。北京に対しては、公式非公式あらゆるルートを使って、日本が尖閣を防衛するという意思表示を繰り返すよう」

　石橋は、中国課長に退席するよう命じた。その顔には、チャイナスクールは信用できないと書いてあった。荒井が退席すると、部屋の片隅に畏まっていた楠木がブリーフケースをテーブルの一番端に置いて開き、先ほどのものとは別のペーパーを出し、一人一人に配った。

　こちらはさらに厳重な扱いで「閲覧のみ許可」という赤いスタンプが押されていた。ご丁寧に「ＥＹＥＳ　ＯＮＬＹ」と英字ルビまで振られている。

「ＡＣＯ、中国軍が上陸した後の、接近阻止対応《アクセス・コントロール・》作戦《オペレーション》です。これは、〈プロトコルＡ〉とは別個の作戦で、空自と海自が主体になります。航空自衛隊はすでに対応部隊が那覇へと向かうべく各基地で待機しております」

　国上が説明した。

「幕僚副長、作戦の目玉は？」

　石橋が、ペーパーを捲りながら航空自衛隊幕僚副長の源川悠紀雄《げんがわゆきお》空将に質した。作戦への参加部隊が記述されているせいで、その作戦書は二〇枚ほどの厚みがあった。

「はい、総理。三ページ目をご覧ください。三沢基地の第三航空団からF‐2の二個飛行隊を、それぞれ新田原《にゅうたばる》と那覇に派遣します。可能であれば、一個飛行隊は奄美空港まで進出させる予定です」

「護衛はあり？」

「はい、千歳から二〇一を新田原に、小松から三〇三を沖縄へ進出させます」

「那覇に集中しすぎやしないか？　空港の防衛は大丈夫なの？　敵のコマンドが那覇でひと暴れする可能性を考慮すべきでしょう？」

「基地内防衛に限られますが、訓練名目でうちが部隊を出します」

　陸幕副長の仮屋《かりや》勇《いさむ》陸将が身を乗り出して説明した。

「実弾を籠めて那覇空港に向かうということだよね？　法的に危ういなぁ」

「もちろん、布陣するのは自衛隊エリアです。空港内警備はあくまでも県警の守備範囲なので、自分らは私服非武装の要員を観光客を装って出すのが精一杯です。せめて防衛出動待機命令を出していただければ状況は一変しますが」

　石橋は、うーん……、と腕組みしてしばらく考え込んだ。防衛出動待機命令は宣戦布告とは違う。だが、戦後一度として発令されたことはないのだ。それを発令するということは、日本が武力を以てこの事態に対応することの宣言に他ならない。

「国上さん、これ、待機命令を前提に組み上げた作戦じゃないんでしょう?」

石橋は、部屋の隅に楠木と並んで立つ国上に問うた。

「総理、自分は国会の人間です。そのような問題に関して発言する権限は持ちません」

「国上さん、この状況だからその手の縄張り意識は捨てよう。綺麗事もナシだ。貴方が中心になってこの作戦が練られたことはみんな知っている」

「発言してよろしいですか? 仮屋陸将」

「遠慮は要らない。実際、この作戦は、国上調査官あってこそ完成したものだ。本来なら、ここには貴方の椅子もあるべきだと考えている」

「恐縮です。ACOは、全て防衛出動待機命令が出ないことを前提に練られました。従って、那覇基地防衛に於いては、空港施設の防衛は、警官がピストル一挺で担うことになっています。レーダーサイトの防衛にしても同様です。基地のゲートを一歩出たら、そこで武装した自衛官が行動する自由はありません」

「不自由はある?」

「ないと言えば嘘になります。ただし、外交上の損得を考え、さらに中国軍が尖閣の外で次の軍事行動に出る可能性を勘案した場合、慎重な判断が必要になろうかと」

「つまり、国上さんとしては、中国が沖縄本島や九州本土に対して、何らかの軍事行動を起こす可能性は低いと判断しているわけだ」

「僭越ながら、そう考えております。現に彼らは、魚釣島上陸に関しても、銃の一発も撃ちませんでした。王洪波少将は、何が日本の世論を沸騰させるか百も承知しています。那覇空港でコマンドが蜂起するような事態は、しばらくはないでしょう。われわれが武力行使に踏み切るまでは」

「〈プロトコルA〉までやっちゃっていいの？　待機命令なしで」

「部隊は訓練名目で移動しました。陸にしても海にしても、その延長線で、上陸訓練が行われるまでです。その部隊がたまたま実弾を携行していたからといって、法律違反に問われることはありません。〈プロトコルA〉は、戦車が公道を走るわけではないので」

「では、このACOは、防衛出動待機命令なしに展開するということで問題ないね？」

「問題はございません」

　国上は、背筋をぴんと伸ばして即答した。

「中国空軍に動きは？」

「偵察機が積極的に飛んでいますが、尖閣の領空からさらに二〇マイル離れたエリアに接近しているのみです。戦闘機の出撃はまだ確認されておりません」

と空幕副長。

「イーグルの編隊を常時尖閣の領空に留め置くとなると、那覇の二〇四飛行隊だけですむの？」

「四機編隊を最大で四日間、九六時間、空域に《オン・ステー》滞空《ション》するシミュレーションを行い、必要な整備を行い、整備用部品をキープしてあります」

「ええと、往復で二時間使い、現場で二時間のオン・ステーション。二四を四時間で割って六回出撃《ソーティ》。実際は、次の編隊と交替するまで現場上空に留まるから、パイロット全員が一日二ソーティをこなすことになる。……確かに、できないことじゃないな」

「ええ。ただしその場合、部隊には他の方面でのスクランブル対処まで手が回りませんが」

「増援が入ればさらに楽になるか……。何にせよ、制空権の維持は第一だ。空母〝遼寧〟が現れたら、数がものを言うことになる。E-2C〝ホークアイ〟や空中早期警戒管制指揮機《AWACS》の派遣も含めて許可する」

空幕副長が目配せすると、楠木が部屋を飛び出した。

「次は、海自の潜水艦による接近阻止作戦だが……。という順番でいいかな？」

「はい」と、東福海将がじっと総理を見据えて頷いた。

「作戦としてはアリだと思うけど、海域を考えると、言葉は悪いが下策《げさく》だよね。深度一〇〇メートル前後の深さしかない大陸棚での作戦になるだろう。そうりゅう型を出すとなると、水中排水量四〇〇〇トンを超える巨体がそんな浅い海で暴れ回る羽目になる。天候はどうなの？」

「明日は曇りの予報。明後日はやや晴れ気味の予報になっています」

「この辺りの透明度は知らないが、もし晴れたら、上空を飛ぶヘリから丸見えになる」

総理は、テーブル上に広げられたチャートに視線を落とした。艦船のミニチュアが置かれている。皆には秘密だが、半分は総理自身のコレクションだった。護衛艦のミニチュアは、以前収集した食玩《しょくがん》のおまけだ。それぞれに、いろいろと思い出があった。

「敵の主力艦隊を迎撃するのは、春暁ガス田の南西海域。潜水艦はすでにいるの？」

「はい、〝そうりゅう〟が向かっております」

「個人的には、〝そうりゅう〟の実力も見てみたいけどね。この作戦に安全弁は？」

「中国海軍の対潜作戦能力は、あってないようなものです。ゼロと言っても過言ではありません。彼らは、洗面器の中で暴れる鯉を掴むのが精一杯でしょう。水面下で、見えない潜水艦を探し出すような能力はありません」

「見つからないとしても、それで時間稼ぎができるのかな？　相手は、こちらが魚雷一発撃てないことを知っている。現実問題として、宣戦布告でもしない限り、公海上で中国艦船を攻撃するのは無理だろう。相手は、こちらの潜水艦を無視して尖閣に突っ込んでくればいい。結果がそうなるとすれば、危険を冒すだけだ。目的を達成する可能性が低いとなれば、これは作戦を立案した側の自己満足で終わるぞ。申し訳ないが、これは却下だ。反論はあるかね？」

「いえ。自分も少々リスキーだと思っていました。〝そうりゅう〟はこのまま、尖閣周辺で任務に就きます」

「そういえば、〈ロメオ作戦〉に従事している隊員の個人情報はあるかな。プロフィールを把握しておきたい」

「解りました」

退出していた楠木が、メモを持って戻ってきた。そのメモを坂本の前に置く。坂本は、一瞥してそれを総理の前に滑らせた。

「佐世保に配備されているドック型揚陸艦の〝ジャーマンタウン〟と〝トーテュガ〟が間もなく出港するそうだ。強襲揚陸艦の〝ボノム・リシャール〟は〈ケ号作戦〉の艦隊としばらく行動を共にしていたはずだが？……」

「はい。今朝方、第七艦隊主力と合流するために離脱しました。第七艦隊は依然として無線封止下で航海中です。もちろんわれわれはその位置を把握しております。残念ながら突っ込んでくる気配はまだありませんが」

「大使館のナイさんは、なんで官邸に来ないの？　何か不都合な事態でも起こっているのかな」

「総理、わが方の起死回生策が〈プロトコルA〉にあることは明白です。米側の理解が得られなくば命令できないというのは困ります」

　陸幕副長の仮屋勇陸将が発言した。

「そうは言うけどね、米側を巻き込むことは不可欠だよ」

「アメリカ抜きでも、中国は撃退できますし、尖閣も沖縄も守り抜けます。何のための自衛力だと思っているんですか？」

　仮屋は語気鋭く畳みかけるように言った。テーブルの上に出した拳が握りしめられていた。

「軍事的な算段は解っている。けれど、諸君らは外交上の責任まで被れるわけじゃないだろう？　われわれはこの混乱が収まった後も中国と付き合い、貿易関係を継続しなきゃならない。その時には、日中の間を取り持ってくれるアメリカというケツ持ちがいてくれなければ、戦争よりもっと拙い事態になる可能性が高い。日本がアメリカの仲介も意に介さず突っ走った、という印象を持たれるのは避けなきゃならないんだ。君らは作戦の成否さえ考えていればいいだろうが、私はそういう訳にはいかん」

　さらに発言しようとする仮屋を、石橋が制した。

「〈プロトコルA〉がこちらの切り札になるというのは解っている。空母〝遼寧〟の艦隊が現場に着くのは日没後だ。暗くなっても上陸作戦は可能なのか？」

「問題ありません。部隊は全て暗視装置を持っています」

「中国が弾道弾ミサイルを島に撃ち込んできたら？」

「ＰＡＣ３装備のペトリ（パトリオット）部隊を上陸させますし、当然イージス艦でも守れます。中国の弾道弾ミサイルの半数必中界を考えると、海上に落下するのがオチでしょうが」

　石橋は、〈プロトコルA〉の参加兵力を認《したた》めたペーパーを捲った。

「ここにはペトリ部隊の名前は無いようだが……」

　ペトリ部隊を運用する源川空幕副長が身を乗り出して発言した。

「本土部隊から玉突きで確保した部隊を輸送機で那覇へ運び、そこから輸送艦に搭載します。必要とあらば、CX輸送機もヘリ部隊も総動員して、PAC2部隊も入れるつもりです」

「それはいいが、この機に乗じて北朝鮮が何か仕掛けてくる可能性もある。どこの部隊を抜くかは慎重に考えてくれ。……解ります？　大臣」

「専門用語がという意味ですか？」

　坂本は、次々と繰り出される専門用語の羅列に半ば圧倒されながら応じた。

「ペトリのPAC3は、弾道弾ミサイル迎撃用の防空システムで、PAC2は通常の航空機迎撃用。それらは、何台もの車両のシステムから構成されていて、ハーキュリーズ輸送機で運ぶには何機も必要になる。だから開発中の新型輸送機《CX》も駆り出して運びましょう、ということですね」

「ペトリのシステムは、整備車両や予備の弾体まで入れれば一〇両を超える。最小構成が七両だっけ？」

　と空幕副長に確認を求めると源川空将が「そんなものでしょう」と頷いた。

「車両一台の長さを考えると、ハーキュリーズ一機で一両運ぶのが精一杯だ。空自のハーキュリーズを全部駆り出す羽目になるし、そんなものを北小島に置くスペースがあるの？　野砲を置く場所がなくなるでしょう。発射時の爆風だって喰らうだろうし」

「全て検討済みです」

　陸幕副長は、自分が持参したファイルを開いて、写真を貼り付けたページを総理に見せた。

「衛星写真から起こした3Dジオラマを作成し、どこに何を置けるかを研究しました。ペトリのPAC2にはレーダー射界が必要なので、北小島に置きます。PAC3は、真上さえ開けていれば何とかなるので、南小島でも大丈夫です」

魚釣島から五キロ東南東海上に位置する北小島と南小島は、隣り合わせているにも拘わらず、対照的な地形を持つ。北小島は、台地を持つのっぺりとした地形だが、南小島は中央の平地を挟んで南北に小山を持つ。とりわけ北側の山は、突然絶壁が海中から飛び出したかのように険しい山だった。全周四キロもない島に、一五〇メートル近い絶壁がそびえているのだ。

「いやぁ、真上が開けているといっても、窪地《くぼち》でレーダーを使うことになる。いろいろと支障があるんじゃないの？」

と空幕副長に向けて石橋が尋ねた。

「率直なところ、レーダー屋は、現場に行って、レーダーに火を入れてみなければ解らないと言っていました」

「まあ、普通はそうだよね。北小島にしても南小島にしても、開けている場所の面積は、せいぜい三〇〇メートル四方しかない。空母に毛が生えたような面積だ。そんな場所に歩兵に野砲にミサイル部隊までひしめき合う羽目になる」

仮屋陸将がとうとう椅子から立って身を乗り出し、キャビネサイズの写真を指さした。

「総理、われわれは研究し尽くしたんです！　歩兵は山の斜面に配置するし、野砲の一部は、海岸線のゼロメートル地帯にも配置します。水についても確認しました。台風や津波でも来ない限りは安全です。どうか、われわれプロが立案した作戦をお認めください。付け焼き刃で出したわけではありません！」

「解った。解ったよ……。〈プロトコルA〉に軍事作戦としての齟齬《そご》がないことは認めよう。だが、中国の軍艦が島の周辺を取り囲んだ後でも作戦は可能なのかね？」

「ミサイル艇程度ではさして問題はありません。彼らが機関砲を撃ってこない限り。相手がそれ以上のフリゲイトや駆逐艦クラスとなると、ミサイルの誘導用レーダーによるロックオンや、間違って防空機関砲のスイッチが入るといった突発的な事態が起こる恐れがあります。ですから、日が暮れないうちに、中国の艦隊が到着する前に作戦を挙行するのが必須です！」

「いずれにしても総理……」

と坂本が割って入った。

「その辺りに関しては、〈小隊名簿〉のメンバーで何度か議論しましたが、中国の艦隊が魚釣島の領海に入ってくるのに、こちらの護衛艦隊がその外周に留まり、外交的算段が進展するかそれとも停滞するかを待つのは、あらゆる角度から考えて拙いだろうという結論でした。こちらの対応に関して幾通りかシミュレーションもしましたが、こちらの艦隊が先に入ることで惹起《じゃっき》される問題は僅かでした……。ナイさんが姿を見せない理由は、アメリカなりの時間稼ぎでしょう。夜になり〝遼寧〟艦隊が到着したら、海自は無茶はできないという読みがあってのことと思われます。アメリカの了解なしに〈プロトコルA〉の実施が困難なことはナイさんもご存じのはず」

しばらく沈黙が訪れた。

「希望的観測ですが……」

と東福海将が口を開いた。

「われわれが北小島・南小島の南東海域に布陣し、魚釣島への接近や、島を包囲するような真似を慎んだとしたら、中国海軍もそれに呼応して、魚釣島北西海上に留まり、そこから南東方向には出てこないだろう、という読みもできます。あくまでも、希望的観測ですが、双方にとって不測の事態を防ぐためには、賢明な判断ということになるでしょう。魚釣島自体は、こちらは海保の高速巡視船で、あちらはミサイル艇で守っている。この両者間では、この数時間、うまく棲み分けができています」

「われわれとしては、ヘリコプター搭載の大型巡視船を島に突っ込ませる予定なのですが？」

ここまで黙っていた海上保安庁の警備救難部長・有働功《うどういさお》一等海上保安監が述べた。

「それは待った方がいいだろうな。犠牲を覚悟なら、海自護衛艦より前に出ることは許可するけれどね」

「もちろん、それがわれわれの望みです」

また沈黙が訪れた。国上が坂本の背後に近寄り、「段階的発動のご提案を……」と耳打ちした。

「総理、提案があります」と坂本がその沈黙を破った。

「〈プロトコルA〉を発動したかのように見せかけて、アメリカの反応を見ましょう。〈ケ号艦隊〉を北小島・南小島沖まで接近させ、上陸準備に取りかかったことを意思表示して、米政府がどう出るかを確認するんです。もし米側から横槍が入り、撤退やむなしとなっても、艦隊の針路を変えるだけでいい。陸揚げした部隊の撤収に時間を割かずに済むし、もちろん中国を刺激することもない」

「それは一つの作戦だとは思うが……。米軍の防衛準備態勢《デフコン》は上がっているの？」

総理は、制服組の面々を見ながら尋ねた。空幕副長が首を振りながら口を開いた。

「残念ながら、デフコン4です。これが3に上がると、編隊の使用周波数やコールサインが機密用のものに替わりますが、まだそうなったという報告はありません。従いまして、実は私どもも、まだデフコン4です。通信手段が発達したお陰で、たいていのことは、デフコン4でも間に合います。〈ケ号艦隊〉を含め、本作戦に従事する部隊はすでに専用のコールサインと周波数で動いておりますので。たとえば、部隊移動する飛行隊は事実上の無線封止で飛んでいます。地上要撃管制《GCI》とのやりとりは非音声通信のデータリンクなので、中国はそれを傍受したところで、われわれの行動を察知することはありません」

「まあねぇ。デフコン4と3との間には、越えるに越えられない壁があるからなぁ。このご時世、デフコン3の発令は、敵対意志の表示に等しい」

　軍隊に於ける待機レベルを示すデフコンは、自衛隊も米軍に準じることになっている。デフコン1は最高度警戒レベル。2が臨戦態勢、3がそれに継ぐ高度な警戒レベル。平時はデフコン4。ここ四半世紀で、デフコン・レベルが3を超えたことはない。二〇〇一年の9・11テロ時にデフコン3に上がったのが最後だった。

「……いいでしょう。〈プロトコルA〉の初期段階を許可します。ただし、上陸部隊の発進は準備のみ。中国海軍のミサイル部隊の動きに十二分に注意しつつ、です。両者が交戦圏内に入ったら、逐一その動向をこちらでモニターすることとします」

　メモを取っていた楠木がまた部屋を飛び出していく。上の階や下の官邸危機管理センターへと繋がる階段に、陸海空や関係省庁の幹部が数珠つなぎになっていた。

　楠木は、海幕から来ている佐官クラスの制服組に視線で合図した。階段の先頭へと駆け上がってくる。

「〈プロトコルA〉、段階作戦、初動のみゴーです。上陸は準備のみ。ミサイル艇との接触に気を付けよ、と」

二人の佐官が本省へ連絡を入れるべく階下の危機管理センターへと駆け降りていく。この数時間で一番良いニュースだ、と楠木は思った。上陸は避けられないと覚悟していた。何しろ船の数が多すぎる。だが、半日も経たずに、しかも中国海軍の本隊より早くこちらの護衛艦隊が尖閣に到着するという事態は、中国にとっても予想外だろう。

それで撤退するほどお人好しの相手だとは思わないが、これで一矢報いることができる。少なくとも、中国のワンサイド・ゲームはなくなったのだ。

〈F作戦〉に参加していた第四護衛隊群第八護衛隊の二隻の護衛艦〝いなづま〟(六一〇〇トン)と〝さざなみ〟(六三〇〇トン)は、昼前に、第八護衛隊旗艦のイージス艦〝きりしま〟(九四八五トン)、及び〝さみだれ〟(六一〇〇トン)と合流し、さらに〈ケ号作戦〉で奄美東方海上に隠れていた主力艦隊と合流した。

主力艦隊には、旗艦となる第四護衛隊群旗艦〝いせ〟(一九〇〇〇トン)と、おおすみ型輸送艦〝おおすみ〟(一四〇〇〇トン)と同型艦の〝くにさき〟がいた。

部隊の指揮を執る左近寺旭海将補は、合流と同時に自分の幕僚スタッフをヘリで〝いせ〟に移動させた後、しばらく〝いなづま〟艦上に留まっていた。

向こうには、本来の群司令がいる。自分がいなくとも部隊は動く。

左近寺は、ブリッジに、〈F作戦〉で協力を仰

いだ民間人の宇検靖を招いた。

「お父上の具合はいかがですか？」

「ええ。熱がちょっとありますが、幸い、こじらせてはいないみたいです」

左近寺は「それは良かった」と頷くと、ブリッジ左側にある隊司令席を降り、宇検に座るよう勧めた。

「戦争が始まるかもしれないのに、拙いでしょう」

「構いませんよ。そのくらいの余裕はないと。特等席です。防大を出た仲間で、この席に座れるのは僅かですが」

一見すると、まるで床屋の椅子のような構造だが、やたらと高い。座るというより登る感じだった。

艦長が気を利かせて、護衛艦隊が見えるよう針路を微妙に変えた。壮観だった。全通甲板《ぜんつうかんぱん》を持つ艦が、水平線上に三隻も浮かんでいる。

「まるで空母だ……」

と宇検は感動して言った。

「ええ。一番右側、つまり先頭の大型艦がイージス艦〝きりしま〟、一番後ろにいる全通甲板の大型艦が輸送艦〝おおすみ〟です。どうも鹿児島県民は良くありませんな。大型艦が配備される度に自分の県由来の名前を付けたがる。それから同型艦の〝くにさき〟そして、よくヘリ空母と勘違いされる〝いせ〟です。自分はこれからあちらに移ります」

「戦況はどうなんですか？」

「ええ。やっと政府が重い腰を上げて、上陸部隊の陸揚げに備えよ、と命令が出ました。日没前に到着できます。そこで中国海軍と対峙することになるでしょう。砲火を交えずに済めばいいですが……。残念ながらそういう状況なので、お二人を沖縄まで送り届けることはしばらくできません。ただ、ヘリ部隊が沖縄本島とピストン輸送する機会はあるでしょうから、その時に避難していただくことになるかもしれません」

「お構いなく。負担が少ない方法で結構なので」

宇検は、ほんの一分でそのシートを降りた。

左近寺は副長に「艦内放送を」と命じ、マイクを取った。

「諸君、そのままで聞いてくれ。こちらは左近寺海将補だ。自分は艦隊の指揮を執るため、間もなく〝いせ〟へと移乗する。状況に関して短く報告する。中国軍は、中隊規模の兵力の上陸に成功した。幸い、中国側からはまだ一発の実弾も撃たれていないが、島はミサイル艇に包囲され、その外周を海保の巡視船艇が回っているという状況だ。懸案だった、北小島・南小島上陸作戦に関して、政府が、ひとまず艦隊の接近を命ずる指令が下った。これで大きな前進になる。海幕も陸幕も、おそらく部隊上陸に関して、さらに政府を説得してくれるだろうことを期待している。状況は全く予断を許さず、われわれは深夜には、中国海軍初の空母機動艦隊と対峙することになる。この後、何が起こりどのような状況に至ろうとも、諸君らが日頃の訓練の成果を発揮し、結果を出してくれることを信じている。天よ、われに百難を与えよ――。三国志の英雄、曹操《そうそう》の格言だ。短い期間だったが世話になった。以上――」

左近寺は、宇検に敬礼すると、「艦長、後はよろしくな」と会釈した。艦長が「ご武運を――」と艦長席から敬礼する。

左近寺が副官とともにブリッジから消えると、ヘリのローター音が聞こえてきた。すでに陽は西に傾いている。もし何か始まるとしたら夜戦だな、と宇検は思った。

旧日本海軍は、夜戦が得意だったと親父の世代から聞いたことがある。だがレーダーの登場でその得意な戦法は粉砕された。

戦争になったら、どっちが勝つのだろう。最初に国上に聞いておけばよかった。

潜水艦〝うんりゅう〟（四二〇〇トン）は、東シナ海の大陸棚を外れ、久場島から南東二〇海里沖の深度一五〇メートルの哨戒エリアにいた。そこは、新たに潜水艦隊司令部から命令されたエリアだった。

ここまで下がるよう命じられたということは、おそらく水上艦部隊が前進したということだろう、と判断できた。SBUの代替チームを乗せた僚艦の〝そうりゅう〟は、〝うんりゅう〟よりさらに係争海域に近づいているはずだ。

もし、中国の空母艦隊が南下を続け、いよいよのっぴきならない状況に至れば、自分たちにも出撃命令が下ることになるだろう。

攻撃作戦はすでに用意されていた。空母を撃沈する予定はない。まずは、艦対艦ミサイルを発射する。中国海軍の防空システムが機能すれば、そのミサイルは撃墜されるはずだ。それが警告になる。運が悪ければ、空母に命中するだろうが、犠牲者は出しても、撃沈には至らないだろう。

もし、ミサイルで中国の意志を変えることができなかったら、次は魚雷で攻撃することになる。こちらは、中国海軍の今の技術では、防ぐのは難しい。しかしこれも、命中したところで、船体を僅かに傾けさせる程度に留まるはずだった。そうやって空母を使用不能にするのが、彼ら潜水艦隊の使命だった。

第五潜水隊司令の野呂二佐は、SBUを率いてきた大谷二尉を士官公室に呼び、自らコーヒーを淹れながら、昔話を始めた。

「初めての子供は、リムパックでハワイに向かっている間に生まれたんだ。パールハーバーに入港したら、生まれた時に撮ったエアメールが届いていた。航海から戻るたびに、子供は勝手に大きくなっていた。君も、艦艇任務に戻ればそういう生活をする羽目になる」

「はい、生まれて三日での出港だったので、まだ実感がありませんが、母子ともに元気そうでほっとしています。携帯で、動画を見ただけですが」

「うん。まあみんな似たようなもんだ。それもいずれいい思い出になる。暇があったら聞こうと思っていたんだが、特殊部隊というのは二人ひと組が基本じゃないのかね？」

「確かに、三人編成は若干異例ですが、これはボートの積載量が原因です。上陸後、空気を抜いて隠せるサイズのボートに、行動用の装備まで搭載するとなると、三人が限界です」

野呂は、二尉の斜め向かいに座った。

「実は、上陸チームの名簿を司令部に送ったところ、海幕から奇妙な問い合わせがきた。メンバーの構成に不安があるらしい。そもそも船に乗せておいて、今ごろそんなことを言われても困るけどな」

「おそらく、内倉二曹のことだと思います。若干、精神面の問題を抱えていました」

「家族関係かね？」

「それは結果でして。引き金は、震災派遣です。自分も応援で一二週間派遣されましたが、彼は水中処分士上がりなので、二〇週間派遣されていました。ほとんど毎日潜っていたそうです」

「そりゃきついな……。カウンセリングは受けたの？」

「本人が嫌がりまして。何しろ、ああいう部隊ですから、カウンセリングとなると、同僚や部下に弱みを見せることになる。派遣任務が終わった頃、よく眠れないというような話をしていました。官舎で、夫婦げんかが目撃されるようになって、上の方では、しばらく彼を任務から外そうかという話もあったようですが、うちの部隊も人手不足なものですから、そのままに」

「らしいね、詳しくは聞いてないけど」

野呂は、興味がない素振りをした。上の方でいろいろと生臭い問題が発生していたが、基本的には、海自は巻き込まれただけで陸自の特殊作戦群の問題だと聞いていた。

「しかし、スキルは一流です。SBUが立ち上がった時の一期生ですから」

「でも、本来なら士官たる君が行くべきだったんじゃないのか？」

「経験も技術も彼の方が上ですから、残れと言われて断れる力関係にはありませんでした。自分が行くべきだったと思いますか？」

「特殊な任務だ。未経験の若い指揮官が行くより、ベテランの下士官に率いられた方が、部下は安心するだろうがね。どのみちしばらくは無線封止が続くから、こちらから状況を報せる必要はない。だが、帰港した時の言い訳は考えておくべきだろうな。本件はこれでクローズだ。ま、不測の事態が発生しても、君が責任を問われることはないだろう。ラジオ放送を聴いたところでは、新しい防衛大臣には野党に回った参議院の外交防衛委員長が就任したらしい。私の知るところでは、一連の防衛作戦は、彼の元で練られていた。〈ロメオ作戦〉も彼の決裁を受けている。だから、中国が企図したはずの、政権交代の間隙《かんげき》を衝く形での侵略は挫折したと言っていいだろう。あとは、われわれ自衛隊が、盾としてどれだけの働きをし、中国の意図を断念させられるかどうかだ」

「はい、全力を尽くします」

「思い悩むこともあるだろうが、判断に自信を持ちたまえ。私が君の立場で、そうすることが作戦全体のためだと判断したら、あとは黙して批判にも耐えるよ。無事に三人を連れ戻そう」

そうは言っても、もはや大谷二尉にも野呂にも為《な》す術《すべ》はなかった。〈ロメオ作戦〉の問題点はそこだった。ひとたび上陸させてしまえば、回収作戦は容易ではない。

私情を挟んだわけではない。ベテランの彼の言に従ったまでだ。だが、もし三人に何かあれば、あいつは命が惜しくて体よく指揮官役を押しつけたと言われるに決まっている。自分は隊にはいられなくなるだろう。

判断ミスだっただろうか、と自問自答したが、答えは得られなかった。だが、自分が不名誉な批判を受けるだけで、三人が任務をやり遂げてくれるのであれば、その程度の泥はいくらでも被ってやる。その覚悟を決めるしかなかった。

大谷は、腹をくれ！　と自分に言い聞かせた。

第十章

第四護衛隊群旗艦〝いせ〟には、多目的区画と呼ばれる巨大な部屋が存在する。天井が低く、柱が多いことを除けば、床はOAタップが走る普通のオフィスビルと変わらない構造になっている。間仕切りで小部屋を作ることも可能だが、今は開放されていた。

その多目的区画は、全長一九七メートルもある巨大な船の第二甲板前方にある。その第二甲板には、艦長室、士官室、士官用寝室、それから戦闘の中心となる、戦闘指揮所《CIC》、司令部作戦室《FIC》も設けられている。ちなみに一〇〇席もある科員食堂は、艦の底に近い第四甲板にある。

陸上自衛隊の上陸部隊を指揮する尾方真治《おがたしんじ》陸将補は、第一空挺団団長を務めた後、陸幕に戻ったばかりだった。本来なら、このまま方面幕僚長として転出する予定だった。

そこは、もちろん陸海空の人員でごった返していた。壁際には大型モニターが並び、そのうちの一つには、各艦艇、各航空機の配置状況を示す戦術データリンク・システムである〈リンク11〉の映像がダイレクトに映し出されている。中央のひときわ目立つモニターには海保のヘリが撮影するライブ映像が、その右側には航空自衛隊のレーダー情報を元にした空の状況が映し出されていた。

長卓が並べられ、陸海空の隊員らがパソコンに向かっている。

ＦＩＣから戻ってきた尾方は、咳払いしてマイクを取り、皆の注目を求めた。

「諸君、待たせた。良いニュースがある。官邸は、〈プロトコルＡ〉の発動に関して、初期段階の命令を出した。艦隊はこれから速度を上げ、二時間以内に、北小島・南小島の東方沖海上に接近する」

ふうー、と安堵の溜息が漏れた。

「時間は切迫している。そこからは、日没まで二時間もない。もちろん、許可されたわけではないが、到着した後に部隊を上陸させるとなると、二時間以内に歩兵から砲兵、ミサイル部隊に至るまで一個大隊相当の戦力を陸揚げしなければならない。こういう事態に備えて優先順位は十分に考えてきたつもりだが、さらに作戦に穴がないか検討してくれ。われわれが上陸できるかどうかはまだ解らない。外交的な努力がぎりぎりのところで続けられている。残念だが相手は中国ではなくアメリカだ。アメリカを引きずり出すために、〈ケ号艦隊〉が前進している。二時間後、アメリカから上陸まかりならんと言ってくるか、それとも軍事通の総理が賭けに出て、われわれの上陸を強行させて米軍に既成事実を突きつけるか、お互い、瀬戸際政策でチキン・レースをやっている状況だ。出撃命令が下ったら間髪いれずに上陸できるよう待機しておいてくれ。それでもおそらく最後の部隊の上陸は暗くなってからになるし、ペトリ部隊を迎えることになるのは深夜だろうがな。以上だ。作業に戻ってくれ」

ＦＩＣへと引き揚げようとすると、作戦幕僚として第一空挺団から連れてきた北里《きたざと》彰《あきら》一佐が「ちょっとよろしいですか？」と追いかけてきた。

「士官公室へ――」と一佐が促すと、佐官クラスの幹部がぞろぞろと入ってきた。空挺団時代の部下はよく知っていたが、それ以外の部隊長はあまり知らない。たとえば第七機甲師団・第七特科連隊・第一大隊・第一中隊は、九九式一五五ミリ自走榴弾砲を装備して練度も高いという理由から選ばれた。一二〇ミリ迫撃砲RTを装備する空挺特科大隊の大隊長押川博伸《おしかわひろのぶ》二佐はよく知っているが、西部方面隊の第八師団第八高射特科大隊は、最新鋭の一一式短距離地対空誘導弾を受け取ったばかりという理由で選ばれた。

最後に入ってきた第一空挺団・第二普通科大隊の大隊長・岩満臣太《いわみつしんた》二佐が、ハッチを締めると、北里一佐が、テーブルクロスの下に隠していた紙を出した。巻紙だった。彼ら幹部の指揮部隊、階級が記され、血判が押されていた。

尾方は、軽い目眩《めまい》を覚えた。その辺のコピー用紙ならともかく、和紙だ。和紙の巻紙だ。

「なんだ⁉ これは。なんでこんなものをここに持ち込んだ⁉」

「われわれの決意の表明です。将来、生き残った誰かが、床の間に飾る時、それなりの体裁を整えているべきだと思い、自分の独断で用意しました。中隊長以上の全員の血判が押されています」

「何をしているのか解っているのかッ⁉」

尾方は、ハッチの外まで聞こえるような大声で一喝した。

「はい。政府は、最後に腰砕けになる可能性が高い。われわれは、北小島・南小島を目前にして引き返すのはご免です。われわれが上陸し、既成事実を作ってしまえば、政府は退《ひ》けなくなるでしょう」

「君がしようとしていることはクーデターだぞ！」

「国土を守るためなら、自分は喜んで犯罪者の汚名を着ます。能力も決断力もない政府のために犠牲を払うのは仕方ない。しかし、われわれが守るべきものを失うのはご免です。一度失ったら、もう二度と戻ってはこない。それは北方領土と竹島が証明しているじゃありませんか？」

「君に歴史を教えてもらう必要はない」

尾方は、力が抜けたように椅子にどさりと腰を下ろした。

「私は……、この部隊の人選を誤ったのか……？」

「いえ。ベストな部隊にベストな指揮官たちです。その彼らが、国を守るためなら、犯罪者として告発されることも厭わないと誓いを立てたのです」

「地対空ミサイルはトラックに載っている。自走榴弾砲は四〇トンもある。海自の協力が得られなければ、われわれは川一つ渡れないんだぞ。君らだけ突出してどうするというんだ？」

「説得します。それが無理なら、銃を突きつけ、この船や輸送艦を乗っ取ってでもやり遂げます」

尾方は、「そうなのか？」と岩満二佐を見た。

「はい、中隊長は全員賛同済み。各小隊長にもそれなりに言い含めてあります。命令があり次第、〝おおすみ〟〝くにさき〟のブリッジを占拠する手はずになっています」

「軽挙妄動《けいきょもうどう》は許さんぞ」

「では、陸将補は、政府がここからの撤退を命じたら唯々諾々《いいだくだく》とそれに従うしかないとおっしゃるのですか？」

岩満二佐が問うた。

「それが文民統制《シビリアン・コントロール》だ。こんなことが公になってみろ。自衛隊は当分立ち直れないぞ。君ら個人が刑務所に入る入らないというレベルの問題じゃない。下手をすれば空挺団解体、その上の特殊作戦群全体も解体という最悪の事態も招く」

「構いません。自分らはその点も十二分に考えました。尖閣以上のホット・ゾーンはない。ここで踏み留まりさえすれば、向こう一〇年、陸自の出番はないでしょう。部隊存続を賭して討って出る価値はあります!」

「いいか、こんなくだらん紙切れは仕舞え。二度と出すんじゃない。陸幕長に状況を報せる。部隊が殺気立っていて、自分には抑えられないかもしれないと。ここまできてしまったからには、どうせ誰もわれわれを止めることはできんのだ。陸幕にはそれで事態の重大性が伝わるだろう」

「それでも、陸幕が抑えろ、戻ってこいと命じてきたらどうなさいますか?」

「こんなのは超法規的行為を通り過ぎて、完全な反逆だぞ。幸い日本の法律には反逆罪も、勝手にドンパチをおっ始《ぱじ》めた罪を問う法律もないがな」

尾方は立ち上がると、もう一度念を押した。「いいか、その血判状にそれ以上名前を増やすなよ!」と。

部屋を出ると、そのままの足でFICに顔を出し、護衛艦〝いなづま〟から指揮艦を移したばかりの左近寺旭海将補に、「よろしいですか?」と告げて司令公室へと誘った。

互いの副官をハッチの外に追い出し、尾方は困り果てたという顔でソファに腰を下ろした。

「遅かったですな」

二人は、この危機が発生してから、出港するまではほとんど毎日のように顔を合わせる関係になった。防衛省の秘密の小部屋で、時に何時間も議論したものだ。

「四群の司令にも花を持たせなきゃね。それに、私がいなくとも幕僚スタッフは優秀だ」

「左近寺さんは、ご自分の人を見る目に疑問を感じたことはありますか?」

左近寺は、自らコーヒーのポットからカップにコーヒーを注いで、尾方に差し出した。

「私は凡庸な人間でしてね。人より優秀であろうと、必死に頑張った。皆同じでしょう。だから自分の部下が、自分がそのポストにいた頃よりバカだと思ったことはない。そんなことを考え始めたら、不安で夜も眠れなくなりますよ」

「作戦幕僚が血判状を持ち込んでいました。それも和紙の巻紙ときた。その時代がかった演出にも呆れたが……」

「血判状？……、ああ、まあ、何を誓ったかはだいたい察しが付く。貴方は考えなかったんですか？」

「まさか。命令は絶対です。自分の個人的情熱で部隊を動かしたら、指揮系統は崩壊する。正しいからやるなんてのは、満州で突っ走った連中と同じですよ。海自さんは大丈夫ですか？」

「うちは、一隻で突っ込んでも戦争にはならない。上空で哨戒するP‐3Cは非武装だし、艦長が一人で突っ走ろうとしたら、部下が止めるでしょう。そこが個人でも引き金を引ける陸との違いかな」

「〝おおすみ〟や〝くにさき〟に特警隊は乗っていないんですよね？」

「歩兵は陸が手当てするという作戦だから、すでに那覇に向かっています。必要なら輸送艦に呼んでもいいが、艦上で、特警隊と空挺が睨み合うような事態はできれば避けたいな。でも、輸送艦のブリッジを占領した程度のことで部隊は動かせませんよ。自走榴弾砲はエアクッション艇で一両ずつしか運べないし、トラックもヘリでしか運べない。その大型ヘリはこの〝いせ〟にいる。パイロットまでは銃で脅せないでしょう。いささか思慮が足りないな」

「〈プロトコルA〉は、時間稼ぎに不可欠だとは思いますが、それを実行するかどうかは政治的な問題です。われわれはそれに従うのみ。連中がもし私を拘束してでもやり遂げる決意を持っていたらどうしますか？　貴方のこめかみに銃を突きつけ、艦隊に命令を下さなければ部下を一人ずつ射殺すると脅したら」

「中国人を相手にする前に、日本人同士で殺し合う？　馬鹿げている」

「兵は詭道《きどう》なり。それが結果に資《し》するとなれば、誰だって誘惑に駆られるはずです。少なくとも彼らは、そうすることが国のためになると信じている」

尾方は溜息を吐いた。

「いったん上陸した後、撤退命令が出たら彼らはそれに従いますか？　海自は食糧補給の任も負っている。餓死を覚悟で若い隊員を連れて上陸するなんて無茶はできませんよ」

「政府が無視しても、彼らの覚悟と国民世論は別ですからね。上陸部隊を見捨てるな、と運動が起こるでしょう」

向かいに座る左近寺は、考えあぐねるような表情をした。

「仮にですよ、ここだけの話……。もし政府が、日中関係は断絶できないから尖閣を捨てる、と決断した時、貴方の部隊が北小島や南小島に居座っていることを中国政府が良しとしなければ、結果的に、日中間の貿易は半年も一年も途絶し、人の往来もなくなるような事態になるかもしれない。GDPの損失は計り知れず……。それでも陸自は正しいことをしたと胸を張れるんですか？」

「金儲けより大事なことはあります、もちろん。領土はその最たるものです」

「景気が落ち込むことで失業者が大勢出た数年後、世論の風向きはどうなるか。あんな無人島なんぞ中国にくれてやれば良かったんだ、という声が支配的になるはずです。領土問題はどこでも愛国心を煽るが、それでも理想と現実は違う」

「……もし私が彼らに折れて、政府の命令を無視して部隊を上陸させたいと言ったら、海自の協力は得られますか？」

「私個人が賛成したとしても、まあ無理でしょうね。四群司令は〝きりしま〟へと移ったが、彼も口説く必要があるだろうし、輸送隊にも指揮官はいる」

「〈プロトコルA〉は、反撃作戦のとっかかりです。この橋頭堡《きょうとうほ》作戦が行われないとなったら、日本政府は魚釣島の奪還を諦めたということになる。政府の弱腰が叩かれ、またもや政権は倒れるかもしれない。代わって誕生する政権は、一から作戦を立て直すことになるでしょうが、その頃には北小島にも南小島にも、久場島にすら、中国兵が上陸している。新総理は確かに防衛問題には通じていますが、この作戦の立案に加わったわけではありません。〈プロトコルA〉の重要性を理解しているとは思えない」

「そこは同感だが、だからと言って、自衛隊の暴走を容認する理由にはならんでしょう。われわれは、これ以上望むべくもない、この手の危機に最適な最高指揮官を戴《いただ》いている。彼が賢明な決断を下してくれることを祈りましょう。少なくとも新防衛大臣は、〈プロトコルA〉の重要性を理解しています」

「大臣が総理を説得できなかったら？」

左近寺はしばらく考えて、「アイディアがなくもない……」と応じた。「〈ロメオ作戦〉というのが進行しています。〈ろくでもない〉のRを取ってフォネティックコードをあてた、〈小隊名簿〉の面々にも秘密の作戦です。今、SBUの隊員三名が、魚釣島に潜伏中です。偵察目的で、連中がやってくる前夜に潜水艦から上陸しました」

尾方はあんぐりと口を開けた。

「陸自に秘密の作戦⁉……」

「海幕でも、知っているのはごく僅かですよ。いない前提になっているんでね。つまりは、政府もそこまでは認めているということです。前政権の決定ですがね。実質的にゴー指令を出したのは、新防衛大臣。それで、ガス抜きと言っては表現が良くないけれど、そちらでも少数の偵察部隊を編成して、ゾディアックで向かい、北小島と南小島に橋頭堡を確保するのはどうだろうか。それで、部隊を陸揚げしたという面目は立つし、歩兵だけなら、撤退も容易だ」

「確かにガス抜きにはなるが、命令違反になりますよ」

「まあ、それは仕方ないな。戻ったらお互い辞表を書くということで」

「そうですね……では、それで時間を稼ぎましょう。どこから出撃させます？」

「〝いなづま〟と〝さざなみ〟からでいいでしょう。〝いなづま〟が北小島、〝さざなみ〟が南小島」

「了解しました。ヘリの手配をお願いします。〝おおすみ〟で偵察チームを編成しますから」

二人とも難儀だな、という顔で立ち上がった。こうなる事態も想定すべきだったのにと、揃って後悔していた。

左近寺は、どのように状況を東京に報せようかと考えた。総理がどちらに転ぶかは解らないが、いくらかのプレッシャーにはなるだろう。

左近寺は、海保のヘリに見えない位置から偵察部隊を上陸させるにはどのコースを取ればいいかを部下に検討させると同時に、迷った挙げ句、防衛大臣の耳にだけは状況が伝わるよう暗号電を打たせた。政治家を信用しているわけではないが、彼あっての作戦だ。信義上、そうするのが筋だと思ったし、彼なら、この状況に鑑み、総理を説得してくれそうな気がした。

どちらが正しいという問題ではない。防衛大臣にせよ、われわれ自衛官にせよ、その本分は、持てる能力を使い、国土防衛の算段を付けることだ。外交上それがどんな事態を招くかは、外務省が考えること。そして総理大臣は、両者の意見を天秤に掛けて判断すればいい。

防衛上の判断は明らかだった。われわれは中国の恫喝《どうかつ》に抵抗し、島を奪還できるだけの戦力を持っている。そしてそこに兵を置き、未来永劫守り通せるだけの経済力もある。あとは、それをやり抜く覚悟が政治にあるか否かだ。

中国漁政310船は、釣魚島沖一〇キロの領海内に留まっていた。一〇キロ東へ進んでは舵を切り、西へ一〇キロ戻ってはまた東へコースを取る。その繰り返しだった。

海保の高速巡視船一隻が、常に釣魚島側に位置し、五〇〇メートルほど離れた場所からぴたりと並走している。電光掲示板に、「退去日本国領海外（日本の領海から退去せよ）」と表示されている。こちらも、電光掲示板に英語と日本語で「中国領海から退去せよ」と表示して対抗した。

久場島南東海域に留まっていた日本の護衛艦隊が動き出したという報せは、上空を哨戒していたZ‐9C（直昇9C）対潜ヘリコプターからもたらされた。

艦隊が出せる最大の速力で向かっている。九〇分で釣魚島まで到着する。こちらに打つ手は無かった。沿岸部を発した艦隊は、空母〝遼寧〟艦隊と合流した後、到着する予定になっているが、それは暗くなってからだ。

ミサイル艇部隊で攻撃するという手もなきにしも非ずだったが、日本の護衛艦隊の防空は鉄壁だ。彼らが個艦防御として二基装備する二〇ミリ近接防空火器システム《CIWS》は、だいたい片方は動かないことになっている。メンテナンス予算を節約するためと聞いているが、さすがにこの作戦に備えたとあっては、二基とも動いているだろう。二〇ミリCIWSは、対艦ミサイルに対してストッピングパワーが足りないというもっぱらの噂だが、彼らには対空ミサイルもある。主砲弾ですら、ミサイルをたたき落とせるのだ。

ひとたび反撃が始まれば、ミサイル艇は、ただの猟場のカモと化すだろう。ほんの五分で、二〇隻からのミサイル艇部隊は全滅する羽目になる。

指揮を執る王洪波《ワンホンボ》少将は、改めて、全てのミサイル艇に、「決して発砲するな、ピストルの弾一発とて撃つことは許さない」と無線で命じた。

このことは、訓練の過程で、艇長の一人一人に執拗に念押しした。一人の艇長の独断専行が、作戦の全てを台無しにする恐れがある。軽挙妄動は慎め、と。

作戦室に陣取る王は、パソコンのモニター画面を眺めている尹語堂《インユイタン》少佐に「どうだ?」と尋ねた。

尹少佐は、〝微博《ウェイボー》〟に張りついていた。

「凄まじい投稿の流れです。たぶん、〝微博〟始まって以来でしょう。世論は概ね好意的です。われわれは英雄ですよ。……今晩七時から、政府が重大発表を行うそうですね」

「彼女の晴れ舞台になるな」

「ええ。あの、性格がきつそうな表情がたまらないというファンが多いみたいですが」

「切れる女だ。そうだろう?」

「同感です。でも私生活でも一緒にいたいとは思わない」

　紅稗型ミサイル艇隊の作戦参謀・呂鵬《リュプヲン》少佐が、

「提督」と口を開いた。

「もし、敵の大型艦が島へ接近しても、攻撃はしないということでよろしいですか？」

「まず、大型艦が、ミサイル艇の内側へ入ることはないだろう。小回りは利かないし、接近しすぎては攻撃もできないからな。彼らはもっと沖合に留まり、海保の巡視船がその間に入るはずだ。だから、君らの出番はない。もしも砲火を交える時は、まずミサイル艇を島の周囲から避難させた上で、〝遼寧〟艦隊が出ることになるだろう。不満かね？」

「いえ、しかし、機会があればと思いまして」

「君らは与えられた任務を完璧にこなし、なお敵を食い止めることに成功している。任務の本分は、刃物を振り回すことじゃない。海軍本来のショー・ザ・フラッグ。旗幟《きし》鮮明《せんめい》にすることで威嚇《いかく》効果を発揮することだ」

「はい、完璧に承知しております。ただ、もしあの揚陸艦からエアクッション艇が出てきたら、どう対応なさるのですか？」

「その場合は応戦して沈めるしかないだろうな。心配は要らんよ。私が知っている日本にはそんな覚悟はない。いずれにせよ、それは二時間以内にはっきりする」

　いざとなれば、沿岸部から戦闘機部隊を呼び寄せることもできるが、上空にはイーグル戦闘機もいる。これも出撃させたところでカモになるだけだ。撃墜されてもたいした損失にはならない旧式の戦闘機や攻撃機を次々と繰り出し、ミサイルで飽和攻撃を仕掛ける作戦も検討された。一〇〇機二〇〇機の戦闘機から一斉に発射される数百発のミサイルを全て叩き墜とす術《すべ》は、米軍ですら持っていない。唯一有効と思われる戦術だったが、それは泥沼の戦闘に陥ってからの最後の手段ということにされた。

戦闘機は旧式といえどもパイロットは貴重だ。有効だと解っていても、おいそれとできる作戦ではなかった。

日本がこんなに素早く対応してくるのは予想外だった。少なくとも〝遼寧〟艦隊と五十歩百歩の時間差で佐世保の艦隊が出てくるのが精一杯だろうと見積もっていた。ところが、彼らは、いきなり二隻ものドック型揚陸艦を繰り出してきた。海自が「単なる輸送艦」と白《しら》を切る強襲揚陸艦をだ。

誰が指揮を執っているのか知らないが、見事な作戦というほかなかった。だが、わが中国には、日本にはない強みがある。それは、この島を、血を流してでも守り抜くという決意だ。日本には、中国と正面からことを構えてまで尖閣諸島を守り抜く覚悟はない。

「大丈夫さ。結局は、あの新総理は、釣魚島を目前に足踏みすることになる。それが彼らの運命だ」

王は、誰へともなくそう呟いた。今朝はその確信があったが、今はもうない。そうなってくれることを願うしかなかった。もちろん、顔には出さなかったが。

日本時間の夕方五時、テレビは、中国外務省が、午後七時に重大発表を行うというニュースを繰り返し伝えていた。中国軍尖閣上陸のニュース速報が流れてから、各局はぶっ通しでそのニュースを報じていたが、日本政府から漏れる情報は僅かだった。海保はまだ一度も記者会見を開いていなかったし、防衛省も同じだ。官房長官が状況を確認中という声明を発しただけで、日本政府の公式発表は何もなかった。

表向きは、組閣の混乱によるとされていた。組閣のニュースなんて、まるで半年前の出来事のような気がしてくる。防衛大臣の坂本ですら、宮中での認証式でどんなやりとりがあったのか全く思い出せなかった。

官邸には、やっと米大使館政務官のハロルド・J・ナイが現れた。彼は、人払いした上での総理との会見を望んだが、石橋が拒否した。地下中二階の小会議室で、制服自衛官も同席する中で、ナイは、総理の真正面に座らされた。

「まるで査問会ですな。まずは、総理ご就任おめでとうございます」

石橋は口の中で、「くだらん世辞だ……」と転がしてから口を開いた。

「ナイさん。貴方とは長い付き合いだ。日米関係を巡って、私が一番しつこく議論した相手は、他ならぬ貴方だった。電話一本でいつでも話ができる友人だったのに、今や月の裏側にいるようだ。いざ艦隊を動かして、ようやく貴方は姿を見せた。遺憾の意を表明させてもらう」

「ご無礼はお詫びします。残念ながら私の一存で動けるような問題ではないので」

「電話一本できないほど日米関係が希薄で疎遠だったとは正直、驚きだ。だいたい――」

扉が開き、メモを手にした楠木が青ざめた顔で現れた。石橋は「構わない、読め」と命じた。楠木は、国上を一瞬チラと見た。国上が「構わない」と頷いたのでメモに視線を落とした。

「先ほど、外務省の邦人保護課に入った連絡です。上海で修学旅行中だった、横浜市内の高校生が乗ったバス二台が、地元公安部に拘束された模様です。麻薬所持の疑いがかけられているそうです。引率していた教頭の携帯から学校に電話が入りましたが、今はもう繋がらないそうです。他の教師の携帯も全て不通になっています」

石橋がうーん、と呻いた。

「考えたな！　軍事施設に立ち入ったビジネスマンの次は、麻薬で捕まる子供か。あの国じゃ、量によっては死刑だ」

「〈小隊名簿〉でも、留学中の大学生カップルが覚醒剤で逮捕されるシナリオまでは想定しましたが……」

と坂本が言った。

「スウェーデン大使館に捕虜交換の仲介でも申し込むか……」

「司法手続きが進む間に釈放を勝ち取れば済む話ですが、メディアも保護者も、子供を人質に取られて放置するのか、と政府に迫ってくるでしょう」

「あの国の留置場の環境を考えると、それはある。楠木君、外務省と文科省に、直ちに緊急対応チームを編成するよう伝えてくれ。それと、官房長官に記者会見させてくれ。ただし、状況はぼかしてだぞ。誤報の可能性もあるからな。『上海で行方不明、拘束されたという情報があり、政府が確認中』程度にしておけ。それで、旅行中の邦人は全員ホテルに引き揚げるよう、代理店が手配するだろう」

楠木がメモを握って飛び出していくと、石橋の視線は再びナイに戻った。

「心中お察し申し上げます。米政府として直ちに北京に照会し、事態の解決にご協力します」

「ああ、ぜひそうしていただきたいね。で、ぶっちゃけどうなの？　第七艦隊は」

ナイは、いつもどこかおどおどした雰囲気がある。アメリカ人らしくない謙虚なところが、石橋は好きだった。ナイは、大きく息を吸い込み、まるで誰かの臨終を伝えにきた牧師のような強ばった表情で息を吐いた。

「総理、ご理解いただきたい。先週起こった事態は十分なブラフにはなりましたが、問題は中国が米国債を叩き売りすることではありません。米政府が恐れているのは、中国が、今後、米国債を一切購入しないという報復行動に出ることです」

「たかが国債の売り買いが日米関係を毀損《きそん》するというのかね？　中国が買っていた紙切れなんざ、日本が丸ごと買ってやる！　それでは駄目なのか⁉」

石橋は、顔を真っ赤にして右手の拳でテーブルをドン！　と叩いた。コーヒーカップの端に載せていたスプーンが飛び跳ねて床に落ちた。

「総理。問題はそれほど単純では……」

「これ以上単純な問題がどこにある⁉　尖閣は日本領土で、われわれはそれを奪還するために血を流す。アメリカはそのケツ持ちをする。それだけの話だ。別に海兵隊に血を流せと迫る気も、自衛隊員の前に出ろと言う気もない。われわれは自力で魚釣島を奪還できる！」

「そんなことは百も承知しています。でも一方で、貴方は、これが日米の共同作戦でなければ、アジアの平和を崩壊させ、将来に禍根《かこん》を残す結果になることも解ってらっしゃるはずだ。ワシントンから色よい返事が来ないことは事実です。国防総省《ペンタゴン》は乗り気だが、国務省もホワイトハウスも二の足を踏んでいる。われわれは今もホワイトハウスを説得中です。ワシントンは今、午前四時。大統領は、今日の予定を全てキャンセルし、昨夜から徹夜で地下のシチュエーション・ルームに籠もり、彼我の状況を検討し、軍人のアドバイスに耳を傾けている。私は、一時間おきに大統領と電話で話しています。つい三〇分前、私は彼から難詰《なんきつ》されました。どうして日本は勝手に動いたのかと。私は言い返してやりました。貴方が電話一本、日本の新総理にかけようとしないからだと！　これ以上、私に何をお望みですか？」

ナイは、珍しく気色ばんでまくし立てた。全く淀みない日本語で、すらすらと。そんなナイの姿は、誰も見たことがなかった。重い沈黙が流れた。

「……ナイさん、〈プロトコルA〉を発動するしかない。アメリカが日米安保を発動しないと決めた時のためにも、われわれはひとまず部隊を展開する」

坂本が言った。

「米側の事前了解なしに、今以上のいかなる部隊展開も容認できないというのが、ホワイトハウスの公式な立場だとご理解ください」

「それで？　その後、アメリカは何かしてくれるのか？」と石橋。

「平和的に北京と日本政府の交渉を仲介します」

「ナイさん、一度失った領土は二度と戻ってはこない。子供でも解る理屈だ」

石橋は、九〇度椅子を回転させ、テーブルに片肘をついた。

「大統領に伝えたまえ。日米安保を履行できないというのなら、普天間《ふてんま》は還《かえ》してもらう。嘉手納《かでな》、横田《よこた》もだ。厚木《あつぎ》からも横須賀からも出て行ってもらう。われわれは核拡散防止条約《NPT》を脱退し、核武装し、自主防衛の道を歩む、と。さあ、君も出て行ってくれ！」

石橋は、顔を背けたまま、肘を突いた右手を払ってみせた。

「畏《かしこ》まりました。お言葉は間違いなく大統領に伝えます。自分は今後とも、日米安保が履行されるよう最善を尽くします」

「ああ、その方がいいと思うよ。でないと、米国と軍事同盟を結ぶあんな国やこんな国が、いざとなってもアメリカは守ってくれないと離反し、ひいてはアメリカの威信低下に拍車をかけることになるからな」

ナイが一礼して出て行くと、タイミングを見計らって、国上が坂本に耳打ちした。

「ちょっと皆さん、総理と内密の話がしたい。五分間、休憩ということで外していただけると助かる。よろしいですか？　総理」

「ええ。トイレ休憩にしましょう」

制服組や官僚たちがぞろぞろと退席する。部屋には坂本と国上、そして総理だけが残った。

「言いすぎたかな……」

「いえ、あれくらい言っても。さて、何でしょうか？　国上さん」

立ったままの国上は、やや前屈みになって二人に向かった。

「はい。実は〈ケ号艦隊〉が、拙い事態に陥っているようです。大臣のみの耳に入れるようにという指示でしたが、ことがことなので。……艦内の陸自部隊内で血判状が回っているそうです。弱腰の政府を見切り、命令がなくても上陸すると」

総理が眉根を揉みながら、「まあ、ありうる事態だよね……」と嘆じた。

「それで、部隊を率いる尾方陸将補と左近寺海将補が、ガス抜きのために、偵察部隊のみ上陸させたいと申し入れてきました。本来は秘密裏に強行するつもりだったが、事後承諾という形でも大臣には許可をいただきたいとのことです」

「〈ロメオ作戦〉を許可した手前、隣の島に偵察員を入れるなというのも、陸自にとっては酷な話ではあるな」

と坂本。

「戻ったらみんなクビだ！」と石橋は投げやりに

言った。

「公になったら、みんなヒーローになりますよ。海保ビデオが流出した時のように」

「国上さん、〈プロトコルＡ〉をどう思うね。私は三〇分前まで懐疑的だった。今はやる気満々になっている自分が怖い」

総理は、背もたれに上半身を預けると、膝の上で拝むように両手を合わせた。

「幸い、自分はそれを判断する立場にありません。高度に政治的な決断を下すために貴方は総理に就任なさったのだと思いますが？」

「では、実務的に考えよう。もし部隊を上陸させたとして、アメリカは何か手を打ってくるかな？」

「現在すでにノーと言ってきた以上、これ以上後退しようもありません。別に中国は、石垣や沖縄本島を狙っているわけではありませんから、部隊の上陸が日米関係に影響を及ぼす可能性は極めて小さいでしょう」

石橋は、〈プロトコルＡ〉の作戦概要書に視線を落とした。

「たとえば、この一一式短距離地対空誘導弾は、まだ配備が始まったばかりだ。中国には破片すら渡すわけにはいかない。ヘリが撃墜され、エアクッション艇が撃沈されたら、車両を持ち帰る手段がなくなる恐れがある」

「ここに資料はありませんが、撤退作戦も練られ、各部隊訓練しました。車両を引き揚げる余裕がない場合は、弾頭部分を破棄した上で、空挺団の爆破処理班が、機密部分を集めて金属アルミニウムによる金属酸化物の還元反応を利用するテルミットで焼き、溶かします。二時間以内で撤退が可能なよう訓練しました」

「無茶でしょう。ミサイルの弾体を現場で分解して、センサーや誘導ユニットをそこから外して燃やすというの？」

「大丈夫です。訓練済みです。推進モーター部は、纏めて爆破処理します。ただ原則として、そういう事態はあり得ない、と判断しています。輸送へリもなく、エアクッション艇も全て撃沈されているという事態は、海自の護衛艦隊が壊滅したか、命令によって、陸自部隊を置き去りにして撤退しているということですから、状況としてほとんどありません」

国上は、まるで想定問答集を諳《そら》んじるように、全く淀みなく喋った。

「それはそうだが、たとえば深夜に横殴りの雨が降って海も荒れ、ヘリは飛べないしエアクッション艇も近寄れない、だが急ぎ艦隊を後退させなきゃならん、という事態はありうるだろう？」

「その場合は、中国海軍もほとんど身動きが取れないということになりますね」

「さすが国上さんだ。議論にも抜かりはないね。大臣のご意見は？」

「初めに消極的な態度を取ったのはアメリカです。お聞きのように、〈プロトコルA〉は、それなりの時間を割いて検討されました。われわれの意志をアメリカ、中国に伝達する最後の手段です。やり抜くべきかと」

「皮肉だな……。元はと言えば、私が提案した作戦だ。あの時はただの夢物語だったのに……。よろしい。やり遂げましょう。みんなを入れてくれ。国上さん、僕の演説草稿はある？」

「はい、何パターンか用意してありますが、上海での事態が事実なら、若干修正を加えたほうがよろしいかと」

「そうだね。そうしよう」

国上がドアを開けると、戸口に楠木が立っていた。全員がまたぞろぞろと戻ってきて椅子に座った。

石橋は立ち上がり、皆の注目を求めた。

「皆さん。政治家は忍従には慣れている。私も若い頃は落選を経験した。屈辱に耐え、明日の勝利を信じて雌伏《しふく》しなければならない時期もある。だが今回発生した事態に関して、それを座視《ざし》するなら、おそらく、明日、あるいは数ヶ月、数年後に島が戻ってくるようなことは決してないだろう。われわれはそれを北方領土や竹島で学んだ。国際社会の公正に期待することはできないと——」

石橋は一呼吸置き、皆の表情を見やった。制服組の表情は次の一言を待ち、紅潮していた。官僚たちは、困ったことになったと俯きがちだった。

「諸君、われわれは自力で奪還するための初手を打つ。〈プロトコルA〉を発動する！　艦隊が揚陸ポイントに接近し、準備ができ次第実行に移す。ただし、ギリギリまで米側に知られてはならないぞ」

「正しいご決断です！　総理」

陸幕副長が、やっと我が意を得た、という顔で言った。

「中国側の公式声明が午後七時ということは、日本時間の午後八時か。その頃には上陸は終わっていると判断していいな？」

「はい、主要装備の上陸は終わり、後は配置場所での展開と、弾薬の補給が残るのみです」

と東福海幕副長。

「官房副長官、私の記者会見を九時頃にセッティングしてくれ。ただし、中国政府の発表を確認するまでは、記者発表自体避けるように。質問は受け付けない。国民向けのメッセージを読み上げるのみだ。ああ、それと陸幕副長。現地部隊での不穏な噂を聞いたぞ。シビリアン・コントロールを無視して、旧陸軍の如き真似をする輩《やから》は、任務途中といえども警務隊に引っ張ってこさせる」

「はっ！　申し訳ございません。厳に慎むよう、部隊に命令します。作戦終了後、全員に辞表を書かせる所存です」

「当たり前だ！　君たちが無事に作戦をやり遂げても、汚点になる不始末だぞ。念を押しておくが、私は青年将校の下剋上《げこくじょう》に屈したのではない。あくまで対米交渉上のオプションとして選択したのだからな」

「無論です。重ね重ねお詫びします」

「繰り返すが、アメリカには内密に動け。外務省にも知られてはならんぞ。下の連中にもな。ではいったん解散する」

　階下の危機管理センターには、外務省のテーブルもある。階下では一切話すなということだった。

　石橋が右手を払うと、また全員が蜘蛛《くも》の子を散らすように出て行った。

　海幕副長が残り、「総理、〈ロメオ作戦〉の人事ファイルに関してご報告があります」と述べた。

「ファイルだけくれればいいよ」

「いえ、一二月まで特警隊《SBU》の隊長を務めていた倉《くら》永大悟《ながたいご》一佐が厚生課長としてたまたま市ヶ谷におりましたので、直接ご説明した方がよろしいかと思い、呼んでおります。他の総理でしたら黙っておくつもりでしたが、専門家である総理のお耳には入れておいた方がよろしいかと思いまして」

「入れてくれ。今の状況も把握しているの？」

「いえ、無線交信を絶っておりますので、基本的には、無事かどうかも解りません」

　倉永一佐は、黒いファイルに綴じられた三通の人事ファイルを総理の前に置いた。座らずに、テーブルの向こうに立ったままだった。

「何か問題でも発生したのかね？」

「はい、総理もご存じのように、通常われわれは四名編成で潜水艦に乗り込み、一週間から一〇日、もしくは二週間のシフトで次の部隊と監視任務を交替します。一旦緩急あれば、艦内にバックアップ兼通信担当として、士官もしくは下士官が残り、三名で潜入上陸します。正午過ぎに、潜水艦が若干安全な場所まで下がり、通信を送ってきました。それによると、新米の士官が残り、下士官が二名を率いて上陸した模様です」

石橋は、その三人のファイルを見比べた。

「まあこの手の身上書に、特技や処分以外のことは書かないよね」

「はい。選択は正しかったと思います。士官の大谷綾太二尉は、子供が生まれたばかりで、実はまだその子の顔を見ていません。そういう事情が絡んだかどうかはわかりませんが、いずれにせよ部隊に配属されたばかりで、馴染んでいるとは言い難い状況でした」

「この内倉隼人二曹は、潜水士出身のベテランで、典型的なSBU隊員じゃないか？　何の問題があるんだ？」

「はい。問題はまさに、その二曹でして、二ヶ月前、家庭内暴力で警察沙汰になりました。幸い、駆けつけた警察官が自衛隊出身で、その場で収めてくれました。カウンセリングを受けるよう命じましたが、ほとんどをすっぽかしています。訓練等のスケジュールがあって、部隊もきつく言わなかったようです」

「それは、貴方が隊長の時の話だよね？」

「はい。自分の責任です。潜水士の資格を持っていた彼は、３・11で真っ先に三陸沖に派遣され、五ヶ月間ひたすら遺体捜索に当たりました。PTSDであることは明白でしたが……」

「でもDVってよほどのことだよ？」

「はい。昨年、ちょっと大がかりな人事異動がありまして、それでベテラン下士官が枯渇し――」

　石橋が突然思い出したかのように「待った！」と右手で制した。

「二年前のクーデター騒動、あれが原因だろう⁉　あのＯＢに繋がる連中をごっそり異動させた……」

「幕《ばく》としては、クーデター云々は全く把握しておりません。世間というか、一部のメディアが面白おかしく書き立てただけです」

　海幕副長が不快げに口を挟むと、石橋が皮肉げに笑った。

「そりゃそうだよなぁ。このご時世に、クーデターもあるまいに。時代錯誤な連中だ」

「総理、話が見えませんが？」と坂本が尋ねた。

「いやあ、よくある話ですよ。元特殊部隊員の親睦会があるんです。特警隊《SBU》の隊長、陸の特戦群の指揮官、警視庁のＳＡＴや、海保の特別警備隊の隊長……、日本のありとあらゆる特殊部隊のＯＢが名を連ねている。あれは拉致問題にかこつけて立ち上がったんだっけ？　その新代表がどこかにある神社の道場の館長なんだけど、どうもよからぬ噂が立ったとかで。その噂がどんなものかは知らないけどね。確か今でも、警視庁の公安部や公安調査庁が監視対象にしているはずだよ。で、自衛隊は、痛くもない腹を探られるのが嫌で、そのＯＢ集団に繋がりそうな連中をラインから外したと。そういう解釈でいい？」

「まあ、ことはそれほど単純ではありませんでしたが……。とにかく、部隊は思想色のないベテランだけで回さざるを得なくなり、彼が問題を抱えていることを承知の上で、任務の最前線に立たせるしかなかったというのが実情でした」

「大丈夫なのか？　精神状態は」

「ストレスの発散はもっぱら家庭に向けられていたようで、妻は実家に戻り、現在離婚協議が進行中だそうです。しかし、部隊内での問題行動は全くありませんし、技術的にも彼が適任です」

「その話は信じるけどさ、彼らは今、極限状況下に置かれている。何かミスをしでかす前に、チャンスがあったら脱出させた方がいいんじゃないのか？　少なくとも、何もするな、動かず隠れていろと命じた方が」

「実質的に動き回れる状況とは思えないので、改めて命令を出す必要もないかと」

「なるほどね……」

総理は、解ったという顔で、海幕副長を見やった。

「海将、つまり君がわざわざ時間を割いて私に伝えたかったのは、海自のSBUはもとより、陸自の特戦群にしても、ベストな状態にはないということかね？」

「遺憾ながら総理。私はよその部隊に関してあれこれ言える立場にはありません」

海幕副長はしれっとした顔で言った。

「思想的に問題傾向のある連中をラインから外してなお血判状が出てくるとなるとお手上げだぞ。こうして上陸を迫ってきたからには、明日は野砲部隊が勝手に砲撃を始めるかもしれん。警視庁のSATでも送り込んで見張りに付けるか……」

「率直なところ、自分も驚きました。〈プロトコルA〉の作戦立案では、陸の幕僚スタッフとも胸襟を開いてとことん話し合ったつもりです。それがいきなり血判状だなんて、今でも信じられません」

「私の敵はいったい誰だ？　日米安保を拒否するアメリカか？　それとも、勝手に引き金を引こうとする君らか？」

誰も答えなかった。

「国上さん、〝いせ〟艦上にいる陸の指揮官との通話を手配してくれ。できれば顔を見て話したい」

「解りました。通信秘匿上問題ないかどうか照会した上で手配します」

国上が二人の海自幹部を促して部屋の外に出ると、石橋と坂本だけになった。

「われわれはたまたま同じ難破船に乗り合わせたが、どうも一人一人の思いは違うようだ……」と石橋が嘆いた。

「でも、目的は同じでしょう。じきに団結しますよ。シャクルトンになると貴方は誓った。ついていきますよ、地獄まで。まだ駆け引きは始まったばかりだ。自分が選挙に負けた時の絶望を思い返せば、この程度の危機はなんてことはない」

坂本はそう言って微笑んだ。共に落選経験のある政治家にしか通じない慰め方だった。

「そうだな。あの惨めさに比べれば、確かにどうってことないか」

石橋は、執務室に飾ったばかりのチャーチルのレリーフをここに持ってこさせようと思った。勝利には忍耐が必要だ。

尖閣諸島に日没が迫っていた。上陸後、島の捜索に部隊を散開させた中国軍は、暗くなる前に、部隊を、それぞれ設けた拠点に撤収させつつあった。

だが、全員が引き揚げたわけではない。敵のスパイ潜入に備えて、少数の斥候を要所要所に潜ませていることは間違いなかった。

彼らを監視するSBUの隊員三人も、当然、敵の斥候との遭遇に備えていた。カムフラージュされたネットの下で、三人はほんの三〇分だけ顔を合わせて食事しながら、今後の作戦を話し合った。まるで自宅の狭いトイレに三人で入ったような状態で、身体は密着し、互いの額は一〇センチと離れていない。

食事は、まずはかさばる戦闘糧食《MRE》を片付けることにした。もちろん温める余裕はないので、汁物も飯も、封を破ってそのまま胃に流し込む。空き袋はまとめて地中に埋める手はずになっていた。今日は姿は見えなかったが、敵はいずれ警察犬を持ち込むはずで、それに備えてのことだ。

小便は、いざという時に犬を誘《おび》き寄《よ》せる小道具にするため、ペットボトルに溜めていた。

三人とも、ビーフカレーとフランクフルトソーセージに卵スープという豪勢な食事だった。これが最初で最後のまともな食事だ。明日からは、三食ともスポーツ用のプロテイン・バーになる。

山岸三曹は、中隊用無線機のイヤホンを左耳に突っ込んでいる。三上三曹は、中波ラジオでNHKを聴いていた。内倉二曹は、周囲の気配に注意しながらの食事だった。

「ニュースは何だって?」と山岸が三上に尋ねた。

「何も。言っていることは一時間前から同じだ。中国じゃ、重大事案の記者会見があるから、人民はそれを待つようにとテレビやラジオが繰り返しているらしい。日本政府は、それが終わってから記者会見するそうだ。自衛隊の動きに関しては何もなしだ。そっちこそ、緊急無線はないのか?」

「音沙汰なし。まるで無線が壊れたんじゃないかと思うほど静かだ。このまま何もなかったら、俺たちどうすればいいんですかね?」

「三人で暴れ回るってのはどうだ?」

話を振られた内倉は真顔で言った。

「本気ですか? 分隊長」と山岸が言った。

「どうかな……。このまま撤退になったら癪《しゃく》だろう。政府はあてにならないが、俺たちがそうやって戦っていることが解れば、沈黙できずに部隊が動いてくれるかもしれん」

「そんなにうまくはいかないでしょう。我々の基本は偵察任務です。この数の敵を相手に回してどのくらい粘れるか。それとも分隊長は、出撃前に上から何か言い含められたんですか？」

「いや、そういう裏はない。やっぱりお前らは無事に帰りたいよな？」

「やけを起こさないでくださいよ。俺たちは全体の作戦の中で動いているわけだし、娘さんだって悲しむでしょう」

「まあ、家族のことはどうでもいい……。お前たち、万一撤退命令が下ったら、本当にそのまま逃げ帰るのか？」

三上がついた溜息が、直接内倉の顔にかかった。

「食料は三日で尽きるのに、ここに留まって何ができるというんですか？　偵察なら、スパイ衛星でも無人機でも同じことでしょう」

「その土地に、兵隊がいるといないとじゃ大違いだぞ。ま、そりゃあ、命は大事だよな……」

ほんの僅かだが、内倉のその台詞には、軽蔑の色が混じっていた。

「分隊長、この話、このくらいでやめませんか？　でないと俺は、次の定時連絡で、問題が発生したことを上に報告しなきゃならない」

「心配するな、お前らを道連れにすると解っていて銃をぶっ放すようなことはしないから」

気まずい空気が流れた。

食事の後片付けが終わると、三人は深夜の監視シフトを決めて別れた。無線機のアンテナがあるその場所には三上が残り、山岸は二〇メートルほど下った場所へ、内倉は逆に五〇メートルほど上った場所に狙撃銃を担いで移動した。露出した岩の窪みにネットを張り、上には落ち葉を敷いてカムフラージュした。

内倉は、酷い不眠症に悩まされていた。うとうとしかけると、いつも同じ夢を見る。廃墟と化した町並みを、自分一人が歩いている。やがて一戸建ての家の二階の窓に、一人の少女が姿を見せる。だが、少女の顔に表情はなく、眼窩も不気味に落ち込んでいる。やがてその少女は、両腕を前に垂らしながら、窓を飛び出し、ふわふわとこちらに漂ってくる。

そこで内倉は初めて、そこが地上ではなく、海中であることに気付くのだ。そしてその少女が自分の娘だと気付いた瞬間、大量の水を飲んでパニックに陥る。いつもそこで目が覚める。

彼が実際に潜った被災地の沖で見た光景が元になっているのは明らかだった。木造家屋が、自家用車が、そのままの姿で海底に鎮座している。

夢と経験の違いは、視界の悪さだ。海は濁り、伸ばした先の自分の手を確認するのが精一杯の状態が、何週間も続いた。

そんな中で、遺体捜索にあたったのだ。決して、自分は強いという自信を持っていたわけではない。だが、そういう状況に対しては、鈍感だと思っていた。遺体を発見した時の恐怖も、一晩寝れば収まるはずだった。発見時はともかくとして、遺体を遺族の元に返せるのは名誉なことであり、これは崇高な任務だという自覚があった。

だがいざ、任務を終えて普段の基地、平和な街、そして幸せな家族の日常に戻ると、あの凄惨な記憶が徐々に蘇り、自分の精神を蝕《むしば》み始めているのに気づいた。

自分では、どうにもならなかった。弱さを恥じ、隠すことしかできなかった。そして、家族がその犠牲になった。何より、妻が、自分の苦しみを理解してくれなかったことが許せなかった。原因が自分にあることは百も承知していたのに。

　部隊は、そんな自分に救いの手を差し伸べてはくれなかった。上辺だけの同情をし、カウンセリングを受けるよう命じただけだ。いかにも、消耗し切った奴はさっさと席を空けろといわんばかりの態度だった。

　自分にはもう戻るべき場所はない。家庭にも、部隊にも。

　きっと、これは何かの運命だ、と内倉は思った。失うものがない自分を、島が呼んだのだ。ここで何かを成し遂げよと招かれたのだ。

第十一章

航空自衛隊南西航空混成団は、海上保安庁が中国漁船と接触した今朝方から、事実上のデフコン3に入っていた。基地外に居住する隊員全員が、抜き打ち訓練を名目に、午前六時には招集された。緊急発進機《スクランブル》は、通常の二機待機態勢から四機、七時には八機待機態勢へとレベルが上がった。

普段なら、飛行隊に所属する何割かの戦闘機は整備分解中であるのが当たり前だが、なぜかこの日、那覇基地にいる全ての戦闘機が稼働状態にあった。何かが起こりつつあることを皆が感じ始めていたが、NHKの臨時速報が流れるまで、幹部が口を開くことはなかった。

全ての在沖《ざいおき》部隊においては、これから起こる苛酷な状況を見据えた緊迫感より、やっと情報が解禁されたことへの安堵感の方が大きかった。

要撃管制幕僚の穂純秀平三佐は、司令部運用課運用第二班長の佐多宏和二佐と共に防空司令所《DC》に籠もっていた。

幹部たちは、午前三時には緊急招集を受けた。すでに一二時間籠もりっきりだ。昼前、一度トイレに出た。昼過ぎ、衛生班から、水分補給をするようにと通達が出た。

スクリーンは賑やかだ。在沖の第二〇四飛行隊のイーグル戦闘機だけでもすでに四機が尖閣の東海上をパトロール中で、四機がいつでもスクランブルできるようエプロンで待機している。その僅か東を、三沢から飛んできたE‐2C〝ホークアイ〟早期警戒機がパトロールしている。

　間もなく、浜松からのボーイング767空中早期警戒管制指揮機《AWACS》がそれに加わり、中国の海岸線まで睨みながら、航空管制を仕切ることになる。

　さらに心強いのは、嘉手納基地から、米空軍のF‐15イーグル戦闘機も飛んでいるという事実だった。

　この空域に於ける米空軍機の存在はワイルドカードみたいなものだ。中国は、アメリカとことを構えてまで尖閣に執着するとは思えない。穂純三佐はそう信じていた。

　防空司令所の外には、実弾入りの銃を持った警務隊が立つようになった。ドアは内側からしか開かない。

　佐多二佐が扉を開けると、南西航空混成団司令の藤沢《ふじさわ》周治《しゅうじ》空将が現れた。

「皆、そのままで。様子を見にきただけだ」

　穂純は、先任管制官の椅子から腰を浮かせかけたが、軽く振り返るだけに留めた。

「そのまま聞いてくれ。いろいろ話せないことがあって迷惑をかけたが、こういう事態になった。おっ始《ぱじ》まったからには、われわれは粛々と対応しなきゃならん。だが、何も心配は要らない。実弾のストックは限られるが、それも補給艦で今夜中に届く。航空燃料も、実はすでに民間の輸送船が奄美沖にいる。いざとなれば、米空軍からも融通してもらえる。一時間前、嘉手納基地と協議を持った。ワシントンは及び腰だが、現場の裁量でできる支援は惜しみなくするとのことだ。電子戦機も全て出払い、必要なら空中給油機も出すと言ってくれた。もし日中が衝突したら、グアムからF

-22が飛んできてくれるだろう。……そう信じたいが」

スクリーン上で、米空軍の二機編隊が針路を変えた。こちらのイーグル戦闘機のインターセプト・コースを取った様子だった。

「何だろうな……、あれは」

「特に、米軍からメッセージは届いていません」と佐多二佐。

「そうか。……ああ、それで、米側の提案があって、久場島が今でも米軍の射爆場であることを最大限利用することになった。久場島周辺に、米空軍が二四時間、警戒機を飛ばす。そうすれば、中国は、久場島周辺には接近しないだろう。当然上陸もなし。そこは海自にとって安全地帯ということになる」

「それはでかいですね。そのまま米軍が居座ってくれるなら大歓迎ですが」

「従って、こちらの警戒飛行からは久場島を回避するようなルートを設定してくれ。それともう一つ。陸・海部隊が、北小島・南小島に対して、上陸作戦を開始した」

「今、ですか？」

佐多二佐は怪訝《けげん》な顔で尋ねた。沖合に海自の護衛艦隊が展開していることは知っていたが、上陸部隊を編成してここまで連れてくるには、どう考えてもあと一週間は必要だ。

「そうだ。今だ。すでにエアクッション艇が輸送艦から発進した頃だろう」

「そんな部隊がどこに⁉」

「某所に、だ。砲兵部隊まで積んでいるらしい。言ったろう、われわれはこの事態に備えてきたと。空自もペトリ部隊を本土から入れることになったが、われわれがやるのは、本土から飛来する輸送機を受け入れる程度のことしかない。しばらくはそれで時間が稼げると政府は見ている。つまり、北小島・南小島の防空に留意しなきゃならんということだ。中国軍機が接近するようなら早めにイーグルをぶつけなきゃならん。敵にこちらの動きを見せてもならん。ということだ、先任管制官。聞いていたな？」

「はい、北小島・南小島の警戒に最善を尽くします！」

と穂純が頷いた。

「頼む。あと、シフトの交替は守ってくれよ。長丁場になる。まあ自宅に帰れないのは仕方ないが、倒れられては困る。飯もきちんと食ってくれ。以上だ」

司令は、前列のオペレーター席を回って一人一人を励ましてから出ていった。

穂純は、「知ってました？」と佐多に聞いた。

「いや、全くの初耳だ。だけど、思い返せば、不審なところはあったよな。ほら、今月、一機定期メンテで名古屋送りになる予定の機体があっただろう。交換部品が無いという話で二ヶ月日延べされた。先週だったか、飛行隊の全機が飛べるなんて珍しいですね、と飛行隊長と話したんだ。あの時、隊長がちょっと気まずそうな顔をしていたのを覚えている。話せなかったんだろう」

「米空軍のイーグル編隊、まもなく味方と接触します」

とオペレーターの徳田美津夫二曹が報告した。

「そのままだ。しばらく様子を見守ろう」

友軍機とはいえ、胃が痛くなる瞬間だった。

その頃、第二〇四飛行隊の副隊長滝田《たきた》勇《いさむ》三佐が操縦するイーグル戦闘機は、久場島の南西海上四〇マイル、高度にして一七〇〇〇フィートを南西へ向け、航空ヘルメットのバイザーを降ろして飛んでいた。右手前方へと落ちていく夕陽が眩しい。

キャノピーのミラーに接近する米空軍のイーグル二機が見えている。

滝田三佐は、ライト・エシュロン編隊で、自機のやや右手後方に付けて飛ぶ僚機に、ハンドシグナルでしばらく真っ直ぐ飛ぶよう命じた。彼らの後方四〇〇〇フィートには、別の編隊が同じ隊形を組んで飛んでいる。昔ながらのミグキャップの警戒隊形だった。

その編隊を米軍機があっという間に抜き去り、徐々に減速しながら滝田編隊に接近してくる。

正直、何事だろうと思った。訓練でなら、この手のランデブーは珍しくもないが、それも事前の打ち合わせがあってこそだ。

米空軍の二機編隊は、さらに距離を詰めると、今度はゆっくりと幅寄せしてきた。滝田は、気付いている合図に、しばらく振り返ってみせた。

相手はぐんぐんと接近してくる。終《しま》いには、機体一つ間に入るか否かの距離まで近づいてきた。

相手が航空ヘルメットのバイザーを上げ、さらに酸素マスクを外した。滝田もそれに倣《なら》う。見覚えがある顔だった。よく整えられた口ひげ、つんとがった鼻。互いにホーム・パーティに呼び合う間柄の第四四戦術戦闘飛行隊の副隊長、ベン・カーター少佐だった。

少佐は、一瞬俯くと、ニーボードを掲げてこちらに見えるようキャノピーに押し付けた。

「TOMODACHI!」とゴチック体で書かれている。

滝田は驚いて無線のスイッチを入れようとし、思いとどまった。感謝の念は伝えたいが、無線の使用は極力避けねばならない。

滝田は、親指を立ててから、軽く敬礼した。カーター少佐は頷くと、翼を左右に振った。こちらも応える。

　カーター少佐は、エルロン・ロールを打って一瞬で自衛隊機から離れていった。

　もつべきものは友！　なんだかんだ言いながらもアメリカは同盟国だ。彼らの存在がもたらす安心感は絶大だ、と思った。


　地上では、何が起こったのか把握しかねていたが、やがて徳田二曹が謎を解いた。

「レーダーの反応が規則的に変調しています。一瞬ですが。おそらく、両機ともに翼を振り合ったのだと思います」

「ふう……、人騒がせな」

　穂純は、勘弁してくれよ……、という顔だった。そして、長年の同盟関係に違《たが》わぬ協力を米軍が示してくれることを祈った。


　第一空挺団空挺特科大隊大隊長の押川博伸二佐と第二普通科大隊の大隊長の岩満臣太二佐は、エアクッション艇の上陸を支援するために、護衛艦〝いせ〟から発進したゾディアックボートで北小島の東側ビーチに上陸した。

　事前に、北小島と南小島のことは徹底的に調べた。二〇センチ以上の岩や陥没、突起物の全てを把握しているつもりだったが、それでも見るのと実際に上陸するのとは大違いだ。

　辛うじてエアクッション艇がビーチングするだけの空間はあったが、こんな所に車両を陸揚げできるんだろうかと思った。

「まあ、必要な場所には施設部隊が橋を架けるだろうし」

　押川は、台形状の土地を見渡しながら言った。

「ああ。いざとなれば連中は戦車を担いででも荷揚げしてみせると言っているしな」

と岩満も応じた。ゾディアックで前進しながら、魚釣島から見えないように上陸できることは確認した。向こうもヘリを飛ばしているので、いずれは気付かれるだろうが、中国側が野砲の類を陸揚げしたとは聞いていない。素早くやってのければ、妨害が入る前に全部隊を陸揚げできるだろう。おそらく二時間以内に。

「旗は持ってきた？」

と押川は岩満に問うた。岩満は、とんとんと自分の胸を叩いた。

「腹巻きにしてある。この旗をなんとしても魚釣島に立ててやる」

「その意気だな」

沖合で待機する部隊に、赤外線フラッシュライトで合図を送った。日没が近く、沖合に展開する艦隊の船体がオレンジ色に輝いている。神々しい光景だった。

それから一〇分後には、輸送艦〝おおすみ〟を発進した二隻のエアクッション艇が、まず歩兵を搭載して北小島・南小島に上陸した。エアクッション艇は、二分と岸辺に留まることなく輸送艦へと引き返していく。代わりに、〝いせ〟を発進したMH・101大型ヘリが、指揮通信ユニットを吊り下げて飛来する。歩兵の大部分は、ヘリで乗り込むことになっており、陸上自衛隊のブラックホーク・ヘリが〝いせ〟の格納庫には搭載してあった。

中国海軍の艦隊が駆けつける前に、ここを要塞化せねばならなかった。

中国側は、MH・101ヘリが〝いせ〟を発艦した時点で起こっていることに気付いた。驚きもしたが、彼らにそれを阻止する術《すべ》はない。少なくとも、艦隊が到着するまでは、ミサイル艇如きではどうにもならない相手だった。

だがさすがの王少将も、エアクッション艇が一五五ミリ榴弾砲を陸揚げしているとミサイル艇から報告が入った時には、あんぐりと口を開けた。日本がそこまで備えていたとは全くの想定外だったからだ。結局、北小島、南小島に各四両ずつの一五五ミリ榴弾砲が陸揚げされたことが確認された。


北京時間の午後七時、雷娜娜《レイナナ》報道官は、純白のブレザーに深紅のスカーフを巻いた姿で外交部の記者会見場に姿を見せた。

彼女が現れた瞬間、記者団の中からおお！　というどよめきの声が上がった。一部で野暮《やぼ》ったい、好戦的だと批判がある彼女のヘアスタイルや化粧が一新されていたからだった。パーマをかけていた髪は、短くストレートに下ろされ、耳元でカールしている。

二年前から、外交部新聞文化司報道官を務める彼女はしかし、その反応を楽しんでいるかのように、軽く微笑みを湛《たた》えた表情で記者団を一瞥し、「質問は受け付けません。声明のみです」と口を開くと、効果的な小休止を挟んだ。

スタイリスト、心理学者、演出家を含む大勢のスタッフに囲まれ、訓練を受けた。まるで演劇の舞台稽古のようだと彼女は思ったが、それもやっとこれで報われる。

「今朝方、わが国の漁船が、わが国領土である釣魚島沖にて、日本の取締当局から不当な攻撃を受け沈没した。付近にいた仲間の船が駆けつけた模様であるが、これも次々と日本から実弾攻撃を受け、多くの漁船が撃沈されたことが確認されている。わが人民解放軍はこの事態に至り、速やかに救難部隊を編成し、漁民の救出に出動した。そしてやむを得ず船を失った少数が、釣魚島に上陸を果たしたことを確認した。現在も島は、日本の取締当局及び日本海軍の艦艇に包囲され、緊張状態が続いている。その局面を打開するために、わが海軍は、練習空母〝遼寧〟を旗艦とする防衛艦隊を釣魚島海域に向かわせている。それは間もなく到着するだろう。

わが党と人民は、外国勢力が、わが領土を侵すことを決して座視しない。周辺各国には冷静な対応を望むと共に、日本政府に対して、これ以上の侵略行為を自重することを強く警告するものである――」

彼女はそれだけ言うと壇上を降りようとした。その瞬間、仕込んでいた記者が「われわれは釣魚島を奪還したのか？」と問うた。

すでに一歩下がっていた彼女は、再び壇上に戻ると、滅多に見せない満面の笑みで頷き「そうよ！　私たちは島を奪還した」と述べた。

その瞬間、フラッシュの嵐と、歓声が沸き起こった。それが、全ての中国人民の反応を示していた。

彼女は壇上から降りて歩きだしかけたが、まるで飛び跳ねるように再びマイクの元に戻ると、私的な会話のように砕けた口調で話し出した。

「質問は受け付けないと言ったけれど、救出に向かい、漁民と一緒に島に上陸した蛙人《あじん》部隊の中佐から先ほど無線が入りました。『島には、山羊が繁殖しており、われわれはそれを捕まえ、今夜の夕食として、今調理しているところだ。わが国の核心的利益であるこの島を奪還できた感激を、一日も早く人民と分かち合いたい』とのことよ」

また大きな歓声が沸く。彼女はその歓声に包まれながら、今度こそ舞台の袖に消えていった。

世界中に生中継されたその記者会見の様子は、もちろん日本の総理官邸でもライブで見られた。その同時通訳のために、外務省のチャイナスクールから、ベテランの中国屋が一人、地下の会議室に呼ばれていた。

外務省審議官の中田彬は、総理大臣の真ん前に座り、メモを取りながら、報道官の発言を通訳して聞かせた。中田は個人的感情は一切表に出さなかった。

「この女性報道官はよく見るけれど、なんでこんな要職にいるの？」

石橋総理が中田に聞いた。

「父親は職業外交官です。祖父は抗日戦争の英雄。日本にいたことはありませんが、アメリカで少女時代を過ごし、ハーバードのビジネススクールを出ています。母親も高名な画家です。いわゆる太《たい》子党《しとう》の一員ですね」

「なるほど。何というか、背筋をピンと伸ばして喋るところが、いかにも他人の正義には聞く耳持たず！　という感じだよね」

「まあ、中国政府の顔ですから。共産主義を体現している部分はあります」

「官房副長官は、私の会見後、海保に記者会見させるよう原稿を調整してください。こちらの会見は、予定通り午後九時ということで」

立ったままの官房副長官が小さく頷く。テレビはＮＨＫのスタジオに切り替わった。モニターは、南小島上空を舞う海保ヘリからの映像を映している。まるで映画でも見ているような光景がそこに展開していた。自衛隊は、ほんの二時間ほどで、歩兵や車両を両小島に上陸させ、展開してのけたのだ。今では、一五五ミリ榴弾砲の砲身が空へと屹立《きつりつ》していた。

「中田さん、チャイナスクールにはいろいろ言いたいことがあると言ったら語弊があるかな?」

と総理は斜に構えて言った。

「われわれが皆さんから嫌われていることは承知しています。しかし、世間が思っているほどわれわれに力がないことは、この件でご理解いただけたかと思います」

中田は落ち着き払って応えた。まるで、いったい自分にどんな答えを期待しているんだという雰囲気だった。

「懺悔でもお望みですか?」

「まさか……。貴方個人に対して偏見はない。ただ、貴方は中国の生き字引として知られている。何か解決策でもお持ちかと思って」

「今の中国は、バブルの絶頂期の日本と同じです。繁栄は永遠に続き、自分たちは世界中の富の全てを手中にしたかのような錯覚に陥っている。そういう状態の国家に付ける薬はありません。歴史は、時としてどうにもならないものです、総理。貴方にとっては、星の巡り合わせが良くなかったが、少なくとも日本にとっては、貴方が今そこにいらっしゃるのは幸運だった。われわれは安心して舵取りを委ねられる」

「チャイナスクールから誉められても嬉しくはないけどね。怪しげな本を読んでいるんだって?」

中田が、そこで初めて感情を見せた。その話は今はまだ微妙だと顔に書いてあった。

「ええ。自分の仕事は分析なので。近々、その成果をご覧に入れるチャンスがあるかもしれません」

「期待しているよ」

脅しはかけたが、残念ながら、中国からはまだ何の反応もなかった。

中田が出て行くと、横から国上がスピーチ用の原稿を差し入れた。

「〈プロトコルA〉に関して若干加筆しました。細部と、質疑応答は防衛大臣が引き受けますので」

「荷が重いな……」

と坂本大臣が嘆じた。

「アメリカはまだ夜が明けたばかりだ。合衆国大統領が熟睡してくれたことを祈りたいね。そしてすっきりした頭で、同盟関係の重要さを理解してくれることを願うよ」

「原稿を確認しながら、軽食でもいかがですか？　サンドウィッチが用意してありますが？」

と官房副長官が申し出た。

「そうしよう。コーヒーも頼むよ」

空母〝遼寧〟を核とした中国艦隊が刻一刻と尖閣に近づいていた。海自の揚陸作戦は、幸いその前に一段落し、護衛艦隊は、不測の事態を回避するために、南小島から一五キロ東の水平線上へと後退した。


午後九時ちょうど、石橋総理は、坂本防衛大臣を従えて記者会見に臨んだ。事前に官房長官が登壇し、総理は質問には応じず、防衛大臣が受け答えすると告げた。


登壇した総理は、ＮＨＫのカメラを発見して一瞬視線を向けた後、原稿に視線を落とした。

「本日未明、五〇隻からなる中国軍の偽装漁船団が尖閣諸島・魚釣島沖に出現し、漁民に偽装した特殊部隊員が上陸作戦を開始しました。数ヶ月前、この作戦の存在を察知した前政権は、自衛隊、海上保安庁と共に対応作戦を練り始め、この日に備えて来ました。具体的な日取りまで把握していたわけではありませんが、昨夜から中国軍の動きが慌ただしくなったことを察知するに至り、海上保安庁は、七隻の高速巡視船を尖閣周辺に配置し、対処に当たりました。中国軍の動きは極めて高度に訓練されており、また隻数も多かったことから、徐々に巡視船団が押され始め、昼前には第一波の上陸を許すに至りました。その後、ミサイル艇二〇隻ほどの艦艇が現れ、さらに武装した正規軍が上陸。現在、こちらが推定するところで、一個中隊前後の完全武装の兵士が魚釣島に上陸しているものと推測されます。

われわれはこの事態に備えてきたと申しましたが、前政権は、陸上自衛隊の戦闘部隊を若干輸送艦に搭載しておりました。私は、尖閣の主権を守るために、魚釣島に近い北小島・南小島に揚陸を命じ、その作戦は無事に完了しました。今現在、若干の自衛隊の部隊が島に上陸しております。そして尖閣の沖合には、わが護衛隊群がすでに到着し、警戒に当たっております。

わが日本は平和国家であり、国際紛争の武力による解決を望むものではありません。中国の暴挙に厳重に抗議することは当たり前ですが、しばらくは、あらゆる外交チャンネルで、原状の回復を交渉いたします。また、すでに一部報道にありますが、上海への修学旅行生が不当な嫌疑をかけられ拘束されたことも確認しており、速やかな釈放を求めます。アメリカ東海岸は、いま夜明けを迎えたところです。国連事務総長に、事態の解決にご協力いただけるよう、すでに連絡済みです。

日中関係は、今日《こんにち》、一衣帯水の関係にあります。中国政府が冷静な行動を取ってくれることを切に希望します。われわれは今日も、また明日以降も、良き隣人として振る舞わねばならない。以上です」

石橋は、さっさと壇上から降りた。そこに記者が「これは侵略と理解していいですか?」と声をかけた。官房副長官が仕掛けた、シナリオ通りの質問だった。

「侵略の定義はそう単純ではありませんが、われわれがそう結論づけずに済むことを願っています。対話の扉はいつでも開いているのです」

石橋はそれだけ言うと引っ込んだ。代わりに、坂本が演壇に立った。政治家として人前でスピーチするのは慣れたものだが、こんな大舞台はもう二度とないだろうなと坂本は感じた。ほんの三分間だけのスターだ。

「すでに皆さんご承知のように、私が大臣に任命されたのは、この件をずっとフォローする立場にあったためです。では、現在展開中の自衛隊の戦力に関してご説明します。航空自衛隊那覇基地にはすでに複数の飛行隊が増援部隊として入りました。尖閣沖合に展開する護衛艦隊は、いわゆる一個護衛隊群プラスアルファとご理解ください。〝ひゅうが〟型護衛艦が旗艦を務めています。北小島と南小島に上陸した部隊ですが、特殊作戦群から空挺一個中隊及び空挺特科大隊の一部、そして野砲部隊の一部と、防空任務部隊の一部ということになります」

全国紙の記者が指名され、最初の質問を発した。

「かなり大きな部隊を動かしているようですが、これは防衛出動待機命令や、その後に続く防衛出動命令との兼ね合いはどうなのでしょうか？」

「そこは大変難しいところで、言うまでもなく、相手がある話で、しかも防衛出動命令となると、非常に高度で覚悟のいる決断ということになります。内閣の合意はもとより、国民の覚悟も必要になる。領土内、しかも洋上での部隊移動なので、法的な問題はさして存在しません。現状ではね」

「これは日米安保が適用される事態と解釈してよろしいですか？」

「もちろん、尖閣は日米安保の適用範囲内です。ただし、アメリカ政府は度々そう表明してきました。ただし、何しろこれから外交努力を始めようというところなので、安保の発動云々というのは、だいぶ先の話になるでしょう。一方で、われわれは今現在も、米軍の完璧なサポートを受けつつ部隊を展開させていることをご報告します」

「魚釣島への上陸作戦はありますか？」

「それはお答えできません。その辺りのことは、皆さんがお考えになる通りでしょう。われわれも、ただ手をこまねいていたわけではないので。しかし、もし戦争ということになれば、日中双方の兵士の血が流れます。それは万難を排して避けねばならないことです。誰も得はしない。外交努力が実を結ぶことを切に願っています。われわれは、それが破綻《はたん》した時に備え、最善の準備をするまでです。現在、中国海軍の空母艦隊が接近中のため、わが護衛艦隊は若干下がり気味だと聞いております。なお魚釣島に限定しては、海保の巡視船が未だ現場に留まって警戒に当たっておりますので、詳しくは国交省でお尋ねください。現状では、最も危険なエリアにいるのは、巡視船団であり、護衛艦隊は、彼らから見れば水平線の向こうに留まっている形になりますが、これは偶発事故を防ぐためです。海保隊員の勇気と献身に最大級の賛辞を送ります」

坂本はそれで会見を締めた。

明日の新聞のヘッドラインはきっと「戦後初、防衛出動命令発令か！」となることだろう。あるいは、「日中双方に強く自制を求む」と社説に掲げるところがあるかもしれない。

ハードルは山ほどある。もう三、四時間も経てば、アメリカ国務省のスポークスマンが「双方の自重を求める」あるいは「平和的な解決を望む」

といった、どっちつかずで当たり障りのない声明を出して時間稼ぎを始める。

そこで中国はまた米国債やあるいは米国関連株を売り浴びせて圧力をかけるはずだ。

中国が安保理の常任理事国である限り、国連には何も期待できない。中立を貫く台湾が、ぎりぎりで寝返る可能性も否定できなかった。

坂本は、歩きながら国上を呼び止めた。

「僕は、中田審議官をよく知らないいんだけど、彼が手に入れた本って、何なの？」

「あの方は、学究肌の人でして、頭の中には、常時万人単位の中国の要人の名前が記憶されているそうです。全人代《ぜんじんだい》（全国人民代表大会）に出て来る代議員の顔と名前と経歴を覚えるのが趣味だとか。中南海の人事情報を、中国大使が聞きに来るというエピソードがあるくらいで。そんなお人が、最近入手した中国関連の面白い本に夢中になっているという噂が出回っていまして、中国ウォッチャーは皆興味津々らしいんです。日記か何かだという話ですが、ま、あくまでも噂です」

残念だが、結果は出なかった。事態を止めるには遅すぎたということだ。

「それがこの危機の解決に貢献すると？」

「それはどうでしょうか。もしその可能性があれば、とっくに報告が上がっているはずですが」

「そういう微妙な話を吹聴してまわるような人物には見えない。どうしてそんな噂が流れるんだね？」

「情報を取って回すのがわれわれの仕事です。そこはまあ、企業秘密ということで」

「了解した。ところで護衛艦隊は十分下がったよね。もう一度確認してください」

〝遼寧〟艦隊の先鋒が間もなく尖閣の沖合に現れる頃だ。米国の動きからも、現場の動きからも、全く目が離せなかった。

辺りはすっかり暗くなっていた。王洪波《ワンホンボ》少将は、衛星テレビで、外交部の記者会見を見た。完璧だった。期待していた以上に素晴らしい。まるで映画のワンシーンだ。頭の中でBGMが鳴り響くようだった。

中国版ツイッター〝微博《ウェイボー》〟は、アクセスが殺到して、一時間にわたりサーバーも回線もダウンした。復旧した時には凄まじい反響だった。

中国漁政310船の艦長賈招雄《チィアシァオシュオン》中佐は、「後にも先にも、ここまでわが政府が人民から熱狂的に支持されることは二度とないでしょう」と語った。

それから王少将は、〝遼寧〟艦隊から迎えにきたZ‐9C対潜ヘリコプターに一人で乗り込み、飛び立った。

ほんの三〇分飛んで、艦隊上空へと到着する。

パイロットが機上整備員に指示し、コクピットに背を向けてシートに座っていた王を起こした。ヘリはすでに、空母〝遼寧〟の艦尾からアプローチするところだった。

ベルトを外して立ち上がり、整備員に指示されて両手を天井の手摺《てすり》に保持すると、真正面に、進入灯を点滅させる空母が視界に入ってきた。

王は「おお！」と声を上げた。作戦行動中なので、当然、他の護衛艦隊に灯りはない。雲が出ているので、海面も真っ暗だ。

だが、コクピットの中央モニターには、暗視装置が捉える辺りの情景がくっきりと浮かび上がっている。そして正面には、〝遼寧〟の飛行甲板だ。

王は、ヘッドセットのスイッチを入れて、「凄いな機長、我が軍もやっとここまできた。君たちが大佐や提督に出世する頃には、きっとアジアの海はわが海軍の正規空母で溢れていることだろう」と告げた。「全く羨ましい話だ。その頃、私はもう引退している」

「提督がその道筋をつけてくださったことに、心から感謝します！」

機長が振り返って礼を述べた。

空母甲板の左舷から進入すると、後部甲板に、戦闘機が二機、斜めに駐機しているのが解った。ロシア製のＳｕ‐33〝フランカーＤ〟戦闘機を元に開発したＪ‐15〝殲撃《ジェンジィ》〟艦上戦闘機だった。

これが飛べるかどうかが鍵だ。本来なら、ここに持ってこられるようなレベルではなかった。まだ飛行隊の編成にすら至っていない。ほんの数機が完成しただけだ。

ヘリが艦橋構造物のほぼ真横に着艦すると、〝遼寧〟艦隊の指揮を執る、史衛東《シィウェイトン》海軍提督自らが甲板に出て来て出迎えた。

「遅いじゃないですか⁉　同志」と王は開口一番、文句を言った。

「すまん、私だって馬にでも曳《ひ》かせたい気分だった。さあ行こう。皆が君の栄誉を讃えるために集まっている」

作戦会議室へと顔を出すと、居並ぶ参謀連中が姿勢を正して立ち上がり、拍手で王を迎えた。

「さて、諸君！　わが王洪波同志がついにやってくれた。日本のスパイでなかったことをこうして証明できたのは何よりだ。われわれは近いうちに英雄として港に帰る。そのためにも、この作戦を完璧にこなさねばならないぞ」

王が戸惑いながら上官に一礼して口を開いた。

「ありがとう、皆さん。国中が沸いていることは知っている。たいへん名誉なことだが、しかし人民が歓喜するのも、現場で起こっていることを知らないからだ。日本は、どう考えても一週間はかかる上陸援護作戦をすでにやってのけた。釣魚島に近い岩礁地帯に、砲兵隊まで陸揚げした。われわれはそれを包囲し、孤立させ、撤退させなければならない、一発の砲も撃つことなく。これは、極めて困難な作戦だ」

「戦闘機部隊の発進準備は整っております！」

航空参謀の葉招雄《イエシアオシュオン》中佐が胸を張って報告した。

「ありがとう、中佐。本来なら、この作戦は、明るいうちにやってのけるはずだった。暗くなっても大丈夫なのかね？」

「問題ありません。われわれは訓練を受けております」

「了解した。若干の詰めが必要だと思う。飛行隊のブリーフィング・ルームで、実際に飛ぶ連中と話をしたい」

「もちろんです。発進作業を整えてよろしいですか？　ひとまず四機を飛ばしたいと思いますが」

「構わない。かかってくれ。すまないが諸君、この問題は航空部隊だけで話したいので、航空参謀だけ同行してくれればいい。史提督は、再び日本艦隊の動向に気を配っていただければ……」

「私も聞いちゃいかんのか？」

王提督は若干考えるふりをしてから「愉快な話ではないですよ」と応じた。

「それが指揮官の務めだ」

〝遼寧〟戦闘飛行隊のブリーフィング・ルームまで、航空参謀を先頭にラッタルを駆け下りる。

「史提督、ここまではうまくいきましたが、薄氷を踏むような作戦です。次から次へと問題が起こる。特に日本の対応は全て想定外でした。うまくいっているのが奇跡のようなものです」

王はラッタルを降りながら後ろの提督に話しかけた。

「まあ、お互いまだ引き金を引いてはおらんからな」

ブリーフィング・ルームに顔を出すと、すでにフライトスーツに着替えていたパイロットたちが全員起立して敬礼した。

「休め――」

と王は一声掛けてから、パソコンのモニター画面に注目した。航空レーダーの状況マップが映っていた。

「航空参謀。説明してもらいたいんだが、対潜へリがほとんど出ていないのはなぜだ？」

「はい、自分は対潜作戦の方は関与しておりませんが、理由は複合的なものでして……」

「それなら私が説明する」

と史提督が身を乗り出した。

「第一に、こちらの戦力を温存するためだ。ソノブイの数は足りないし、ヘリはメンテが大変だ。長丁場になる前提で作戦を組んでいるから、極力飛ばしたくない。第二に、君も知っての通り、この海域は浅すぎる。まずアメリカの原潜は活動できないし、日本の通常動力潜にしても同様だ。それぞれの軍艦が装備するソナーだけで間に合わせることにした。どの道、われわれの存在は開けっぴろげだしな」

王は、シートに座るパイロットたちに視線をやった。暗視照明下とはいえ、表情は読み取れる。皆若く、闘志に満ちている。

「飛行隊長、残念ながら初期作戦の立案に忙しく、君らと話をする機会がなかった。作戦行動は可能かね？」

「はい、初期に与えられた任務をこなせるよう飛行計画を練りました。機体を軽くして発艦できるよう、最低限の武装に、最低限の燃料で発艦します」

飛行隊長の蔡翔《ツァイシィアン》中佐が、〝殲撃15〟のプラモデルを右手に持って説明した。

「君らは、この機体で、夜間の離発着訓練を何回やってのけた？」

「出航前に、二ヶ月間で二〇回ほど」

「その間に、二機もの新鋭戦闘機とパイロット二名を亡くした」

「はい。自分の責任です」

「飛べるのは四機のみ。武装はどうする？」

「はい、日中であれば敵に覗かれるので、小型の空対空ミサイルを四発搭載しますが、夜なので、さらに二発外し、自衛用の二発のみ搭載して飛ぶことにしました」

「で、燃料は一時間分だけか……」

「もう一五分くらい飛ばせます」

「着艦に失敗してデッキが塞がれたら、陸地まで辿り着かなきゃならない」

「それは不可能です。沿岸部まで飛ぶだけの燃料は残りません」

「それは困ったぞ、中佐……」

王は言葉を失った。

「提督、この作戦の趣旨は、日本にわれわれの意志を見せつけ、島に留まる兵士を鼓舞することだと認識しております。われわれはやってのけます。今こそ人民の期待に応えるべき時です。でなければ、訓練で殉職した部下にも面目が立ちません」

正面の頭上には、真新しい遺影が、その氏名と共に飾られている。

「熱意は汲むがな……。日本とアメリカ、そして台湾のありとあらゆる偵察機がこちらを見ている。それこそアメリカのステルス無人偵察機は、君らが発進する瞬間すら見張っていることだろう。国の威信がかかっている。重すぎて海へドボンとか、着艦に失敗して艦橋に激突なんていう事態は絶対に困る。その爆発の閃光を、敵の攻撃だと早とちりしてミサイルをぶっ放す艦長が出るかもしれない」

「最善を尽くし、帰還します」

「発言してよろしいでしょうか？」

とパイロットの一人が立ち上がった。

「許可する」

「ありがとうございます。自分は董暁霖《トンイリン》大尉であります。機数も揃わない状況で、しかも満足に離発着訓練もこなしていないのは事実であります。しかし、この後、状況如何《いかん》によっては、われわれはもっと苛酷な事態に直面するでしょう。ここで足踏みし、艦内に留まったからといって、明日もそうする余裕があるかどうかは解りません。今後、わが空母航空団を育てるためにも、危険を回避すべきではありません」

「確かにそれも一理ある。提督、ご意見は？」

史提督は頷いた。

「彼らと寝食を共にしてきた。今更、飛べないとは言えないだろう。払った犠牲も無駄になる。私としては飛ばしてやりたい」

「いいでしょう。ただし、君らパイロットに念押ししておく。絶対に引き金を引いてはならない。日本側はこちらの目の前にバルカン砲を撃って挑発し、レーダーをロックオンして威嚇してくるだろう。だが決して引き金は引くな。君らは誤解しているかもしれないが、日本はその気になれば、アメリカの力を借りることなく独力で釣魚島を奪還できる。君らが日本の戦闘機を撃墜した途端、艦砲射撃と砲兵の攻撃が始まり、釣魚島に上陸した一個中隊の若者たちは数時間で全滅する。その重大性を解っているかね？」

「常に肝に銘じております」

董大尉が直立不動のまま応えた。

「解った。君たちを信じる。もう一つ、頼みがある。飛行機のことは知らないが、もし着艦に失敗しても、無理はするな。何度やり直しても構わないから無事に降りろ。恥だと思うな。戦闘機も、君たちも貴重だ」

「ありがとうございます。釣魚島防空任務、これより直ちに発艦、出撃します」

飛行隊長以下、パイロットたちは航空ヘルメットを抱えて部屋を飛び出していった。

「航空参謀、雲が張っているが、具体的に、防空と威嚇をどうやるんだ？」

「こちらでご説明します」

と航空参謀がテーブルの上に置かれた航空図に誘った。米軍の航空図だった。

「四機編隊で発進するわけですが、二機編隊が先行し、囮となって、日本側の戦闘機を引き寄せます。ちなみにこの二機は、ここにコースを描きましたが、黄尾嶼《ファンウェイユー》の南側を抜けて、日本艦隊の真上に突っ込みます。ここは日本側が主張する領空を完全に侵犯しています。やや遅れて、もう二機編隊が釣魚島に向かいます。雲の下へと出て、高度を一〇〇〇メートルまで落として接近。さらに上陸部隊が指揮所を設けた島の西側でまた高度を落とし、ギアを降ろし、失速寸前の速度まで落として通過します。その時、翼端灯を点灯するので、味方からは、垂直尾翼に描かれたわれわれの赤い星がはっきりと見えるはずです」

「馬鹿なことを聞くけど、暗い中で編隊を組んだりして、衝突はしないの？」

「レーダーはオン、前方赤外線監視装置も搭載しているので、少なくとも後方の機体からは、前方の機体は常に見えています。まあ、その辺りは、われわれはプロですから」

一行は、再びラッタルを登り始めた。空母の艦橋は、下から司令部艦橋、航海艦橋、航空管制指揮所となっている。米空母のそれに倣った構造だった。

最上階からの眺めは、夜とはいえ壮観だった。風を真正面から受けるために、艦が向きを変え始めた。この艦は空母でありながら、戦闘機を打ち出すためのカタパルトを持たない。だから、戦闘機は、自分のパワーと、スキージャンプ台の勾配、艦の速度、そして前方から受ける風を頼りに発艦するしかない。

国産するしかなかった空母のエンジンは全く非力で、最高速度は僅かに二〇ノットを超える程度。これもロシアを真似て自国で製造した戦闘機のエンジンの出力もお寒い限りで、戦闘機は、武装をほとんど解除し、燃料も最低限でなければ離陸できないのだ。

空母のエンジンを換装するまでは、そういう状態が続くとのことだった。

編隊長機がまず発進位置に着く。爆風を逃がすジェットブラストディフレクターが立つ。エンジンはすでに始動していた。王と史提督は、ヘッドホンを被ってウイングへと出た。編隊長の蔡翔中佐が敬礼するのが見える。旗が振られると、戦闘機のエンジン音が一気に高まる。ギアを確保していた拘束フックが解除されると、戦闘機はスキージャンプ台に向かって突進していく。そして爆音を残し、あっという間に暗闇の空へと駆け上がった。

しばらく、アフターバーナーの赤い炎を空中に追いかけることができた。

航空自衛隊は、戦闘機が空母の甲板上に姿を見せた瞬間から、水平線上を飛ぶP‐3Cの前方赤外線監視装置で探知していた。発艦と同時にそれはＡＷＡＣＳのレーダーに探知された。

戦闘機が発艦した三分後、二機目が発進する。その間、戦闘機は艦隊の上空で螺旋《らせん》状に旋回しながら高度を上げていくのが解った。すでに釣魚島まで三〇マイルの距離だ。領空線まで二〇マイルもない。もちろん、航空自衛隊の防空識別圏の遥かに内側での出来事だ。

F‐15J戦闘機に乗り、四機からなる編隊を率いていた第二〇四飛行隊の副隊長滝田三佐は、三〇分前にボーイング767空中給油機による空中給油を受けた。このままでまだ四時間は十分に飛べる。

彼が乗る機体は特別仕様だった。F‐15J改と呼ばれる近代化改修済み機体で、その改修も、後期の形態二型と呼ばれるものだった。IRSTと呼ばれる赤外線監視装置を新たに機首部分に装備し、またデータリンク装置も大幅に機能向上している。地上基地やAWACSの支援があれば、事実上、自機のレーダーを入れる必要もなく、彼らが受け取る情報は、俯瞰《ふかん》情報として見ることができる。

考えてみれば、奇妙な出来事はあった。一ヶ月前、突然改修機が飛行隊に配属されるので、岐阜へ出向いて新装備の再教育と慣熟《かんじゅく》訓練を受け、機体をもらってこいということになった。普通、そんな重大なことは一年前には知らされるものだ。昨日の今日で決まることではない。何か理由があるんですか？　と飛行隊長に聞いたが、中国の南沙での動きが活発化しているので、部隊の南方シフトが早まったのだろう、というありがちな返事しかもらえなかった。すべてはあの頃から準備されていたのだ。

地上のGCIは後ろの二機編隊に、対処を命じた。AWACSからのレーダーをマルチモニターに呼び出す限りでは、まだ後続が飛び立っている様子だった。

最初に飛び立った二機編隊は久場島の南へ真っ直ぐ向かってくる。そのまま海自艦隊に突っ込む腹づもりだろう。無茶をする。

続く二機編隊は、やや台湾寄りのコースを取っている。高度もあまり上がっていない。雲海の下を飛ぶ様子だった。GCIからインターセプト・コースを指示してくる。こちらから無線回線を開いて応じることはない。向こうにはこちらの動きが見えている。指示通りに変針することで、命令を受領したという応答メッセージになる。

滝田三佐は、翼端灯をパッシングして、僚機に「ついてこい！」という合図を送る。僚機もパッシングして応える。

南小島上空を経由し、魚釣島の南西へと出るコースに乗った。高度も徐々に落とし、相手と同じ六〇〇〇フィート付近を飛んだ。

先に飛び立った飛行隊長の蔡翔中佐は、パッシブ・センサーが敵のレーダー波を捕捉した時に鳴る警報音を切った。凄まじい数だった。自分の機体は、空を飛ぶ戦闘機や早期警戒機、そして海上を行く護衛艦隊のレーダー波を一身に浴びている。空からのものだけで一〇、海上からは二〇を超えるレーダー波が飛んできていた。すでに敵艦隊の防空網に突入し、イージス艦の防空ミサイルの射程圏内だったが、幸い、照準レーダーを浴びてはいなかった。今はまだ一般的な捜索レーダー波のみだ。照準レーダーを浴びせる行為は、この世界では警告として解釈される。直ちにここから立ち去れ、さもなくば撃墜するという合図だ。

中にひときわ大きなレーダー波があった。IRSTに、前方から接近するイーグル戦闘機の二機編隊が映った。インターセプト・コースを取っている。左翼側二〇〇〇メートルほどの距離を取って交差すると、直ちに針路を反転し、こちらのケツについた。

向こうは苦労するだろうな、と思った。曳光弾を撃とうにも、弾が向かう先には、味方の艦隊がいる。下手をすると、流れ弾で艦艇を誤射する羽目になる。

国際周波数で呼びかけてきた。英語と北京語で、「ここは日本の領空であるからして、直ちに立ち去れ」と命じている。

生憎だが、じきにここはわれわれの領空になる。日本の戦闘機が、第一列島線を越えて、わが国の大陸棚上空で勝手気ままに飛び回るのも今日が最後だ。

曳光弾が目の前を走った。左翼側に首を振ると、翼端灯を点滅させたイーグル戦闘機がいる。見事な操縦技術だ。雲の上で若干の星明かりはあるとはいえ、斜め後ろ四〇〇フィートほどに接近していた。機体形状がよく見える。

中佐は、警告には構わなかった。機体を雲の下に降ろしてバンクさせると、ＩＲＳＴに日本の護衛艦隊が映った。大小様々な艦船が二〇隻は集結しているだろう。壮観だ。実のところ、中国海軍がこの規模と能力に達するには、どう考えてもあと二〇年はかかるだろう。

董暁霖大尉は、ＩＲＳＴに島影が映ると、いったん上げた高度を徐々に落とした。賑やかな海だった。まず手前に日本の高速巡視船。その後ろにこちらのミサイル艇。何の意味があるのか、日本の巡視船団は、電光掲示板を点滅させている。

島を右手に見るようコースを取る。翼端灯を点けた。これで垂直尾翼の赤い星のマークが、地上からもよく見えるだろう。できれば、いったん東へ抜けた後、反転して、もう一回東側から西へと

抜けようと思った。

後続機が一五〇〇フィートほどの距離を取っているのが見える。国際周波数からお決まりのメッセージが流れてくる。近くにいるようだが、姿は見えなかった。

高度を落とし、ギアを降ろそうとした瞬間、突然目の前を曳光弾が走った。大尉は「クソッ!」と呻いた。首を大きく回すが、敵機が見えない。敵をオーバーシュートさせようとギアを降ろして減速した瞬間、敵機の翼端灯が灯った。

ほぼ真後ろだった。しかも、間近だ。巨大な影が迫ってくる。回避しようと操縦桿《そうじゅうかん》を倒したが、わずかに遅かった。

降ろしたギアが敵機の主翼を引っかけた。一瞬にして機体は揚力を失い、ただの鉄の塊となって海面へと落下してゆく。大尉はどうにか機体の姿勢を立て直そうとしたが、高度も速度も決定的に不足していた。

脱出しなければ……、と思った時には、もうタイミングを逸していた。

滝田三佐にとっても状況は似たようなものだった。気がついた時には、真上から敵機が覆い被さるような状態になっていた。右主翼で衝突による火花が散るのが見えた。ありとあらゆる警報が鳴り始める。

だが、董大尉と違い、滝田三佐が幸運だったのは、まだ速度があったことだった。姿勢を保持しながら、パワーを徐々に上げていく。右の翼端灯が消えていたが、尾翼灯が状況をよく照らしていた。

右主翼の半分が吹き飛んでいた。拙い⁉ と舌打ちした。国産の最新鋭ミサイルを搭載していたのだ。あれごと主翼が落ちたとしたら、あとで回収しなければならない。

　滝田は無線を入れてエマージェンシーを宣言した。何としても基地に帰り着かなくてはならない。それができなければ、せめて、中国が機体を回収できない深さの海域まではこの機体を運ぶ必要があった。


　中国軍機は、海上保安庁の高速巡視船の目と鼻の先に墜ちた。直ちに捜索活動が開始されたが、生存者の救出はなかった。

　滝田機は、辛うじて那覇空港まで辿り着き、着陸に成功した。

第十二章

墜落する戦闘機は、釣魚島からも目撃されていた。敵機も視認されていたが、残念なことに、こちらの携帯式ミサイルの射程圏外だった。

味方機が撃墜されたという報告が出回ったが、墜落の瞬間は、暗視装置付きのビデオカメラで撮影されていた。一時は殺気だった指揮所も、不慮の事故ということで納得した。

両棲偵捜大隊第一中隊を率いる譚立斌《タンリィビン》中佐は、本国に、「不幸な事故が発生した」と無線報告を入れさせた。

その様子は、魚釣島に潜むＳＢＵの三名の隊員も目撃していた。同じく暗視双眼鏡で覗いていた。接触事故が起こったことは明らかだった。墜落したのが敵機だということも解った。

その状況を衛星無線で送った後、内倉隼人二曹は、ＮＨＫラジオに耳を傾けていた。ＣＮＮが報じるところによれば……、という形で、驚愕のニュースを伝えていた。

合衆国大統領と中国の国家主席が、この件に関して事前にホットラインで会談し、アメリカは第七艦隊を第一列島線の内側に入れる意志はないということを言明したとのことだった。

解説員が、「これが事実なら、アメリカはこの問題で日米安保を発動する意志はないことを、婉曲に中国側に伝達したということになりかねない」と懸念を表明していた。

　味方が対岸の小島に上陸してきた時には勇気づけられたが、これで政府は一気に弱腰になるだろう。いざとなったら、自分たちで着火するしかない、と内倉は思った。


　中国艦隊は、魚釣島の領海内、海岸線から一五キロほどの海域で動きを止めた。日本の護衛艦隊から直線距離で三〇キロ離れたエリアだった。

　日本時間の深夜、アメリカ東部標準時の午前一〇時、アメリカ国務省のメリンダ・バーンスタイン報道官は、朝の定例会見に臨んだ。

　米中のトップ会談に関しては、「国務省はその会見に関与していない。あったともなかったとも言えない」といささか不機嫌な顔で応えただけだった。

　日中間で発生している領土問題に関しては、「日中は両国とも成熟した文明国であるから、武力に拠らない平和的な解決手段を見出すだろう」と発言するに留めた。そこには、中国の行動を非難するメッセージも、同盟国日本を応援するメッセージもなかった。


　首相官邸の地下会議室は静まり返っていた。皆、息がつまりそうだった。

　退席していた国上が戻ってくると、防衛大臣と総理の椅子の間に立ち、腰を屈めて報告した。

「日本貿易振興機構《ジェトロ》筋からの情報です。今朝、アメリカの財務長官が予定していた実業界とのビジネス朝食をすっぽかしたそうです。こちらの財務省から探りを入れてもらったところ、財務長官はその時間帯、世界銀行副総裁の汪自強《ワンツーチィアン》と会っていた模様です。いわゆる留美《リウメイ》派の出世頭です」

「解った……。皮肉なものだな。同盟国として、ポチだなんだと批判されながら尽くしてきたのに、いざとなるとあちらの大統領は、中国人との会談には応じるが、日本の総理からの電話要請には応じない」

二時間後の午前二時、アメリカ大使館のハロルド・J・ナイ政務官が官邸に現れた。

ナイは、前回同様〈懲罰席〉に座らされると、まず、第七艦隊に関する報道の真偽の確認を求められた。

「具体的には私は聞いていません。しかし、現状、第七艦隊が沖縄本島より西にいないことも事実です。そう判断していただくしかないでしょう」

「財務長官が、今朝、世銀副総裁と会ったそうだね？」

と総理が尋ねた。ナイは知らないという顔だった。

「そうだったんですか……。なるほど。それでいろいろと納得できる部分があります。二時間前、北京から、正式な外交メッセージが届きました。『日本が北小島・南小島に上陸させた戦力は、事態の平和的解決の阻害要因になっている。撤退を求める』と。合衆国大統領はそれを受け入れました。日本時間の夜明けと同時に、『速やかに全部隊を撤退させるべし。そもそもホワイトハウスは、この上陸作戦を報されていなかった』と公式声明が読み上げられるはずです」

「中国側はどんな脅しをかけてきたのですか？」

石橋総理は冷静に質した。

「ファイアセールを仕掛けると。米国債だけでなく、ありとあらゆる米国資産を叩き売りすると。ただ、もちろん、鞭だけじゃありません。米中自由貿易協定《FTA》に応じてもいいそうです。将来的には、環太平洋戦略的経済連携協定《ＴＰＰ》にも加わると」

「もし中国がＴＰＰに参加したら、日本経済は壊滅するよ。私は、ＴＰＰそのものには賛成だけどね。大昔、大学に入った頃、経済学部の教授が言ったことを今でも覚えている。独立とはすなわち、関税自主権を確立することだと。だが、もう、そういう時代じゃない」

「それは、重商主義時代の甘い記憶に過ぎません。肝心なことですが、アメリカは日本政府に対しても飴を用意しています。普天間問題の再協議に応じる用意があるそうです。沖縄からの県外移転でもいいし、日本が望むなら、普天間部隊の完全撤退でもいい。悪い条件じゃないでしょう」

「本当に？　ナイさん自身、そう思っている？」

「総理、アメリカは今、喘《あえ》いでいます。我が国では、六人に一人が貧困層です。子供の五人に一人は、必要なカロリーを摂取できずにいる。われわれが門戸を開けてくれと頼んだ時、日本は良い顔をしなかったじゃありませんか」

「なら、自由貿易がどうのこうのと綺麗事を並べずに、素直に助けてくれと言えばよかったんだ。……我が国は、ＴＰＰの交渉から抜けることになりますよ。それは覚悟の上ですね？」

「それはあり得ない。一時的に国民世論が激昂したからといって、日本は世界で最も自由貿易の恩恵を受けてきた国だ。そもそも、軍事的に尖閣を中国に渡したところで、実質的に不都合はないでしょう。ただ単に尖閣が竹島化、北方領土化するだけの話です。われわれはその平和的な返還交渉を支援します」

「日米安保に協力してきた沖縄県民はいい面の皮だ」

「総理。私は米政府の一員として、沖縄で三年間も暮らしました。しかしただの一度として、沖縄県民が米軍を歓迎してくれているなどと思ったことはない。こればかりは確信を持っています。自業自得だ。返還交渉が必要だというなら、沖縄県民に勝手にやらせておけばいい」

「帰ってくれ、ナイさん。そして大統領に伝えたまえ。貴方は、貴方自身が思っている以上のものを失ったことにやがて気付くだろうと」

ナイが一礼して出て行くと、長い沈黙が流れた。総理自身、一分ほど黙り込み、深い溜息を漏らしてからようやく口を開いた。

「皆さん、軍事問題の専門家として言わせてもらえば、自衛隊はおそらく、独力で島を奪還できるだろう。ほとんど犠牲を払うことなく、中国軍が全滅するか、白旗を掲げるまで追い込める。それに対して中国ができる軍事的な報復は、せいぜいあの島に向かって大陸間弾道弾を撃ち込むくらいだ。それですらわれわれはＰＡＣ３やイージス艦で撃墜できる。問題は、言うまでもなく軍事的な勝ち負けではない。その後、中国が報復として、修学旅行生を数十人、麻薬所持容疑で起訴し即決裁判で死刑判決を下した時、アメリカはおそらく仲介の労をとるようなことはしない」

「いくらなんでも、未成年者を死刑にはしないでしょう……」

と陸幕副長が言った。

「そう期待するとしても、それで人の行き来は途絶える。もう誰も中国へは行けないだろう。日中間の経済関係が断絶したら、ただでさえ不安定な世界経済がクラッシュすることは避けられない。それこそ、リーマン・ショックとギリシャ・ショックがダブルで襲来することになる」

「総理、冗談は止《よ》してください。これは経済問題ではなく純粋な防衛問題です」

「自衛隊にとってはそうだが、日本国全体にとっては違う。尖閣より大きなものは山ほどある。残念だが、これは軍事的な問題ではなく、高度に政治的な問題だ。君たち制服組に発言権はない。すまないが、制服組はいったん下に降りてくれ。もちろんこの件は、官邸から外に出してはならない」

陸海空の制服組と海保の制服組がぞろぞろと出て行く。ここには、財務大臣や外務大臣がいるわけでもない。官房長官は地上階。官僚トップの官房副長官、防衛局長がいる他は、政治家は防衛大臣の坂本が一人。外務省に至っては、まるで罰でも受けたかのように一人の官僚もいなかった。

「自衛隊はクーデターでも起こしやしませんかね」

坂本がぽつりと言った。

「いや、それはない。昔の軍人は世界を知らなかったが、今は違う。彼らは世界経済の複雑な構造を知っているし、従う兵もいません。無謀なことはしないでしょう。要は、われわれはアメリカ側に、中国より美味《うま》い飴をやれないってことです。今以上米国債を買ったところで、アメリカは喜びはしない。尖閣と農産物自由化はバーターできない。医療保険を開放してやるから、無人島のために米中関係を捨てろとは言えない」

「米中FTAって、アメリカにとって有利なんでしょうかね。今より繊維製品が安く入ってくるということなのに」

「あの国は、交渉事で自国に有利となるルールメイクの術《すべ》を持っている。今後とも中国が米経済を支え続けるというメッセージだけでも重い」

「やはり、事前に陸兵を魚釣島に派遣して基地の一つも設営しておくべきでしたな。たとえ挑発行為と受け取られても」

「いや、それはできなかった。どんな政権でもね。

それをやったら、二〇一〇年よりもっと酷い事態を招いていたでしょう。……私の政権はギネスブックに載りそうだな。二四時間保たなかった内閣として」

石橋は、背もたれを倒し、頭の後ろで両手を組んだ。

「総理、しばらく、家族を含めた身辺警護を警視庁にお願いしてもらっていいですか？　当分は売《ばい》国奴《こくど》と叩かれそうだ」

「坂本さんは、辞表を書いてください。抗議の辞表を出したことにすれば、身の安全は確保できるでしょう」

「それは良いアイディアだ。けれど、私にも政治家としてのプライドはあります。もとはといえば、貴方ではなく私の責任です。二〇一〇年の尖閣事件で無様《ぶざま》な対応をしたのは私の党で、この作戦にしても、外交面のバックアップを考慮する余裕はほとんどなかった。いつ頃、こうなると思いました？」

「昨日の昼には、何となく予感がありましたよ。日米関係を考えれば、大統領が真っ先に『背中は任せろ！』と励ましの電話をしてきてもいいはずなのに、のらりくらりと誤魔化した。ホワイトハウスとしては、最初から尖閣問題を利用して、欲しいものを手に入れる腹づもりだったんでしょう。強いて言うなら、誰の責任でもない。官房副長官、意見はある？」

テーブルの端でメモを取る官房副長官に総理が質した。彼は、官僚トップであると同時に、ここでは最年長者だった。

官房副長官は、メモを取る手を止めた。

「……個人的な経験で恐縮ですが、私の父は満州からの引き揚げ者でした。私は、たいして付き合いもなかった叔父の家で肩身の狭い思いをして育った。祖父は、今も満州のどこかに眠っています。父は亡くなる寸前まで、戦争を呪っていた。今、島にいる二〇〇名余の若い中国兵を包囲して投降を呼びかけることが可能ならいいのにと思いますが、あそこは川もあり、食料もあって自活できます。半年でも一年でもね。兵士らは、一人っ子政策で生まれた若者です。親には彼らしかいない。自衛官諸君は、艦砲射撃や爆撃で、さして良心の痛みを感じずに彼らを殺すことができるかもしれないが、二〇〇組の親が、一人息子を失うことに変わりはない。顔も名前も知らず、言葉も違う。私たちはおそらく、彼らの悲しみを一生知ることはないだろうし、その責めは無論、中国政府が負うべきことです。しかし、その島を今取り戻すために、無益な殺戮《さつりく》を行うことが、私たちにできる唯一の選択肢だとは思いたくはない。竹島も北方領土も還ってはきません。尖閣も、私たちが生きている間には戻ってこないでしょう。……いや、忘れてください。官僚の本分を超えた発言でした」

「貴重なご意見に感謝します。こんな時間だが、党の幹事長を起こして、新しい総裁の選出を急ぐよう伝えてください。遅くとも昼には総辞職することになるので、夕方までには。ただし、もう数時間は極秘裏に動くように。それから、外務省の中国課に状況を伝え、中国側に意思伝達するように」

「畏まりました」

「では制服組を呼んでください」

　制服組が戻ってきて席に着くと、石橋総理は、両手をテーブルに突いて立ち上がった。

「皆さん、この問題に関して、諸君らの抗議を受け付ける意志はない。発言は許可しない。これは、日中間の問題ではなく、もはや日米問題であり、米中問題であり、世界経済をどう支えるかの問題に変化した。残念ながら、アメリカの支援は一切得られないばかりか、彼らは、暗に尖閣の放棄を求めてきた。見返りはないに等しい。今後、国民は、諸君らが新しいオモチャを買うことに理解を示し、憲法改正の道筋もつくかもしれないが。遺憾ながら選択の余地はないという判断に至った。われわれは尖閣から撤退する。夜明けと同時に、北小島・南小島の上陸部隊を速やかに引き揚げさせること。同時に、海上保安庁の巡視船団も魚釣島から離脱せよ。尖閣の領海内に、一、二隻留まる程度はいいだろう。目立たない程度にな。以上だ。撤退完了を以て、この部屋も閉める。ご苦労だった。諸君の献身に感謝する」

それだけ言うと、総理はテーブルから離れて部屋から出ていった。制服組は、憤懣《ふんまん》やるかたないという表情だった。

「あの人は正気じゃない!!」

陸幕副長の仮屋が吐き捨てるように言った。

「失礼だよ、それは……」と坂本が窘《たしな》めた。

「大臣も同意見なのですか⁉」

「幸い、私は総理大臣ではありません。ですが、自分がその任にあっても、同じ決断を下しただろうと思います。たぶん、どんな政治家でも、結論は変わらなかったはずです。大国の狭間《はざま》で生きるとはそういうことでしょう」

「今、この場で辞めさせていただきます！」

「ええ。辞表は受理しましょう。何十人でも何百人でも。幸い幹部のなり手はいくらでもいる。ただし、それを受け取るまでは、命令を遂行していただきます。直ちに、しかるべき命令を出してください。速やかにね」

坂本は、腰を上げるように全員を促した。制服組と、官房副長官も出ていき、国上と二人だけになった。

「申し訳ありません。やっかい事に巻き込んでしまいました」

「貴方が謝るようなことじゃない。われわれは良くやったよ。たぶん、戦争には勝ったが外交で負けたというヤツだろう。仕方ない。しばらく、どこかの温泉宿にでも籠もろうと思っている。選挙もあったし、疲れた」

「霧島で、旅館を経営している叔父がおります。ご紹介しますよ」

「いいねぇ。夕方の便に乗れるかな……。いささかウンザリだ。この街から一刻も早く逃げ出したい気分だよ」

国上は、同意して頷いた。自分も久しぶりに休暇を取ろうか、と思った。

北小島は、小雨が降っていた。岩満臣太二佐が指揮通信車に乗り込むと、〝いせ〟に留まっているはずの尾方陸将補と北里一佐が姿を見せていた。

「君が最後だ。テントに移動しよう」

尾方は硬い表情だった。

テーブルが並べられた大型テントの中では、発光ダイオードの赤い暗視照明が灯っていた。時間は午前三時半。東京はそろそろ夜明けだが、ここはまだ暗い。夜明けだけではない。何もかもが遠い感じだった。

「全員が揃ったな。単刀直入に言う。夜明けと共に、全部隊、島から撤退する。速やかに撤収準備にかかれとの命令だ」

「このまま魚釣島へ？」

と空挺特科大隊の押川博伸二佐が質した。

「いや、日本は尖閣を中国に明け渡す。これは、政府ではなくアメリカの命令だ。米中間で、通商協定に関する協議が成立したということらしい。

つまり、アメリカ製品を買ってやるし、アメリカのサービスも受け入れるから尖閣をよこせ、という話がまとまったわけだ」

「われわれがそれに従う義理があるんですか？」

「ここで、今、大砲をぶっ放すか？」

「自分は構いません。アメリカが中国で金儲けしたいから日本に尖閣を手放せだなんて……」

「政府の命令に従うのが本分だ。何度も言うが、ここは満州じゃない。現場の独断専行は許されない。そんなことはしないと判断したから、私は君たちを選んだのだ。速やかに部隊に戻り、撤収準備を整えよ」

「そういうことだ、諸君。断腸の思いだが、われわれがここで暴走したら、部隊全体が責任を問われることになる。粛々と撤収しよう。自分が最後にここを離れる」と北里が言った。

「君たちを拘束してもいいんだぞ」

「その必要はありません、陸将補。自分が最後まで見届けます」

北里は、どこかさばさばした感じだった。全員、納得している顔ではなかったが、自分たちだけの責任で済まないことも事実だった。

その命令は、魚釣島に潜む〈ロメオ作戦〉の三名の元にも届けられた。命令は、単に「速やかに撤収し、沖合の巡視船に回収してもらえ」というもので、その理由はわからなかったが、推測はできた。米側がノーと言ったのだ。

三人のSBU隊員は、装備を纏めると、稜線伝いに移動を開始した。島の東端に隠したボートを掘り返さねばならなかった。

東の水平線が明るさを取り戻す頃、エアクッション艇が北小島・南小島に接岸し、荷揚げした物資や車両の撤収が始まった。歩兵も続々とヘリに乗り込み島を後にしていく。

そしてSBUの三名も、敵の斥候と遭遇することなく山を下り、東端の海岸でボートを掘り起こした。空気を入れながら、内倉二曹が、「俺は残る」と言い出した。

最初は部下二人とも、その話を真に受けずに笑っていたが、内倉が、敵の手に落ちても構わない装備と、そうでないものの選別を始めたので、本気だと理解した。

「内倉さん、バカは止してください。ここに残って、いったい何ができるというんです？」

三上三曹が足踏み式ポンプで空気を入れながら言った。

「俺は幹部じゃない。ただの兵隊だ。国に帰っても、もう家族はいない。俺のことは戦闘中行方不明ということにしろ。それで別れた女房にも娘にも保険が降りる。俺は、良い父親でも夫でもなかった。娘には保険金ぐらいしか遺《のこ》せない」

「バカげてますよ‼」

「何とでも言え。俺はこの国を守るために宣誓したんだ。政治家の都合で任務を放り出すなんてまっぴらだ。奴らに日本人の意地を見せてやる。俺の八九式小銃は持っていけ。レミントンは、世界中どこでも買えるから、銃はピストルとレミントンだけでいい。無線機はいらん。食料はもらっていくぞ」

「部隊にどう報告するんですか？」

三上の問いに、山岸三曹があきらめ顔で応じた。

「撤収途中ではぐれたことにしよう。……俺も残りたいのは山々ですけど、無駄死にはごめんだ。命を懸けるようなご立派な政府でもないでしょうに」

「ああ、だが俺が忠誠を誓っているのは政府じゃない。旗であり、祖国そのものだ」

「解りました。その意志を尊重します。保険問題が片付いたら、真相を皆に語って聞かせますよ」

「すまんな、迷惑をかける」

霧雨の中、二人の兵士を乗せたボートは沖へと出た。ミサイル艇の間を巧みに抜け、海保の巡視艇が近づくと、赤外線フラッシュライトで合図を送り、収容された。

「三名だと聞いていたが？」という問いには、「いや、最初から二人だった」と応じた。一名が島に残ったらしいと政府に報告が届いたのは、数日後の話だった。

夜明けを迎えたが、太陽は雲の中だった。

北小島の台地の上では、最後に指揮所要員を乗せて飛ぶＵＨ‐60ＪＡヘリ一機が、ローターを回して待機していた。

北里一佐は、岩満二佐が腹に巻いていた日の丸を受け取ると、二人で地面に広げた。風に飛ばされないよう、その二メートル四方の旗の端に石ころを積んだ。

「中国は、いつ頃、これを奪いにきますかね？」

「まあ、二、三日は連中も我慢するんじゃないのか。すまんが先に行ってくれ。写真を撮って帰る」

「了解です。上空からも写真を撮るよう命じます。ここが日本領だった証の写真をね」

岩満がヘリに向かって駆け出すと、しばらくして、ヘリのキャビンからクルーが飛び出してくるのが見えた。何か喚いているように見えたが、ローターの爆音で何も聞き取れなかった。

振り返った瞬間、左手で国旗に敬礼する北里一佐が、右手に握ったピストルの銃口をヘルメットの縁からこめかみに当てて引き金を引くところだった。発砲音はほとんど聞こえなかった。

身体がゆっくりとくずおれる。慌てて駆け寄ると、流れ出した血が、日の丸の旗を赤く染めていた。

彼は、そうして血判状の責任を取ったのだった。

午前九時、首相官邸で、「国民の皆様へ」と題する記者発表を総理が行う寸前、防衛省から撤退完了の報告が寄せられた。作戦はスムーズに進んだが、事故で一名の殉職者を出したことが報告された。

会見場の袖でその報告を受け取った時、総理はすっきりとした顔だった。坂本に向かって、「長い目で見れば……」と話しかけた。

「日本は憲法改正へと動き、真の意味での自主防衛への道も拓けるでしょう。対米追随も改まり、われわれは国家として成長するはずです」

総理は、会見に於いて、自衛隊を尖閣諸島から撤退させ、海保の巡視船も安全な場所まで後退させることを発表した。加えて「これは世界経済及び日米関係に配慮した苦渋の決断であり、われわれは尖閣領有の意志を放棄したわけではない。今後は平和的手段により、中国軍の撤退を交渉するものである。しかし同時に、自分の内閣はこの事態の責任を取り、本日ただいま、総辞職するものである」という短い声明を出した。

魚釣島に独り残った内倉二曹は、その声明をラジオで聞くと、直ちに行動を起こした。ラジオも食料も、レミントン狙撃銃すら捨て、時間をかけてじりじりと西端の敵指揮所に近づいた。

そして、指揮所の近くで歩哨任務にあたっていた若い兵士をピストルで撃った。03式小銃を奪い、安全装置を外し、藪の中から飛び出した。五星紅旗が翻る指揮所テントまでほんの三〇メートルもなかった。

テントの中に向かってフルオートで引き金を引いた。油断していたのか、敵の反撃はなかった。空になったマガジンを交換して飛び出す。兵士たちが右往左往、逃げ惑っていた。

さらに叫びながら引き金を引き続けた。

「ここは日本だ！　ここに日本人がいるぞ！　俺こそが日本の兵隊だ！――」

その光景を、現場を去ろうとしていた巡視艇の大型双眼鏡が捉えていた。内倉二曹は、三本目のマガジンを交換しようとしている隙に、やっと対応した中国兵から十字砲火を浴びた。

最後の瞬間まで立っていた。何かを叫び続けていたが、もちろん沖合には届かない。最後は、背後から忍び寄った兵士が、小銃で頭を吹き飛ばした。それがワンマン・アーミーの最期だった。


その騒動から一〇日後、中国全土がまだ尖閣奪還の慶びに沸いている頃、国家主席の突然の引退が発表された。それは驚きを以て受け止められたが、表向きは病気療養に専念するためということにされていた。

その数週間後、ある中国人マフィアの回想録に関する噂話がネットに上がった。不思議なことに、中国政府は、その情報を削除するようなことはしなかった。

王《ワン》少将は、武勲を認められ、海軍中将に出世した。通訳の林徳偉《リンドーウェイ》海軍少佐は、王中将に引き立てられ、中南海を出て彼の元で栄達の階段を登り始めた。出世のための消化事案として、小さなフリゲイト艦を与えられ、艦長として指揮を執っている。つまり海軍中佐に出世した。

彼が指揮する軍艦は、東海艦隊に所属する江《ジャン》衛《ウェイ》Ⅱ型フリゲイトの一〇番艦〝洛陽《ルオヤン》〟（二三九三トン）だった。

副長には、尹語堂《インユイタン》少佐が就任した。艦長は英語遣い、副長は日本語遣いだが、二人とも、海のことはまるで素人だ。

浙江《せっこう》省寧波の軍港では、タグボートが忙しなく走り回っている。ブリッジに詰める乗組員たちは、新米かつ経験のない艦長が、この一〇〇メートルを超える全長を持つ船を、無事に港から出せるかどうか固唾を飲んで見守っていた。

海面は日光を反射してキラキラと煌めき、船出には良い日和だが、林艦長は、緊張で喉がカラカラだった。

「副長、これはまるで何かの罰のようだと思わないか？」

ひときわ高い艦長席に上って腰を下ろすと、林はぼやくように漏らした。

「何をおっしゃいます。私なんか、これから吐くゲロのことで頭が一杯なんですから」

「君は船に弱いんだったな。正直、私も自信がない。誰かバケツを用意しておいてくれ。で、この船を動かすのは誰なんだね？」

先任士官の任子健《レンツチィエン》大尉が、咳払いしてから、

「艦長、これは同志艦長の船です！」と告げた。

「ああ、そうだ、すまん。こういう時のために、ベテランの先任士官がいるんだったな。機関部は問題ないな？」

若い士官がそれを命令と受け取り、伝声管に向かって復唱した。

「はい、いつでも出港できます！」

機関長が伝声管で応じる。

「よろしい。では、錨を上げ、舫《もやい》を解こう。ま、細かいところは、専門家集団に任せて、私は勉強させてもらうよ」

「了解です、艦長！　僭越ながら、同志艦長と副

長の将来も、この航海と同じく、順風満帆となるだろうことを信じております」

ブリッジの中央に立つ先任士官は、それから艦内マイクを取り、全乗組員に号令を発した。

「各部所、出航前最終確認急げ！　本艦は間もなく出港する。目指すは釣魚島だ。これより一週間の領海警備航海に出撃する。錨を上げよ！」

轟音を上げて錨が巻き上げられる。全員が一斉に動き始め、号令が飛び交う。舫が解かれて、艦がゆっくりと岸壁を離れると、機関部の震動がブリッジまで伝わってくる。

新しい人生、未知の航海だ。だが向かう先には、自分たちが薄氷を踏みつつ取り戻した領土がある。

艦長就任を告げられた時には、そろそろ辞め時かもしれないと思った。家族と別れるのは辛い。今は事実上の別居生活を強いられている。娘に会えなくなるのは耐えられないと思っていた。だがそれも一週間で難なく慣れた。

反航する船の乗組員たちが敬礼で見送ってくれる。

船乗りも悪くはない。林艦長は、高揚している自分に気付いて少しだけ驚いた。降り注ぐ陽光が、彼と、中国海軍の行く末を祝福してくれているような気がした。

夏の盆休みで国会が閉会になるのを利用し、坂本と国上、楠木は鹿児島行きの飛行機に乗った。

坂本は、今ではお気楽な野党暮らしだった。だが、もう二度と政治の表舞台に戻ることはないような気がしていた。石橋前総理は国会議員も辞職し閉《へい》門蟄居《もんちっきょ》している。

飛行機は混んでいたが、政権が三日どころか二四時間で終わったおかげで、彼の顔を覚えている乗客はいなかった。

その日、鹿児島空港に着くと、レンタカーを借りて宮崎県の都城《みやこのじょう》まで走った。戦闘中行方不明とされた内倉二曹（特進して曹長）の実家と墓があったからだ。

中国側は、魚釣島のその戦闘で、指揮官二名を含む一二名の戦死者を出した。負傷者の搬送には、海上保安庁のヘリも協力したが、結局、内倉二曹の遺体の返還は叶《かな》わなかった。

事態は、偶発的な事件として処理された。そして闇に葬られた。魚釣島には、今、中国の国境警備隊二個小隊が駐留し、港や、恒久施設の建設も始まっていた。

日本政府は、度々、国連の安保理に訴えかけていたが、味方する者はいなかった。何しろ一方の当事者は常任理事国であり、アメリカも、それはもう過去のこととして扱っていた。

日本国内では、いよいよ憲法改正の気運が高まっていた。

実家を訪問し、年老いた両親の元で線香を上げ、官房機密費から捻出した一〇〇〇万円の通帳を、弔慰金として両親に渡した。その日は、霧島にある国上の叔父の温泉に一泊した。

翌日、坂本は選挙区での挨拶回りのために、朝一の飛行機に乗った。楠木と国上は昼過ぎに空港へと向かった。国上が乗る奄美行きの便は一時間後、楠木が乗る東京行きの便は三〇分後の離陸で、間もなく搭乗アナウンスが始まる。

「ご家族はどうするんですか？」

「娘がもう少し小さければ家族で引っ越すんだがな……。生活費を送るさ。女房はパートに出るそうだ」

国上は、辞表を書いた後だった。

「官舎も出なければならないんですよね。先輩の責任じゃないのに」

「けじめだよ。アメリカは最後には、日米安保を尊重するだろうという安心感があった。甘かったな。完全に読み違えた」

「寂しくなります」

「そうそう、忘れるところだった。上席のポストが空くから、君を推薦しておいた」

「本当ですか？」

楠木は突然のことに驚いた。

「君はその資質を備えている。教訓をやろう。あらゆる世界の人間と付き合い、人脈を築け。これと目を付けた政治家が現れたら、落選中でも顔と名前を覚えてもらえ。衆議院だからと遠慮はいらん。今は院の鞍替えなんて珍しくもないからな。国会調査官は、ワイルドカードみたいなものだ。われわれの調査依頼を拒める役所はそうない。どんな問題にでも首を突っ込める。だが忘れるな。われわれはあくまでも黒子だということを」

「ええ。ありがとうございます。お世話になりました。正直、ねじり鉢巻きして漁船に乗っている先輩の姿なんてとても想像できませんよ」

「ああ、俺もだ。釣り糸の結び方から教えてもらわなきゃならん」

搭乗アナウンスが始まった。

「魚が釣れたら、写真をメールしてくださいよ」

「うん。最初に釣れた一本は、航空クール便にして官舎に送るよ」

二人は、握手して別れた。

外務省審議官・中田彬の元には、後日、中国側から一枚のメモが極秘裏に届けられた。それは、魚釣島で内倉二曹が叫んだとされる最後の言葉だった。

可可娃《クオクオウア》　你好的《ニィハオダ》　可可你《クオクオニィ》　你紅軍干一路走《ニィホンチュンカンイルウツオウ》

日本語が全く解らない兵士が聞き取った言葉が中文読みで書かれていたが、彼は三〇分足らずでそれを解いた。

ココハニホンダ！　ココニニホンジンガイルゾ！

だが彼は、そのメモの内容を誰かに伝えることはしなかった。日中関係は恩讐を超えて常に前進しなければならない。それがチャイナスクールとしての彼の矜持《プライド》だった。

奄美大島。民間人として作戦に協力した宇検靖は、沈めた船の保険が降りるのを待たずに、くたびれた中古の船を借金して購入した。国上が持参した政府からの慰労金は、子供名義で貯金して手を付けなかった。

父親には、もう漁師を引退させることにした。その代わりに、見習いとして国上を雇った。給料は基本給月七万、プラス出来高払いでのスタートだ。国上は、職業的な性癖なのか、何にでも興味を持つ。きっと覚えも早いだろう。

八月下旬のある日、のろのろ台風が過ぎ去り、やっと初出港の時を迎えた。

御神酒《おみき》をまき、儀式を終えてからの出港だ。国上は、ジーンズに白い長袖のシャツを着ていた。頭には顎紐つきの麦わら帽子。そして真新しい軍手。首にはタオルを巻いている。

組合のみんなが笑ったが、宇検は、万一を考えて国上にオレンジ色の救命胴衣を着せた。組合ではしばらく前から、救命胴衣の着用推進運動を展開していたが、組合長の宇検自身は、そんなものを着る気はさらさらなかった。漁師のプライドというものがある。

同級生のほとんどは、国上が漁師になるために戻ってきたという話を未だに全く信じていない。選挙に出るためではと勘ぐって、わざわざ探りを入れてくる地元の議員もいた。

小舟が港を出ると、国上はサングラスをかけ、小型船舶免許のテキストを開いた。

宇検は舵を取りながら、「麦わら帽は止めた方がいいぞ、風に飛ばされる」と告げた。

「ああ、そうするよ。酔い止めは飲んだ」

「しばらくすれば身体が慣れる。こういう暮らしもいいもんだろう？」

「養うべき家族がいなけりゃな。これからが大変だ」

島影を後ろに追いやり沖へと出ると、ひたすらに深く青い海が広がっている。降り注ぐ陽光は強烈で、その光の中に自分が一人だけ取り残された気分になる。水平線の彼方まで、視界には一隻の船もいないのだ。

「見事にひとりぼっちだなぁ……。寂しくなるよ」

「そうかぁ？　俺は、この海を征服したって気分になるけどな」

この辺りでよかろうと、宇検がエンジンを絞ると、国上はテキストを閉じた。そして舳先で仁王立ちになり、西の水平線を見やった。

「もう少し、遠くまで行ってみないか？　ほら、あのコッペパンみたいな雲がぽっかり浮かんでいる辺りまで――」

振り返って、浮き雲を指差しながらそう言った国上の瞳は、まるで少年のように輝いていた。

幼い頃から海に出ていた宇検にとって、この海はもはや広くはなくなった。今はもう、昔ほどの恵みももたらしてくれない。だが、ここを第二の人生の舞台として一歩踏み出したばかりの国上にとっては、無限の空間なのだ。宇検にはそれが羨ましかった。

「いいとも、見習いさん。今日は試運転だ。行けるところまで行ってみようじゃないか」

宇検はもう一度パワーを戻した。船首が波を切り、加速度をつけて走りだす。凪いだ大海原に、オンボロ船の白い航跡がどこまでも続いていた。

〈完〉

本作品はフィクションである。

国会に「調査官」という役職は存在しない。
実在するのは「調査員」である。その理由は、
彼らが、政府側（官）ではなく、国民の側に
寄り添う集団である、という趣旨による。

C★NOVELS版あとがき――思えば遠くに来たものだ。

この作品は、二〇一二年の初夏に世に出た作品の新書版再刊である。手元のデータに拠ると、本書を脱稿したのは二〇一一年の秋のことである。その年の三月、東日本大震災が起こっている。

世間は大震災の余波で騒然としていた。当時は民主党政権だったが、普天間を巡る鳩山政権の迷走で、民主党政治は国民の信頼を失い、自民党への政権交代は必至の状況だった。民主党政権は、三日天下で終わろうとしていた。

しかし国際情勢は、実は当時は落ち着いていた。アメリカはオバマ政権。台湾は、親中派として批判された国民党の馬英九総統。中台関係は、今となっては信じられないほど、つかの間の蜜月にあった。国民党は、彼を最後に政権を奪還できずにいる。そして、香港で雨傘革命が起こるのは二〇一四年のことである。

今では、かつて香港に民主主義があったことなど誰も覚えていないだろう。香港は、完全に中国の一部となり、北京は、日々台湾への締め付けを強めている。

中国の習近平政権は、彼が掲げる「中国の夢」実現へ向けて、全く手綱を緩めることは無かった。有史以来、戦時でもないのに、ここまで軍備増強を熱心にやってのけた国家や民族はひとつもなかった。この一〇年の中国の軍備増強は、常に、われわれの想定を上回る規模とペースで続いている。

にもかかわらず、尖閣諸島が未だに日本に帰属しているのは奇跡とも言えよう。中国の海警船の多くは元海軍の軍艦だが、最近は、一万トン超えの新造船も尖閣海域に出没するようになった。

彼らは、決して傍若無人ではない。だが弱い相手には、徹底的に強く出る。フィリピン相手では、放水銃や船をぶつけての凶悪な嫌がらせなど日常茶飯事だが、尖閣ではまだそれは起こっていない。ベトナム相手でも同様に、中国は比較的、慎重な態度を取っている。ただし、それがいつまで続くかは解らない。彼らはサラミ戦略に則り、確実に危機のステップアップを謀ってくる。繰り返される挑発で、いつかこちらが根負けして、撤退するなり、ブチ切れて先に刀を抜く瞬間をじっと待っている。

さて、翻って日本である。私たちは、その後に一〇年弱も続いた安倍政権で貴重な時間を失った。経済復興という日本国民の悲願は、一〇年間反故にされ続け、今なお達成される目処も無い。自作自演で株価が上がっただけだ。そうこうしている内、大陸の向こうでは、ロシアが本来のロシアに戻って侵略戦争をおっ始めた。
世界は、一〇年前より遥かに複雑で危険になり、日本人の国民負担はますます重くなるばかりだ。光差す暇も無く、三〇年間もの長き不況に沈んだこの国を、何の希望も無いままに、私たちは次の世代に委ねようとしている。老いさらばえるだけの借金まみれの国を、押しつけようとしている。そのことを恥じている国民がどのくらいいるだろうかと思う。そのことを申し訳無く思っている年配者がどのくらいいるのだろうか？　と思う。
このあとがきのタイトルを「敗北を抱きしめて」にすべきか迷った。この三〇年、私たちはずっと、敗北を抱きしめて生きて来た。そして日本という国は、そのまま老いに突入しようとしている。新しい護衛艦、新しい巡視船を買うことはできる。だが、それに乗り込む若者がもう尽きようとしている。

なお、本書の登場人物のモデルは、何人か実在する。政治家二人は実在するし、参議院調査官の二人もそうである。そのお一人は、この十数年の間に、恐らくは過労が原因で、帰宅途中、還らぬ人となった。改めてご冥福をお祈りしたい。国政は、多くの名もなき人々によって支えられている。

（二〇二四年九月）

『尖閣喪失』二〇一二年五月　中央公論新社刊
二〇一三年六月　中公文庫

本書は、中公文庫を底本に、あとがきとイラストを加えたC★NOVELS版である。

ご感想・ご意見は
下記中央公論新社住所、または
e-mail：cnovels@chuko.co.jpまで
お送りください。

C★NOVELS

尖閣喪失《せんかくそうしつ》

2024年10月25日　初版発行

著　者　大石《おおいし》 英司《えいじ》

発行者　安部 順一

発行所　中央公論新社
〒100-8152　東京都千代田区大手町1-7-1
電話　販売 03-5299-1730　編集 03-5299-1930
URL https://www.chuko.co.jp/

DTP　平面惑星

印　刷　三晃印刷（本文）
大熊整美堂（カバー・表紙）

製　本　小泉製本

Published by CHUOKORON-SHINSHA, INC.
Printed in Japan　ISBN978-4-12-501485-2 C0293

アメリカ陥落 1
異常気象

大石英司

アメリカ分断を招きかねない“大陪審”の判決前夜。テキサスの田舎町を襲った竜巻の爪痕から、異様な死体が見つかった……迫真の新シリーズ、堂々開幕！

ISBN978-4-12-501471-5 C0293　1100円
カバーイラスト　安田忠幸

アメリカ陥落 2
大暴動

大石英司

ワシントン州中部、人口八千人の小さな町クインシー。ＧＡＦＡＭ始め、世界中のデータ・センターがあるこの町に、数千の暴徒が迫っていた——某勢力の煽動の下、クインシーの戦い、開戦！

ISBN978-4-12-501472-2 C0293　1100円
カバーイラスト　安田忠幸

アメリカ陥落 3
全米抵抗運動

大石英司

統治機能を喪失し、ディストピア化しつつあるアメリカ。ヤキマにいたサイレント・コア部隊は邦人救出のため、一路ロスへ向かうが——。

ISBN978-4-12-501474-6 C0293　1100円
カバーイラスト　安田忠幸

アメリカ陥落 4
東太平洋の荒波

大石英司

空港での激闘から一夜、ＬＡ市内では連続殺人犯の追跡捜査が新たな展開を迎えていた。その頃、シアトル沖では、ついに中国の東征艦隊と海上自衛隊第四護衛隊群が激突しようとしていた——。

ISBN978-4-12-501476-0 C0293　1100円
カバーイラスト　安田忠幸

表示価格には税を含みません

アメリカ陥落 5
ロシアの鳴動

大石英司

米大統領選後の混乱で全米が麻痺する中、攻め寄せる中国海軍を翻弄した海上自衛隊。しかしアリューシャン列島に不穏な動きが現れ……日中露軍が激しく交錯するシリーズ第５弾！

ISBN978-4-12-501478-4 C0293　1100円　カバーイラスト　安田忠幸

アメリカ陥落 6
戦場の霧

大石英司

アリューシャン列島のアダック島を急襲したロシア空挺軍。米海軍の手薄な防御を狙った奇襲であったが、間一髪“サイレント・コア”の二個小隊が間に合った！　霧深き孤島の戦闘の行方は！

ISBN978-4-12-501479-1 C0293　1100円　カバーイラスト　安田忠幸

アメリカ陥落 7
正規軍反乱

大石英司

守備の手薄なアダック島に、新たに中露の兵を満載した航空機２機が着陸。アダック島派遣部隊を率いる司馬光の決断は……アリューシャン列島戦線もついに佳境！　アメリカ本土に新たな火種も！

ISBN978-4-12-501481-4 C0293　1100円　カバーイラスト　安田忠幸

アメリカ陥落 8
暗黒の夏

大石英司

全米に広がった暴動の末、大統領が辞任を発表、さらに陸軍の英雄マッケンジー大佐の煽動により正規軍が反乱した！　アメリカの分断がもたらすのは破局か、それとも。緊迫のシリーズ最終巻！

ISBN978-4-12-501483-8 C0293　1100円　カバーイラスト　安田忠幸

大好評発売中！

C★NOVELS／定価　本体1000円（税別）